Caída libre

Caída libre

Neus Arqués

Rocaeditorial

© 2018, Neus Arqués
Autora representada por IMC Agencia Literaria.

Primera edición: septiembre de 2018

© de esta edición: 2018, Roca Editorial de Libros, S. L.
Av. Marquès de l'Argentera 17, pral.
08003 Barcelona
actualidad@rocaeditorial.com
www.rocalibros.com

Impreso por LIBERDÚPLEX, S.L.U.
Crta. BV-2249, km 7,4, Pol. Ind. Torrentfondo
Sant Llorenç d'Hortons (Barcelona)

ISBN: 978-84-17092-97-9
Depósito legal: B. 17410-2018
Código IBIC: FA

RE92979

A mis vecinos del barrio de Gracia

Son las ocho de la mañana del último jueves de marzo en Barcelona. Tres mujeres caminan a paso rápido por el paseo de Gracia. No se conocen. La primera corre para no perder el autobús. Por la acera opuesta bajan las otras dos, aunque ninguna llegará hasta la plaza de Cataluña. Una entra en un edificio de oficinas y la otra en un bar con la terraza aún desierta.

Amanece apenas. La humedad todavía no impregna la ciudad. Los escaparates de las tiendas de lujo ofrecen vestidos de cóctel y café prémium en cápsulas de color lila. El bus turístico, rebosante de pasajeros rusos sentados a cuerpo gentil en la planta superior, inicia la primera ruta roja del día.

Si alguien —un ángel, una vidente, una inteligencia artificial— dijera a esas tres mujeres que a partir de ese momento sus vidas se cruzarán de forma inextricable, que todos los planes que han hecho para esa jornada son parte de otro plan, mayor y más oscuro, donde deberán apostárselo todo a una carta, no le creerían.

Pero ese jueves de marzo todavía no lo saben.

PARTE I

1

«¡*E*stás guapísima!»

Parapetado tras un iPad, el nuevo editor júnior, ansioso por hacer amigos, la miraba como si aquella mujer alta y esbelta, con gafas de montura negra que le daban un aire intelectual, fuera Venus renacida.

Ángela había entrado en la sala medio sofocada y a la carrera. Por culpa del autobús llegaba tarde. ¡Lo que le faltaba! Se había autoinvitado a la reunión del comité editorial, cuya convocatoria no recibió. «Un despiste», se excusó la secretaria sin disimular el carácter piadoso de la mentira. ¿De verdad creían que podían prescindir de ella así como así? Se sentó en la primera silla disponible y sonrió de oficio. Ni el halago le había cambiado el humor.

Aquella reunión señalaba el inicio de la primavera. Entre muebles de oficina funcionales de color gris y un cuadro abstracto a juego que a Ángela siempre le había parecido horrendo, los responsables de los diversos sellos ponían cara de póquer, mientras Jorge Bauzá, el omnipotente consejero delegado, los arengaba. Ángela se esforzaba por esconder su angustia. Las ventas globales de la editorial habían disminuido un quince por ciento, pero el bajón de su catálogo era mayor. En pantalla se veía bien claro: la suya era la línea que se precipitaba hacia el eje horizontal de la tabla.

Vestida con un traje pantalón azul marino y perfectamente maquillada, Ángela sobresalía, por altura y por edad, entre su admirador y otros dos editores júnior que se pasaron la mitad de la reunión navegando en sus tabletas en búsqueda de aliento comercial. ¿Dónde estaba el suyo? Cada vez más, los lectores de ensayo tendían a «consumir» (así se decía ahora) la información en línea y gratis; por lo tanto, sus títulos eran enlazados y «consumidos», pero no adquiridos. Ángela escondió su frustración tras las gafas y optó por el silencio. Los colegas jóvenes, en cambio, vibraban con lo que denominaban «inteligencia colectiva».

Para el consejero delegado la inteligencia colectiva era mala o buena según las ventas. Jorge Bauzá era un hombre robusto. Cabellos oscuros, ojos oscuros, humor oscuro y ninguna experiencia previa en el sector. Entró en Ediciones de Abril cuando fue comprada por sus nuevos propietarios, que lo ficharon para relanzar la vetusta casa y para garantizar que, un trimestre sí y otro también, el catálogo diera beneficios. En teoría, era Ricardo Correa, hijo del fundador y director editorial, quien tomaba las decisiones, pero Bauzá había impuesto la ley del Excel: el que venda, bien; si no, puerta. Ángela no se fiaba. Sí, educado era. Se había interesado por ella cuando Marc tuvo el infarto, pero no acudió al funeral. Con el tiempo, mientras ponía en orden la memoria de aquellos días fríos, Ángela recordó que a la misma hora estaba convocada la entrega de uno de los premios de la casa. Su jefe había preferido el cóctel al responso.

Media hora después de terminado el comité, Bauzá la llamó a su despacho, frente a aquellos ventanales con unas vistas fantásticas sobre el centro de la ciudad.

—Ángela, tenemos que hablar de tus ventas.

Sacaba pecho con sus iniciales bordadas en la camisa a medida. A pesar de que era un tipo corpulento, no se le veía a gusto tratando con mujeres altas.

Ángela se sentó, bien erguida, frente a él. El botón de los pantalones se le clavaba en el estómago. Maldita barriga. Con la menopausia su cintura se había transformado en un flotador. Quería reprocharle que la hubiese ninguneado, pero no se sentía con fuerza suficiente.

—Vamos fatal, Ángela. Un sesenta y cinco por ciento por detrás de las previsiones. Estos son los dos bombazos en no ficción ahora mismo. —Bauzá le mostró un informe trufado de números, como motas de polvo sobre un lienzo blanco—. Y ninguno es nuestro. No podemos permitirnos más pérdidas. ¿Qué se te ocurre?

Ángela estaba helada: la amenaza reptaba tras el tono cordial. Se comió la rabia. «No podemos permitirnos más pérdidas, pero tú bien que te llevas una prima sustanciosa.»

—Jorge, ¡caray! Las reseñas de las tres últimas novedades han sido excelentes —se defendió quitándose las gafas y mirándolo a los ojos.

Una veterana como ella no se achantaba tan fácilmente. No solo de ventas vivía un sello: era necesaria una línea editorial firme que ubicara al lector, construir catálogo.

—Lo sé. —Bauzá blandió un puñado de reseñas impresas; no se le pasaba una—. Seamos sinceros: ¿a quién le importan hoy los suplementos culturales? ¿Qué vas a hacer, Ángela? Si no llegamos a objetivos, tendremos que plantearnos qué hacemos con tu sello.

Ángela maldijo el botón que se le clavaba en el estómago. Necesitaba tiempo, un as en la manga. Bauzá se equivocaba si pensaba que iba a quedarse cruzada de brazos mientras él le hacía luz de gas.

«Estás guapísima». El piropo del editor júnior resonaba en su cabeza. «Ya lo veo, ya —pensó con rabia cuando salió de aquel despacho—. Guapísima y colgando de un hilo.»

2

*R*oberto Iglesias reapareció, por arte de magia digital, ese mismo jueves de marzo. A Ángela, que a instancias de su hija malvivía en Facebook, le dio un vuelco el corazón al recibir la solicitud de amistad: «¡Dios mío, pero si es Robertito!».

Aunque ella lo recordaba como un tipo más bien apocado, la foto mostraba a un hombre risueño, encantado de haberse conocido, sentado en una playa con el mar de fondo. ¡Caray! Robertito Iglesias volvía a la carga después de... ¿cuántos años? ¡Una barbaridad! Ángela, sentada en su cubículo, miró hacia atrás para asegurarse de que los editores júnior no veían su pantalla. Jamás consultaba sus mensajes particulares desde el trabajo: bastante precaria era ya su situación. Sin embargo, el correo de su compañero de promoción había llegado precisamente en los cinco minutos de tregua excepcional —«Un momentito y vuelvo a la previsión de ventas»— que se había concedido. La amenaza de Bauzá le había disparado el nivel de estrés: necesitaba un respiro.

Era de no creérselo, vamos. ¡Robertito Iglesias! Un montón de recuerdos se le atropellaban: los desayunos en el bar de Económicas, las juergas de los jueves. La fiesta de fin de carrera. Iglesias acudió aunque no se le esperaba, porque lo dejó en cuarto curso. La promoción cenó en un chiringuito en la playa de Castelldefels y terminaron la velada bañándose en pelotas. Ella fue la que más se resistió y él quien más le insistió. Acabaron los dos abrazados en el agua; Ángela juraría que fueron a más, aunque ni se acordaba bien ahora ni debió acordarse entonces, cuando ni el mar consiguió que se les bajara la tontería que llevaban encima.

En cuanto lo hubo agregado como amigo, Iglesias le envió un mensaje privado: «¿Cómo estás, Jirafa? Me alegro de verte por aquí, y más si me aceptas una cerveza. Te prometo que pago yo».

Ángela sonrió. «Jirafa.» ¡La rabia que le dio el mote en su día! Ahora casi le inspiraba ternura. Roberto Iglesias, el compañero pobre, la invitaba a tomar algo. La de vueltas que da la vida. Ella, que tanto prometía, había terminado apergaminada en una editorial. Y él… ¡Anda que no le habían financiado cafés entre todos! Se sabía que en su casa cada fin de mes era una tragedia y, por no dejarlo de lado, siempre salía un voluntario o voluntaria que le pagaba el café antes de que él hiciera el gesto. Eso sí, Iglesias siempre pidió café, jamás el ocasional carajillo de los viernes. Caray. La sonrisa y el recuerdo la impulsaron a responderle antes de lo que hubiera sido oportuno. Una cosa llevó a la otra y quedaron citados al día siguiente en un bar del centro.

Esa noche fue de mal dormir. El calor bochornoso, los sofocones, las previsiones de ventas y las expectativas desvelaron a Ángela. ¿Qué buscaba ahora un hombre con el que tonteó en la facultad hacía treinta años? «Lo que de verdad debería preocuparme es cómo vendo más, o Bauzá me liquida», se previno sin mucha convicción. Ni siquiera Cecilia, su hija, había logrado que soltara prenda.

—¿No me vas a decir con quién has quedado?

El tono pretendía ser jocoso, pero Cecilia se apartó el flequillo y le clavó aquellos ojos serios. Era una chica espigada, como su madre: en el resto —los ojos almendrados, la sonrisa maliciosa, la nariz prominente— era idéntica al padre. Ángela continuó planchando, impasible, su blusa blanca buena.

—Con un compañero de la universidad. Hija, no me irás a poner peros, ¿verdad? ¿O es que te los pongo yo a ti?

17

—No.

A sus veinticinco años, Cecilia ya llevaba varios yendo y viniendo a su aire, más yendo que viniendo.

—Pues tú a mí tampoco.

—Pero, mamá, como sales tan poco desde que…

Terminar la frase resultaba demasiado doloroso.

Ángela no le dio más explicaciones. Se vistió con los tejanos estrechos que le hacían el culo mono, la blusa de manga tres cuartos (ya no era cuestión de enseñar mucho los codos) y unos zapatos de tacón bajo. Antes de irse se quitó la alianza a escondidas, el anillo con el que normalmente ocultaba su viudedad; después, besó a su hija como si no la fuera a ver más. Ahora se despedía siempre así, por si las moscas. Cuando el infarto se llevó a Marc, no pudo despedirse.

Pilló el autobús al vuelo. Iba adelantada, previendo la marea humana que inundaba el paseo de Gracia. El primer fin de semana con buen tiempo había convocado a turistas y barceloneses en las aceras del centro. Ella se bajó en la calle Roger de Llúria y fue andando hasta la calle Caspe.

La terraza donde habían quedado estaba hasta los topes. Había llegado con tanta antelación que, a pesar del calor, optó por buscar sitio dentro.

—¡Estás guapísima!

Ángela se sobresaltó. ¿Otra vez el mismo piropo? Buscó con la mirada su procedencia.

Sentado en la mesa del fondo, un hombre moreno con barba canosa no le quitaba los ojos de encima. Llevaba un traje gris que le quedaba grande. El corte anticuado y la tela brillante le daban aire de comercial fracasado. No reconoció a Roberto Iglesias hasta que le oyó exclamar:

—¡Eh! ¡Jirafa!

Ángela se esforzó por sonreír mientras lamentaba su mala suerte. «Ya ves, el pobre sigue siendo pobre», se dijo mientras avanzaba hacia él.

—¡Robertito! ¿Cómo estás? —Le dio un beso al aire.

No dejó espacio para preguntas. Ángela habló y habló, como si las palabras borraran los estragos que treinta años habían hecho en ambos. En cuanto el camarero les sirvió las cervezas, Iglesias le tocó el codo.

—¡Mi Jirafa! Estás guapísima. Te veo igual. Igualita, vamos. Y no hace falta que te esfuerces, que yo ya sé que igual no estoy.

Ella no le contradijo. ¿Para qué? Sentía lástima por él y un poco por ella misma, por las ilusiones que se había hecho la noche anterior.

—¿Verdad que tú y Carlos Sansimón al final no os licenciasteis? Venía pensando en que… —preguntó Ángela pisando de nuevo la tierra firme del recuerdo.

—No, en cuarto me fui a trabajar a la inmobiliaria del pueblo. Era mucha pasta para dejarla pasar. ¿Y tú?

—Nada. Me casé. Empecé en Ediciones de Abril de chica para todo, terminé de editora y ahí continúo. Tengo una hija.

Se dio cuenta de que Roberto Iglesias le miraba la mano izquierda, donde la alianza brillaba por su ausencia.

—Soy viuda. Marc murió hace dos años. Un infarto.

Ángela esperó una señal de consuelo, un gesto, aunque solo fuera por educación, pero su compañero de promoción se limitó a pedir otra cerveza al camarero.

—Desgracias hay en todas partes —dijo él después de un incómodo silencio.

—Vale. Pues cuéntame las tuyas. —Estaba molesta por su falta de tacto.

Iglesias, con la espalda pegada a la pared del fondo, no desviaba los ojos de la puerta de la cafetería. Le soltó sin más:

—Van a matarme.

A Ángela se le salió la cerveza por la nariz.

—¿Que van a matarte? ¿Quiénes?

Con disimulo, agarró una servilleta y se secó la pechera de

la blusa. ¿De qué le estaba hablando? ¿Estaría Robertito bien de la cabeza?

Él continuaba escudriñando la puerta.

—Los rusos.

—¿Qué rusos?

—La mafia. La mafia rusa.

Ella dejó de mirarlo y también se puso a observar la puerta, inquieta. ¿Qué hacía allí, sentada junto a un casi desconocido, escuchando aquellas patrañas? Vamos, que no. ¿Qué tenía que ver ella con ese lío? Quería marcharse, pero pudo más la educación y se quedó quieta y muda.

—¿Te digo que me van a matar los rusos y tú no dices nada?

Ángela suspiró.

—¡Caray, Robertito! ¿Qué quieres que diga? Hace treinta años que no tengo noticias tuyas, nos vemos y me anuncias a la primera de cambio que van a por ti. No entiendo nada, la verdad, y sobre todo no entiendo por qué me tienes que venir a mí con esta historia.

Iglesias pidió una tercera cerveza al camarero. Ángela lo estudió. Alguna venita azul en el rostro, muchas arrugas, la barba canosa mal rasurada, pero no le vio pinta de borracho. Ya solo faltaría eso. Él le espetó:

—Porque no tengo a nadie más, Ángela. Encontré tu perfil y me acordé de lo bien que nos entendíamos y quise volver a verte. Y ahora que te tengo delante, pues me ha salido así. Porque te tengo confianza, Jirafa, y porque si no te lo cuento a ti, no sé a quién se lo voy a explicar.

—Pues sí que estás apurado.

El reencuentro estaba resultando un fracaso rotundo. Roberto Iglesias era un perdedor, vestido con un traje pasado de moda, sudando la gota gorda.

—Toma. Igual que tú. ¿De qué si no te presentas tan acicalada a una cita con un tipo al que no ves hace treinta años?

«Eso sí que no», pensó Ángela y se puso de pie.

—Mira, Robertito, yo me voy. Esta conversación no es buena idea. ¡Ah! Y te dejo que pagues, que ya va siendo hora de que invites tú.

En ese preciso instante le dio un sofoco y, con la cara ardiendo, Ángela se dirigió a la puerta a zancada limpia. ¡Lo que faltaba! Junto a la pared del fondo, Iglesias se bebió de golpe la tercera cerveza sin dejar de observar la puerta.

Carolina salió a la calle y se quitó la americana de entretiempo. Ese jueves lucía espléndido, diluido el fresco que la había acompañado cuando llegó caminando bien temprano al despacho, mientras repasaba ideas para la reunión.

Aquella primavera prometía. El comité de dirección de Alimex, la multinacional de productos de alimentación en la que trabajaba, había sido un éxito rotundo. Las previsiones de crecimiento de su división eran inexpugnables. No permitiría que le hicieran sombra: nadie se atrevió a toserle ni pudieron igualarlas. Cierto que de Michael Geier, de I+D, se había esperado más pelea. Su colega alemán era ambicioso y la vigilaba de cerca; en la reunión, se había apalancado en el otro extremo de la mesa de caoba, con las piernas bien estiradas. No había abierto la boca. Ni siquiera intervino cuando Jimmy Sanz, el chulo repeinado de Marketing, pidió a Carolina con sorna que les pusiera un café; ella, sin decir nada, le tendió la taza para que se lo sirviera él mismo. En otro momento Geier quizás hubiera replicado que Carolina era una colega, no una criada, pero con las espadas en alto su sensibilidad paritaria se esfumaba. Esta vez se limitó a dedicarle una sonrisa a medio camino entre el sarcasmo y la empatía, como si ella fuera su alumna aventajada.

El alemán era alto y de constitución atlética y aparentaba diez años menos de los cincuenta que tenía. Imposible no fijarse en sus ojos, de un azul demoledor. Un tipo saludable con un punto oscuro. Carolina casi se lo encontró en la última cena de

Navidad, cuando bailaron bien pegados, pero ambos se contuvieron. No convenía generar rumores cuando estaba a punto de abrirse la veda a la promoción. Aunque solo llevaba seis meses como única mujer en el comité de dirección, en Alimex se la tomaban cada vez más en serio. No les quedaba otro remedio. En el sector de la alimentación estaba todo inventado y las marcas blancas iban comiendo terreno. Tocaba innovar, y en eso Carolina era una experta, por algo era la responsable de la división de Nuevos productos. Geier y ella se necesitaban: ella proponía nuevas apuestas y él las materializaba. «*Wir sind Zwillinge*», le había dicho Geier en una de las pocas ocasiones en las que ponía a prueba su alemán. Eran siameses, unidos por la cadera del negocio.

En el transcurso de la reunión Jürgen Seelos, el director ejecutivo de Alimex para España, subrayó la contribución del departamento de Nuevos productos a la facturación global. Carolina sonrió discretamente al escuchar los elogios. Que además delegase en ella para representar a la compañía en el consejo de mecenazgo del Centro de Cultura era una señal clara de apoyo. Los rumores apuntaban a diciembre como primer horizonte: Seelos anunciaría que se jubilaba y la dirección nacional de Alimex quedaría vacante. Entonces se iniciaría el período de transición entre el mando saliente y el elegido para sustituirlo. Se comentaba que a ella Seelos le estaba dando visibilidad para que tuviera opciones al puesto; que Geier, por su parte, movía los hilos en Alemania para conseguirlo él. Carolina sabía que su elección dependía de los resultados comerciales y de su escote, en este orden. «Per-fec-to —pensó—. Que te den, Jimmy Sanz. Y a ti también, Geier, guapo. Porque cuanto peor te sientan mis números, más me pones, pero ni hablar del tema. Se acabó lo de ser siameses: un gemelo vivirá y otro no. Y yo no pienso morirme.»

23

—*E*l menú será todo lo saludable que quiera, pero a mi hija no le gusta la ensalada y no se la comerá —anunció una mujer en un tono tan encrespado como su cabello.

El silencio se hizo en el aula donde un montón de padres se encogían en sillitas de color azul claro. Al fondo, un mural exhibía las fotos tamaño carné de los párvulos; al lado se apilaban dos contenedores de plástico con ceras, rotuladores, plastilina y trozos de papel charol. La profesora, con la bata puesta como si la clase estuviera a punto de empezar, miraba con cara de paciencia probada a los asistentes a la reunión del segundo trimestre.

Luisa también los observaba, mientras Danny le sonreía de reojo y le daba pataditas con la bota de puntera. La niña de aquella señora era compañera de su hija Lola en P3. En las pequeñas mesas azules se formaron corros que desprendían humeantes murmullos de solidaridad con la madre encrespada. A Luisa aquella queja dietética le resultaba ridícula: el colegio no era un restaurante. ¿Se habrían equivocado? Habían escogido esa escuela porque era la que les quedaba más cerca. Llevaban apenas unos meses viviendo en el barrio. Luisa fue quien propuso que se mudaran cuando el mayor, Gabriel, cambiase de ciclo escolar. Un buen momento para iniciar una nueva etapa, sin recuerdos ni de su matrimonio con el padre de Gabriel ni de las noches crápulas de Danny, padre de Lola y su actual pareja.

La reunión terminó. Algunos padres se saludaban efusivamente. Ni ella ni Danny pasaron por alto las miradas de reojo de algunos. Les resultaría extraño ver a una mamá acompañada por un tipo que era la viva estampa de un roquero, de negro integral y gafas de sol por diadema. Vamos, que parecían una funcionaria y un seguidor de Marilyn Manson. Y eso era lo que eran.

Recogieron a Lola y a Gabriel en la zona de juegos. Su hijo era el que peor llevaba el cambio de colegio. Por suerte, Jaime no se opuso. Luisa valoró que su actual pareja se quedara al margen. Danny lo tenía claro: Gabriel era hermano de Lola, pero él no era su padre. Nunca entraba al trapo cuando las conversaciones de su chica con su ex terminaban mal: «Eso es cosa suya y tuya, Luisa. Haz lo que tengas que hacer, pero piensa que Jaime es el padre del niño».

Lola se durmió en la sillita. «Vamos fatal», pensó Luisa. Se volvió hacia Danny, que estaba jugando al pillapilla con Gabriel.

—Ha caído frita. Amaneceremos con el gallo —se resignó Luisa.

—Nena... ¡eso sí que no!

Danny llevaba muchos años viviendo de noche y no lograba despertarse a una hora razonable.

Al llegar a Torrent de l'Olla, enfilaron hasta la calle Tordera para bajar por Tagamanent a la plaza Gato Pérez. Danny alquiló la casa por la ubicación: «¡Viviremos en una plaza con nombre de rumbero!». Él era roquero, pero un respeto, oiga. Luisa en cambio se sentía en precario. Estaba acostumbrada a una hipoteca que funcionaba como una hucha. Así había sido durante su matrimonio con Jaime. Si hubieran puesto en su relación el mismo empeño que pusieron en amortizar el crédito... Cuando se separaron, Jaime le compró su parte del piso y se arrogó la titularidad de su pasado. Para Gabriel, ir con su padre significaba el regreso al País de Nunca Jamás, mientras que la vida con mamá estaba llena de cambios.

25

En aquel momento Luisa no se vio con fuerzas y no negoció: embarazadísima de otro, ¿qué podía alegar? Se trasladó al apartamento de su amante roquero, una leonera poco apta para la vida familiar. Con un año de preaviso recordó a Danny la mudanza pactada. Él torció el gesto: se había acostumbrado a compatibilizar su colección de vinilos con la Maxi-Cosi y a que la niña babeara la manta de estampado cebra sobre el sofá de cuero, pero ella fue inflexible. Escenificarían la nueva vida. Se patearon el barrio de Gracia del derecho y del revés. Cuando vio el letrero de «Se alquila», Luisa pasó de largo, mientras Danny se detenía embelesado.

—¿No ves que se alquila? Anda, sigamos.

—Nena…, ¡por eso! ¡Se alquila! Vamos a llamar.

Danny no podía permitirse comprar. Sus ingresos como periodista autónomo eran erráticos y menguantes. Cuando ella ofreció su nómina como aval para la hipoteca, él replicó que de mantenido no iba. Así fue como Luisa acabó viviendo en la plaza Gato Pérez y añadiendo una nueva neurosis a su lista: la sensación de que estaba despilfarrando el dinero.

La calle estaba desierta. Las vecinas mayores ya se habían recogido y los clientes que acudirían a cenar a los restaurantes no les habían tomado el relevo. En el bar de la esquina tres tertulianos echaban una partida de cartas sobre la mesa de formica mientras el dueño, acodado en la barra, daba vueltas a un palillo en la boca y los observaba. Unos metros más adelante, una batería de Harley-Davidson formaba en perfecta hilera frente a la tienda de *choppers*. Danny a veces se acercaba con Gabriel y se las enseñaba con la misma pasión con que un padre le monta a su hijo un Scalextric.

En cuanto entraron en casa, se dieron prisa en acostar a los niños.

—Nena, ¿por qué te pones tan nerviosa? —le preguntó Danny cuando por fin el comedor había dejado de ser un chiquipark.

—Porque estoy molida y mañana tengo un día fatal. Reunión del consejo de mecenazgo. Seguro que el director me ninguneará a base de bien. Por suerte, Jaime no va, porque si no directamente me lapidan. —Luisa y su ex trabajaban juntos y a ella le costaba cada vez más separar su reputación personal de la profesional—. Necesito un cambio de aires cuanto antes. Que te reciban cada día con malas caras es matador.

Los dos estaban apoltronados en el sofá, uno de los pocos muebles que el roquero había aportado al nuevo hogar común, copa en mano.

—En cuanto yo me estabilice, lo dejas. —Danny le leyó el pensamiento.

—Ya ya —replicó Luisa—. Y eso, ¿cuándo será?

—Seguro que aparecen otras oportunidades. La vida te sorprende. Míranos a nosotros. Quien lo iba a decir, ¿o qué? —Danny la atrajo y le plantó un beso—. Ven aquí, nena, que queda mucha noche por delante.

27

5

*E*n el reflejo del escaparate, la blusa azul cielo marcaba unos pechos imponentes que Carolina disimularía —o no— tras un fular de seda en cuanto llegara a su destino. Dependería del número de hombres en la sala. Las tetas les volvían locos y eso jugaba a su favor. Aquella parte desproporcionada en un cuerpo talla S pasaría a primer plano si hacía falta. En cambio, si la reunión era paritaria, optaría por la discreción y se evitaría las dichosas envidias.

Continuó taconeando Ramblas abajo. Al doblar la esquina con la calle Tallers faltaban todavía quince minutos para la primera convocatoria del consejo de mecenazgo. En recepción la acompañaron a la sala de juntas. Estaba admirando las vistas cuando oyó una tos a su espalda. Una mujer de cabello corto y ojeras considerables iba dejando carpetas frente a cada silla.

—Buenos días, Carolina —la saludó casi en un susurro.

—¡Luisa!

Carolina había conocido a Luisa Biargé cuando el Centro de Cultura inauguró la muestra sobre el Teatro de la Moda que Alimex esponsorizó. Desde el primer momento supo que estaba frente a una buena profesional. La responsable de Exposiciones dominaba los datos y los presentaba sin abrumar al interlocutor. Por su modo de hablar de los distintos escenarios era evidente que el tema la apasionaba. Si Luisa hubiera trabajado en Alimex, Carolina la habría vigilado de cerca, pero la vida no las llevó a competir sino a cooperar. En sucesivos en-

28

cuentros habían ido intimando, de café en café. No la había visto desde hacía un tiempo y le sorprendió su mal aspecto. Llevaba un pantalón negro carente por completo de gracia y una camiseta de algodón comprada en los chinos. Cero maquillaje, aunque se salvaba porque era guapa de natural. Había perdido peso, se la veía un punto demacrada y muy nerviosa.

—¿Cómo va todo? —Para Carolina la mejor manera de saber era preguntar.

—Va.

Luisa continuó repartiendo dosieres.

¿Qué estaba pasando allí? La última vez que fueron juntas al bar del Centro, Carolina captó una cierta hostilidad en el ambiente, como si el resto de empleados le hiciera el vacío a Luisa. La situación empeoró cuando entró un tipo normalito que fingió no verlas siquiera. A Luisa no le quedó otro remedio que explicarle que era su exmarido, que también trabajaba allí. No hubo que añadir mucho más para que Carolina entendiese que su interlocutora se había convertido en *persona non grata*. Al parecer, ya había asumido el papel de víctima. ¿Por qué no plantaba cara a la situación? Ella no habría tolerado en la vida que la ninguneasen así en público.

En aquel momento entró en la sala un hombre con el que Carolina ya había coincidido anteriormente. Fue a su encuentro tras despedirse de Luisa:

—Luego hablamos, ¿te parece?

Antes de que Luisa pudiera responder, Carolina ya estaba charlando animadamente con el abogado del Centro. Se había quitado el fular. Aunque el abogado asistía al patronato como secretario con voz pero sin voto, de él dependía la redacción del acta y en ese documento ella tenía que brillar.

6

A pesar de que la reunión del consejo era meramente proto-
colaria, a Carolina no se le escapó que Luisa mantenía un perfil
bajo. Recordó la exposición en la que se conocieron: el cambio
era abrumador.

—Un ejemplar para cada asistente —le había ordenado el
director omitiendo el «por favor».

Y Luisa, mansa, se levantó a hacer fotocopias. El resto del
tiempo lo pasó en silencio, con la cabeza gacha, tomando notas.

«Esa mujer quiere ser invisible», pensó Carolina. Bueno, la
invitaría a un café para entender su situación, porque ella sí
quería visibilidad: su misión era que el Centro desarrollase
propuestas innovadoras y, sobre todo, noticiables. Para eso necesitaba a la mejor Luisa.

En cuanto se levantó la sesión y los asistentes hubieron li-
quidado la cháchara posterior, Carolina enfiló hacia el baño.
Por el pasillo encendió el móvil. El buzón de voz le anunció
que tenía tres mensajes nuevos. Dos eran de su secretaria. El
tercero era del Presidiario.

«Zorrita, ¡qué callada estás! ¿Qué pasa? ¿Ya no tienes
hambre? Pues yo sí, zorra, así que ya me estás llamando, que
la tengo muy dura y se me acaba la paciencia.»

Carolina se encerró en el lavabo y escuchó otra vez el mensaje. Ese tipo la ponía a mil. Por un momento se lo reprochó.
¿En qué narices estaría pensando cuando le dio su número de
teléfono? Bueno, quedaba claro. Estaba pensando en su polla.

Si no, un desliz así no tenía explicación. A Carolina le gustaba el sexo con desconocidos, cuanto más desconocidos mejor; sentirse anónima, dejarse llevar y, por una vez, no tener que ser quien tomara las decisiones. Era consciente de que tenía que protegerse. Su patrón sexual no era mayoritario. Por eso lo mantenía oculto, y más en vísperas de una promoción profesional como la que se avecinaba.

A Raúl lo conoció en un portal de relaciones esporádicas. Le llamó la atención la foto. El tipo parecía un Presidiario; de ahí el mote. Una calva notable ponía de relieve la forma sinuosa de su cráneo. Entrecerraba sus ojos negros con facilidad; plegaba los labios en un rictus que pasaba de lo soso a lo soez en un instante. Un rostro como aquel delataba una vida intensa o una vida doble. Cuando se encontraron, a Carolina le sorprendió que la foto y la realidad fueran tan similares. En esos foros nadie jamás, ella la primera, publicaba fotos reconocibles. Pero el hombre que decía llamarse Raúl no se andaba con chiquitas. Quedaron en un bar anodino y en cuanto entró, él la miró de arriba abajo y le soltó sin más: «Vaya tetas tienes, tía. Vámonos, que aquí hay hambre». La llevó al coche, que tenía aparcado en un callejón cercano, y cuando Carolina le preguntó dónde iban, se bajó la cremallera, le empujó la cabeza hacia la bragueta y le ordenó:

31

—Tú, aquí.

La obligó a hacerle una felación allí mismo.

Esa noche Carolina llegó a casa aturdida. Por lo común, aquellos encuentros efímeros tenían una pátina de normalidad, un regusto a las relaciones convencionales. Había, por breve que fuese, una fase de acercamiento, en la que los dos participantes se medían y decidían si seguían adelante. En el caso de que uno de los dos no estuviera dispuesto, la cita se abreviaba de modo educado. La despedida incluía un «te escribiré» protocolario, aunque ambos supieran que ese mensaje no llegaría jamás. Con el Presidiario, en cambio, los prolegómenos se habían ido al garete. En vez de preocuparse por la brutalidad del acercamiento, ella se había excitado todavía más y había aceptado explorar todas las posturas que aquel Seat renqueante les permitió.

En plena faena, pasó junto al coche una pareja de jóvenes buscando la oscuridad del callejón para sus propios escarceos y, al notar que en el automóvil había acción, se asomaron a la ventanilla sin ningún disimulo. El Presidiario se dio cuenta, agarró a Carolina con fuerza por el cuello y la hizo volverse hacia el cristal, para que la vieran con los pechos al aire y la cara manchada de semen. «Para que vean que me tiene sometida», pensó ella. No satisfecho, Raúl hizo amago de bajar del coche y la pareja se alejó, excitados ellos también y a la vez temerosos de las intenciones de aquel tipo de aspecto siniestro.

—Cuidado, que no quiero que me reconozcan —acertó a decirle Carolina.

—Te jodes.

Ese desprecio la encendía. Y esa excitación la indujo a anotar su teléfono en el reverso de un tique de supermercado cuando él se lo ordenó, antes de obligarla a que se bajara, sin darle tiempo siquiera a que recuperase las bragas. Ya en aquel momento Carolina escuchó en su interior una voz que la previno: «No te expongas», pero la ignoró; estaba demasiado exhausta y saciada. Y ahora el tipo llevaba tres días llamándola, instándola a que se vieran. Su voz interior, apenas audible por encima del deseo, le advertía de que el riesgo era superior al beneficio, pero Carolina se moría por volver al coche. El Presidiario quería más. Ella, también.

«*I*soflavonas de soja.»

Ángela releyó la composición del preparado que le había dado Merche, la propietaria del centro de estética al que acudía desde siempre, y se tragó una pastilla. Otra cajita más de color lila. Nadie, repito, nadie, la había preparado para la menopausia. De eso no se habla, vamos. ¿A quién interesan los sofocos o la caída de los pechos?

El centro se iba vaciando. En la sala de relax, como pomposamente la llamaba Merche, un vestidor donde las clientas descansaban tumbadas en unas camillas en penumbra y bebían zumos e infusiones, solo quedaban Carolina y ella. Ángela pensó en aprovechar la intimidad para iniciar una conversación protomenopáusica. Pero su compañera de tratamientos se estaba atando bien el albornoz, y al verla desnuda, se contuvo por pudor.

Conocía a Carolina desde hacía algo más de un año; alguna noche incluso habían salido juntas, a instancias de Merche, quien había asumido el papel esporádico de *cheerleader* en su vida después de que Marc muriera. En esas salidas Ángela siempre volvía a casa sola porque en algún momento Carolina desaparecía, acompañada. Como la propia Merche le advirtió, Carolina era «una mujer grande en un cuerpo pequeño». Decidida, sí, señora. Y con unas tetas muy bien puestas.

Frente al espejo de la sala, Ángela se abrió discretamente el albornoz y se colocó las manos bajo los pechos. No, no se podía hablar de turgencia, pero tampoco estaban tan mal. «Da igual —pensó—. ¿A quién le interesan? ¿Quién soy yo para nadie? Una cincuentona que trabaja en una editorial. Una "pobre viuda".» Jamás se había planteado que «menopáusica» y «viuda» se constituirían en dos condiciones que la definirían como mujer, pero así era.

La cita con Roberto Iglesias había sido un mazazo de los buenos. No, no iba desencaminado: estaba necesitada. Él lo captó, ella no supo negarlo y ahí se acababa la historia. La mafia rusa… ¡Solo le faltaba la mafia rusa! Como si no tuviese que tragar con su propia mafia: los nuevos jefes, los objetivos de venta, la necesidad perentoria de colocar sus obras en librerías so pena de despido. Y si la echaban, ¿dónde iba una viuda menopáusica con los pechos caídos a encontrar trabajo? Ángela sonrió con pena: «Caray, la de vueltas que da la vida».

Hubo un tiempo en que creyó que lo tenía todo: un buen marido, una hija sana, un empleo estable. En cuestión de meses, Marc murió de un infarto, su hija se echó un novio serio, la editorial cambió de dirección y allí estaba ella, con el futuro hecho añicos.

—¿Qué tal el fin de semana? —Carolina se había servido un zumo y le traía otro. Con aquel albornoz blanco, parecía una adolescente, menuda y con ojos vivarachos.

Ángela editó mentalmente su respuesta. Nunca se sabe quién conoce a quién.

—Fíjate que el viernes quedé con un compañero de la facultad. Treinta años sin vernos y…

—¿Y?

—Y nada. Me explicó una historia de terror, algo increíble, vamos. En resumen, que me alegré de no haberle hecho caso en su momento.

Carolina rebuscó en la taquilla y se puso una camiseta color rosa que, por mucho que estirara, se negaba a llegar a su cintura.

—Bueno, los hombres es lo que tienen. Nunca sabes por dónde te van a salir, pero por suerte solo hay un sitio al que quieren llegar.

—¿Ah, sí? ¿Cuál?

—Al fondo, mujer, al fondo… Ángela, no me mires así. Todas queremos lo mismo. Ese excompañero de facultad igual era un as en la cama. ¿Era un as en la cama?

Ángela se sonrojó. ¿Cómo explicarle que solo se acordaba a medias del baño desnudos en el mar, que Roberto Iglesias sería pobre de por vida y que ella no podía con tantas miserias propias y ajenas?

Pero Carolina no se daba por vencida.

—¿Tiene o no tiene un polvo? Ángela, no te me hagas la estrecha, ¿eh? Si ese tipo tiene un polvo, decide si lo aprovechas. Un buen amante vale por mil. Y si no lo tiene, no pierdas ni un minuto más, vamos…

Con esa idea volvió Ángela a casa. Al conectarse a Internet, como hacía a diario a instancias de su hija Cecilia, que esa noche tampoco estaba, se encontró, por sorpresa, un nuevo mensaje de Roberto Iglesias:

«Me pasé, Jirafa. Lo siento. Dame otra oportunidad de hablar contigo, por favor. Puedo y quiero explicarte la historia bien explicada».

Ángela recordó el consejo de Carolina. No conseguía ver en Iglesias ningún atractivo sexual. Se colocó bien las gafas y se alisó la misma blusa de rayas con la que había amanecido, lista para la guerra editorial. Respiró hondo y clicó en «Eliminar». Demasiados frentes abiertos. Iglesias temía a la mafia rusa. ¿Y ella? ¿De qué tenía miedo? ¿De quedarse sola? ¿De que la despidieran? Ya iba siendo hora de hacer algo, porque las isoflavonas de soja ese problema no se lo iban a solucionar.

35

*L*uisa llegó tarde a la reunión. Habían llamado del colegio para avisar de que Lola se había puesto con treinta y siete y medio. Intentó localizar a Danny, pero estaba en una presentación: o tenía el móvil en silencio o con la música a todo volumen no lo oía. Su angustia se disparó: no podía faltar a la reunión de presupuestos o se merendarían el de su departamento. ¿Y si pedía a la maestra que le diera un antitérmico a la niña para que aguantara unas horas? No fue capaz. ¿Cómo decir eso sin sentirse La Peor Madre de Barcelona?

No quedaba otra que suplicar a la abuela. Cuando nació Lola, su madre le dejó claro que contara con ella solo en caso de emergencia, porque ella tenía su vida y poco tiempo para hacer de canguro. A Luisa el razonamiento le parecía estupendo, aunque sospechaba que escondía un rechazo apenas disimulado a Danny. Gabriel había sido el primer nieto; Jaime, el yerno ideal. ¿Y Lola? Lola era hija de Danny, el rompe-matrimonios. Quería a su nieta, claro, cómo no la iba a querer, pero… Por suerte, la abuela aún no había entrado en clase de aquagym y le respondió que iba inmediatamente a por la niña. ¡Por los pelos!

A Luisa la tensión se le acumulaba en los hombros, rígidos bajo una americana estampada en colores vivos. Cuando empezó su relación con Danny, la gente la miraba más. Ella se lo explicaba por esa luz que ilumina a las mujeres satisfechas. A veces todavía no se creía que hubiera sido capaz de dejar a su marido para irse con su primer y único lío extramatrimonial, para más inri exnovio de su amiga Marta.

Se había quedado embarazada, y se había marchado de casa. Solo le faltaba cambiar de trabajo. Ganas, todas. Compartir empleo con su ex era una tortura cotidiana. Su divorcio había sido carne de muchas conversaciones de menú. Los compañeros habían tomado partido. Luisa, la Infiel. Aguantó porque se convocaban pocas plazas de gestor cultural y muchas salían con nombre y apellidos. No podía correr riesgos, cuando en casa la única nómina que entraba era la suya.

Y ahí estaba, coincidiendo con Jaime día sí y día también. Los primeros tiempos se le veía hosco, hasta que se echó una novia a la que Luisa había bautizado como la Gorda Sebosa, porque lo magreaba en cualquier ocasión.

«A mí el magreo me da igual —confesó Luisa en una de las cada vez más infrecuentes cenas de amigas—. Lo que me da grima es pensar que la Gorda Sebosa está allí cuando Gabriel va a su casa.»

«¿Lo trata mal?», preguntó una mujer con mechas rubias, ropa de marca y un montón de cadenitas doradas con osos. Marta fue quien en su día le presentó a Danny.

«¡Ni mucho menos! ¡Si el niño está encantado! —La frenó Luisa—. No para de hablar de lo bueno que le sale el arroz cubano.»

«¿Entonces?»

«Me la imagino jugando a mamás, diciéndole que es un «machote», porque esa mujer es anticuada a morir, y me pongo de los nervios. Cada vez que pasa tiempo con su padre, Gabriel me vuelve con unos comentarios machistas que tiran de espaldas.»

«Mujer, ¿tú crees que Jaime piensa que Danny hace de padre de Gabriel?», terció Bel enrollándose un mechón alrededor del dedo.

Imposible no fijarse en sus piernas larguísimas y en su pose lánguida. La de Bel era la única pareja que se mantenía. Danny y Marta fueron los primeros en dejarlo. En aquel momento, Luisa estaba aún con Jaime y era Bel quien pasaba una crisis con Ricardo, pero la superaron; fue entonces cuando él quedó al mando de Ediciones de Abril.

«¿Danny? ¡Danny es la persona más respetuosa del mundo!», saltó Luisa mientras Marta asentía, investida con la autoridad de una ex.

«Igual la Gorda Sebosa también lo es… No te preocupes, mujer. Seguro que el niño está bien atendido.»

Al abrir la puerta de la sala de reuniones, Luisa notó el peso de las miradas. Avanzó decidida hacia su asiento, agarrando con las dos manos el bolso en bandolera. La chaqueta se le cayó al suelo. Se agachó, lista para esconderse.

Su vida laboral estaba marcada por pequeños incidentes diplomáticos. El divorcio había sido el equivalente a un meteorito impactando contra una superficie lisa. El cráter generó una ola de pánico. Si ellos, la pareja perfecta, rompían…, ¿qué podían esperar los demás? Se puso en marcha la máquina de los rumores y, poco a poco, se forjó la «versión oficial»: había sido ella quien los abandonó a los dos, a Jaime y a su hijo, que entonces tenía tres años. A esa versión no era ajena su barriga de embarazada, sobre la que se construyó su mala reputación. «¡Y parecía tonta!»

Aunque siempre supo que la «mala» iba a ser ella, Luisa no imaginó un muro de reprobación tan alto. Puso todos los medios a su alcance para que la ruptura no afectase a su hijo: aceptó condiciones onerosas, impulsadas por el abogado de su exmarido, un buitre que arengaba a Jaime para que «luchara», como si *separación* fuese sinónimo de *batalla*. Pero su barriga en expansión la marcaba como una mujer de moral dudosa, una calentorra que se había fugado con un melenudo (durante unos meses corrió la especie de que Danny tocaba en una banda, con lo que su aura maldita se agigantó). Sus compañeros, aun manteniendo las formas, en esa dualidad tan barcelonesa por la cual uno levanta una fachada y deja que la mierda corra por detrás, se distanciaron.

Luisa leía en sus compañeros una mezcla de fascinación y de rabia, porque mientras ella se había atrevido a vivir una nueva vida, ellos se mantenían impasibles en las suyas, como fetos en formol. Luisa ponía en evidencia los límites de sus horizontes vitales, y ese no era el paisaje que querían ver. Por tanto, tampoco querían verla a ella, y se encargaban de transmitirle que a los maridos y a los hijos no se les deja por cantantes de rock y que, aunque nada podían hacer para prescindir de ella legalmente, les quedaban muchos cartuchos cotidianos con los que convertir una reunión de presupuestos en un campo minado.

Cuando por fin Luisa volvió a su casa, los niños ya estaban acostados. A Lola le había bajado la fiebre.

—Tu madre se fue en cuanto me vio entrar. —Danny se arrellanó en el sofá—. ¿Qué tal la reunión? ¿Te dan pasta o no te dan pasta?

Ella se agachó y recogió una pieza del Lego.

—Fatal. Tiene que recortar y han decidido recortarme a mí.

—¿Te echan? —La voz de Danny amagaba el susto.

—Digamos que no me promocionan, aunque me toque. Además, nos bajan a todos el sueldo. Recortes, dicen. Así que ni categoría, ni sueldo ni presupuesto para exposiciones.

—¡Pero si tu departamento es el que más pasta les da!

Luisa no quiso aclararle que no solo se valoraba la cuenta de resultados. La arrinconarían hasta que se hartara, actitud imposible porque en casa necesitaban su nómina.

—¿Y tu presentación?

—Buaj. Una mierda. Si no tuvieran los padrinos que tienen, esos tipos no graban ni en sueños. Pero venderán a muerte, porque la discográfica ha decidido que sí o sí. Prepárate, porque los oirás hasta en la sopa: *Me pones* será la canción oficial de la Vuelta Ciclista. Vaya mierda. A mí sí que me ponen... ¡de los nervios!

Luisa relajó el cuello poco a poco. Notaba cómo su cuerpo se liberaba de la tensión. Aquello no era vida, pero no veía la salida.

40

$\mathcal{D}$e no haber sido por el Facebook dichoso, Ángela no hubiera vuelto a ver a Roberto Iglesias. Ni rememorando su posible pasado sexual, como le instruyó Carolina, lograba sacarse de encima la sensación de fracaso que tiñó su reencuentro.

Todavía se resentía de esa cita cuando recibió una invitación al evento «Reunión de Económicas». Convocaba Carlos Sansimón. «Caray, los que más se añoran son los que no terminaron la carrera», pensó Ángela decidida a no asistir. Bastante había tenido ya con el chalado amenazado por los rusos. A veces se preguntaba qué diantre habría hecho Iglesias para terminar tan mal, pero prefería no averiguarlo. No, esas historias mejor leerlas que vivirlas. Ángela no necesitaba más emociones fuertes en su vida: le bastaba con la amenaza persistente de despido. Esa misma mañana, en la reunión de Marketing, Bauzá había insistido en la necesidad de mejorar el rendimiento de los sellos deficitarios. Leyó la lista de afectados, con el suyo en primer lugar.

Al parecer, el carisma de Sansimón permanecía intacto, porque por la pantalla empezaron a desfilar antiguos compañeros de facultad. Aquello fue un regreso al pasado en toda regla. Ángela escudriñaba las fotos de los perfiles: «Mira mira, la Sichans…, ¡cómo ha engordado!». «Uy, ¡pero si Pérez se ha quedado calvo!» Imposible reconocer en aquel pelón al melenudo guaperas con el que se habría liado a poco que él hubiera sido más alto.

Al ver su perfil en el evento, sus excompañeros le enviaban solicitudes de amistad, que ella aceptaba religiosamente para empezar a intercambiar un montón de anécdotas con las que reavivaban el pasado. Todos hablaban de la cena de reencuentro y ella les daba largas. Hasta que la Sichans se lo preguntó a muro abierto. Fue Iglesias quien respondió por esa misma vía: «La Jirafa está enfadada conmigo, pero prometo portarme bien».

Ángela se quedó de una pieza. «¡Caray! ¡Sería impostor el tío! Conque amenazado de muerte por la mafia rusa, ¿eh? Ya ves, y ahora de colegueo y cena. Ja.» Iglesias le había tomado el pelo a lo grande y ella se lo había dejado tomar. Aunque por una parte se sentía aliviada, predominaba la sensación de que Robertito la había engañado, a saber con qué fines. Desde luego, a los hombres no hay quien los entienda.

Que Iglesias les recordara su mote desencadenó tal tormenta de comentarios en el muro del evento que a Ángela no le quedó otra que intervenir por alusiones: «La Jirafa asistirá, pero no se sentará al lado de Iglesias».

Sansimón los había convocado en El Glop, un restaurante famoso por sus menús para grupos. A ella le venía de perlas, porque le quedaba a cinco minutos de casa. Decidió sacarse todo el partido posible y esa misma tarde se hizo una sesión extra de fotomodulación.

—¡Qué piel más bonita te ha quedado! —se felicitó Merche al salir. Con su cuerpo orondo y un cutis impecable, la propietaria lucía un vestido de tonos vivos y joyas muy vistosas.

Ángela le contó que iba de cena y se llevó los mejores deseos para que triunfara. Ya en casa, mientras se vestía, su hija Cecilia, en tránsito hacia los brazos de David, ese novio pamplinas, rico y soso que le había sorbido el seso, le preguntó si Iglesias también iría. En un momento de debilidad le había explicado el fiasco. «Ya ves tú lo amenazado que estaba, mamá… ¡Vaya jeta! Y tú preocupándote, como siempre.»

Ángela llegó al restaurante de las primeras. Se había puesto tacones. ¿No querían Jirafa? ¡Pues tendrían Jirafa! Frente a la entrada divisó a Robertito Iglesias en animada charla con Sansimón. Obvió al primero y abrazó al segundo, que estaba en plena forma. Iglesias llevaba unos tejanos que le sentaban mejor que el traje chaqueta gris brillante, pero desde luego pertenecía al pelotón de los desmejorados. Ella no le dirigió la palabra.

Pasaron la cena rememorando batallitas universitarias mientras comían parrillada de carne y bebían tinto de la casa. Iglesias era el único que iba cambiando de silla, llevándose el plato en ristre y obligando al resto a acomodarlo. A cada comensal le susurraba algo. La historia que les contaba no debía ser muy edificante, porque a Ángela no se le escapó que la mayoría le daba de lado educadamente. Finalmente llegó hasta ella.

—Jirafa, perdona. No estuve muy fino la última vez.

—Pues no.

—Te veo igual de guapa.

—Y yo te veo un poco pasado. ¿Qué es eso que vas cuchicheando?

—Voy pidiendo un préstamo, una ayuda para este excompañero.

—¿Qué? ¿Ahora tampoco puedes pagarte los cafés?

—¿Qué quieres? Me metí en una promoción y me enganchó la crisis de lleno. Me la comí con patatas. Tenía un préstamo, no pude pagar, pedí otro, y así hasta llegar a un usurero que se entiende con la mafia rusa. La especulación inmobiliaria se come media Barcelona, los rusos sacan tajada a base de préstamos y blanqueo y nadie lo sabe. Me tienen bien cogido. No pido diez euros para café, Jirafa. Pido cien mil. A cambio doy un dúplex a estrenar en Castelldefels, primera línea.

Ángela se había quedado con la boca abierta.

43

—Si tan cogido te tienen, ¿por qué no vas a la Policía?

Roberto la miró como si le hubiera hecho una idiotez.

—Porque si voy, me detienen. Los vicios se pagan caros y las mujeres, más.

Tocaba preguntarle por qué lo iban a detener, pero Ángela decidió que eso no le incumbía en absoluto. Cambió de tercio.

—¿Y por qué no lo escribes?

—¿El qué?

—Tu historia. Denuncias a la mafia o a quien sea, por extorsión o amenazas, lo que tú veas. Un libro te permite dar tu versión. Y además, ahora mismo este tipo de libros tira muchísimo —le recomendó con el tono que empleaba para todos los aspirantes a autor que se dirigían a ella en busca de consejo.

Roberto la miró como si acabara de darle la fórmula mágica.

—Si lo escribo, ¿tú me lo publicas?

«Lo típico», pensó Ángela, lista para cambiar de asiento.

—Eso no te lo aseguro, pero da por hecho que me lo leeré.

—Si tú lo lees, yo lo escribo.

—Pues adelante, Roberto. Cuéntalo todo.

Iglesias se disponía a continuar mendigando, pero Ángela lo detuvo.

—Oye, perdona, pero si tan amenazado estás…, ¿qué narices haces saliendo de cena?

Él le dedicó una media sonrisa.

—¿Y dónde iba a estar más seguro, Jirafa? Los rusos son demasiado discretos para buscarme las cosquillas en una cena de grupo. Vosotros sois mi escudo humano.

Ángela se levantó y se fue directa a la Sichans, que cuchicheaba al lado de Carlos Sansimón.

—¡Cambio de silla, guapa! Que mira que he llegado pronto y ni así he conseguido que este señor me cuente su vida.

Sansimón le dedicó una mirada lustrosa y Ángela vio cómo

escondía bajo la mesa la mano donde lucía la alianza. Se acordó de Carolina y de sus exhortos posmasaje. «Antes muerta que liada con un casado», pensó. No, ni las mafias ni las infidelidades eran para ella. De todos modos, se dispuso educadamente a escuchar las patrañas que Sansimón estaba ideando en aquel mismo momento para camelársela a toda velocidad.

45

10

*E*se viernes Carolina se dirigió a su equipo con más entusiasmo del habitual. Necesitaba la energía de todos: tenía delante la oportunidad que la arroparía a la dirección nacional. Y si ella ascendía, ascendían ellos. Los suyos lo sabían y se dejarían la piel. A la adrenalina laboral añadiría más tarde una nueva dosis: la salida con el Presidiario, un encuentro clandestino con el que inauguraría el fin de semana.

La sala de reuniones B-1 estaba reservada de 17 a 18 horas por el departamento de Nuevos productos. Sesenta minutos bastaban para poner en marcha FruitMix. El equipo había detectado una oportunidad de mercado en el sector de la alimentación infantil: los frutos secos. Los críos apenas los probaban. ¿Qué tal si se los vendían en pequeñas cajitas, de colores vistosos, que contuvieran una ración individual? Sería un *snack* saludable, fácil de meter en la mochila de los niños… Los padres se convencerían *ipso facto* a poco que apelaran a la dieta mediterránea; a los hijos los captarían con un par de promociones llamativas. Alimex era líder en el segmento de los frutos secos, pero ese negocio estaba muy centrado en la venta a granel, que movía volumen con escaso margen. Con FruitMix, Carolina aportaba valor añadido, marcaba un precio más alto y un margen de beneficio mayor.

Anna, su asistente personal y secretaria del departamento, le pasó el mando para que proyectase la presentación al equipo. Eran jóvenes y ambiciosos, como lo era Carolina a su edad y como seguía siéndolo. De ellos dependía el éxito del lanzamiento. Pepe Figueras desarrollaría las especificaciones de producto y, con el concurso de I+D, lo prepararía para las pruebas técnicas y sanitarias. A él le tocaba lidiar con Michael Geier. Sonia Marín se encargaría del testeo y de organizar los *focus groups* en cuanto tuvieran las primeras muestras. A David Ferrando le correspondía la estrategia de lanzamiento, batallando para que el departamento de Marketing, con Jimmy Sanz al frente, diera el visto bueno o, como mínimo, no la obstaculizara.

Carolina, que llevaba un vestido cruzado color lila intenso, no ahorró vehemencia. Debían conjurarse para que FruitMix fuera su primer lanzamiento europeo. El producto tenía potencial internacional. Si lograban poner en el lineal un producto atractivo a un precio competitivo, si conseguían que en Bruselas y en Roma los niños merendasen almendras, avellanas y pasas, la dirección nacional de Alimex sería suya.

La reunión fluyó con la adrenalina propia de la posibilidad. Sin embargo, al salir de la B-1 los cinco vieron a Jimmy Sanz y a Michael Geier charlando animadamente por el pasillo. Geier le guiñó un ojo a Carolina. Ella no respondió. Aquellos dos no podían estar tramando nada bueno. Miró a su equipo y supo que estaban pensando lo mismo. Tendrían que jugar muy bien sus cartas para que los jefes de Investigación y de Marketing no se confabularan y les hundieran la operación.

Carolina aparcó sus sospechas, dispuesta a comenzar el fin de semana con buen pie sexual. De hecho, ni siquiera tuvo que llegar al Seat para tener un orgasmo. Raúl apareció a las siete en punto en la puerta. Ella fingió que no lo conocía. Citarlo en el edificio de Alimex era una temeridad que la encendía. Bajaron juntos en el ascensor hasta el garaje y él, sin mediar palabra, le metió la mano debajo del vestido lila. Pulsó el botón -1, y cuando salieron, Carolina estaba completamente mojada.

—¿Dónde has aparcado? —le preguntó en un susurro.

—¿Y a ti qué más te da?

47

La empujó contra la pared y continuó metiéndole mano con fuerza. Ella estaba a punto, las piernas en tensión, cuando oyeron unos neumáticos. Raúl quitó la mano, la agarró del brazo y la empujó hacia la escalera que bajaba al nivel -2. Escondiéndose como ratones por el garaje, él con la bragueta desabrochada, ella con las bragas a media pierna, bajaron un piso y después, al oír de nuevo otros neumáticos, bajaron otro más. ¿Y si venía alguien?

Carolina estaba atenta a su propio deseo y a los ruidos del subterráneo, temiendo ser descubierta y a la vez gozando de la clandestinidad en una tarde de viernes en plena Barcelona. Había encontrado de nuevo el sitio de su recreo, un lugar oscuro, entre coches y motos cubiertas con funda, en el que dar rienda suelta a su pulsión sin compromiso. Era libre: en ese instante no tenía agenda ni equipo. Se había convertido en un ser primario. Su idea de la dicha era esa: no tener ataduras, correr el riesgo de que papá te pille. Refregarse por el aparcamiento no era más que un peldaño en la escalera ascendente hacia el placer. Si para lograrlo hacía falta bajarse las bragas en el edificio de Alimex, se las bajaba. Y no con sentimiento de culpa, sino de deber. Haría lo que fuera por placer, por perder un momento el sentido. Lo que fuera. No conocía mejor terapia contra la ansiedad y el estrés. Bastaba con que Raúl volviera a ponerle la mano entre las piernas para ahogarse en la ola. Y llegó.

Cuando por fin se metieron en el Seat y él se hubo corrido en su boca, Carolina se dio cuenta de que una vez más había perdido las bragas. No importaba. Llevaba en el bolso un par extra, porque ya sabía cómo terminaba la fiesta. Sin embargo, no se las puso todavía.

—¿Adónde vamos?

Raúl frunció el ceño como si ya estuviera harto.

—¿Qué pasa, zorrita? ¿Quieres más?

—Yo siempre quiero más —ronroneó Carolina estirándose.

El Presidiario le retorció un pezón con fuerza.

—Pues si quieres más, me llevas a tu despacho.

Carolina se incorporó de sopetón.

—Imposible. Todavía hay gente en la oficina.

Él le abrió la puerta.

—Pues te bajas. Ya.

—¿Me bajo?

—Zorra, yo vengo a follar, no a hablar. Estoy harto de este coche y a tu despacho no quieres ir. O follamos o te bajas.

—Vamos a mi casa.

Nada más hacer la propuesta, Carolina se arrepintió. Lo primero que aprendió cuando empezó a frecuentar el ambiente de las relaciones esporádicas era que los amantes de quita y pon no se llevan jamás al domicilio. Demasiado arriesgado. Pero no se le ocurrió otra estratagema para retener a Raúl y no estaba dispuesta a que la tarde del viernes terminara tan pronto.

49

11

*E*l portón de la casa señorial en el paseo de Sant Joan donde se ubicaba el centro de estética se abrió en cuanto Ángela llamó al interfono. La recibió la propietaria en persona, luciendo un collar ostentoso que le daba un *look camp*.

—Buenas, Merche —suspiró Ángela como un náufrago que llega a la isla.

—¿Cómo estás, guapa? —la saludó la esteticista mientras miraba por encima del hombro de la recepcionista con batín blanco, sentada frente a un ordenador—. ¡Uy, qué cara! A ver..., ¿qué tienes hoy, fotomodulación otra vez? Dame el bono y pasa un momentito, que enseguida entras.

La acompañó a la sala de relax. Al fondo, Ángela vio a otra mujer, guapa, de unos cuarenta años, con el pelo corto y ojeras considerables.

—Hazme un favor, tú que eres de Gracia de toda la vida. Verás, Luisa es nueva en el barrio. —Merche hizo un gesto en dirección a la clienta del fondo—. Y justo me preguntaba si conocía a algún albañil de confianza. Os dejo y lo habláis.

A Ángela no le quedó más remedio que presentarse a la nueva vecina.

—Pues nada, ¡bienvenida! ¿Por dónde vives?

—En la plaza Gato Pérez. —La tal Luisa esbozó una sonrisa de alivio—. Me han salido humedades en una de las habitaciones y no sé a quién llamar.

—Espera un momento... —Ángela sacó el móvil—. A ver,

toma nota. No sé si este hombre todavía trabaja, pero fue el que me arregló el piso hace dos años.

Luisa lo tecleó a toda velocidad.

—Gracias, de verdad.

—¿Cómo has encontrado el centro de Merche? —Ángela se sintió obligada a darle conversación.

—Por una colega que peregrina hasta aquí cada semana. Tengo contracturas en la espalda y me recomendó el masaje antiestrés.

—Yo vengo los jueves, pero no a masajes. A tratamiento. Porque, con la edad, como te descuides terminas con la cara hecha un pergamino.

—Mujer, ¡pero si estás estupenda!

Ángela iba impecable, blusa blanca, zapatos planos con los que disimulaba su estatura y las gafas con montura.

—Más vale que los resultados se noten, porque yo tendría que ser accionista de esta clínica, con la de tratamientos que me hago...

—Es de Merche, ¿no?

—Son dos socias, ella y una dermatóloga. Conozco a Merche de antes, y cuando abrió el centro la seguí.

La recepcionista apareció en busca de Luisa.

—¡Lástima! ¡Con la de preguntas que tengo! —se lamentó esta; le servía más una vecina que un masaje.

—No te preocupes. La próxima vez me preguntas lo que quieras.

En un impulso, Luisa sacó del bolso una tarjeta de visita y se la tendió.

—Mándame un wasap, así yo también tengo tus datos.

Mientras Ángela la leía, entró Merche.

—Ven conmigo, guapa. ¿Qué tal con la chica nueva?

—Bien, aunque no hemos podido hablar mucho.

—Es la tercera vez que viene ya. ¿Habéis quedado?

—Quedar, lo que se dice quedar...

51

—Pues deberíais. Seguro que os lleváis bien.

Sin más, Merche la empujó hacia una habitación donde la esperaba el láser que iba a quitarle cinco años de encima con solo sesenta pulsaciones de luz.

12

*D*io se llamaba, de hecho, Dionisio, pero solo para su madre. Los clientes habían ido acortando su nombre hasta dejarlo en la primera sílaba, y Dio se quedó. Él era el rey de la granja reina del barrio. En su Vila de Gràcia se encontraban gitanos y payos, alternativos y ejecutivos, mayores y bebés, en un revuelto que no cuajaría en ningún otro lugar del mundo. Como le dijo una vez un cliente muy leído: «¡Tu granja sí que es un crisol de culturas!». Y llevaba razón.

El establecimiento hacía esquina y, aunque tenía puerta en cada calle, entrar era un reto. O al cliente lo atropellaba un coche que tomaba la estrecha curva que iba de Milà i Fontanals a Monistrol, o se daba con la papelera naranja de plástico junto al arcón de los refrescos. Gracias a la colaboración de todos podían acceder los cochecitos, las ancianas con bastón, los chicos de reparto cargados con latas de Coca-Cola y el señor de los jamones. Este era el visitante más esperado, porque la oferta estrella de la granja era el bocata de serrano. Dio los preparaba con mimo: abría un panecillo, lo untaba con tomate, lo aliñaba con aceite bueno y una pizca de sal y lo cubría con lonchas de jamón que él mismo cortaba, cuidando de que se desparramaran bien por los lados. Sus bocadillos de jamón eran fuente de comunión entre los parroquianos. El señor Felipe, el encuadernador de libros, lo comentaba con el señor Vicenç, el electricista, en la mesa que compartían cada mañana mientras desayunaban y leían el periódico a medias. Las gitanas mayores y las jóvenes lo debatían mientras tomaban sus bocadillos con Coca-Cola y dejaban donde podían —a veces, en la calle misma— los carros de la compra rebosantes de vestidos y camisetas que menudeaban después por la playa de la Barceloneta. Las primeras palabras que aprendieron los diseñadores suecos, cuya agencia se acababa de instalar en el barrio, fueron «bocadillo de jamón». Los miércoles, Merche, la esteticista, su ayudante Cristina y la clienta de la una y media venían ex profeso desde el paseo de Sant Joan y se zampaban los suyos mientras hablaban de qué significa hoy ser feliz.

Las conversaciones flotaban como volutas de humo sobre las cinco mesas; el banco, forrado de escay rojo y pegado a la pared, ofrecía la posición más privilegiada. Detrás de la barra, Dio vigilaba el vaivén con más atención de la que podría suponerse. Pero no solo atendía a las comandas, al «¿Me cobras?», al *«Nen, tens el diari d'avui?»*. Estaba atento, de una manera sutil pero implacable, al ir y venir emocional de los parroquianos entre los que a veces se mezclaba algún turista despistado, ignorado siempre con educación. Estaba al corriente de todas las fortunas y agravios del vecindario, pero se hacía el loco cuando el jaleo no le interesaba.

Danny y Dio congeniaron enseguida. Compartían ADN: eran hombres con un niño dentro que se manifestaba en una rebeldía cariñosa y desprovista de aristas. Les gustaban las mujeres, pero la que más les gustaba era la propia. Les gustaban las motos, la cerveza y la música. Danny echó en la granja las raíces que lo atarían al nuevo barrio. Dio lo acogió y, a partir de ahí, los parroquianos lo consideraron un vecino más, miembro de aquella tribu variopinta.

—¿Qué pasa, chaval?

Dio saludó a Danny mientras se afanaba en limpiar mesas para un grupo de estudiantes de la vecina escuela de Trabajo Social. No consumirían mucho, un refresco por cabeza a lo sumo, y le ocuparían varias mesas juntas durante horas. Bueno, menos mal que todavía era temporada baja.

Danny se encaramó a un taburete de color naranja frente a la barra y esperó a que su colega estuviera de vuelta y le pusiera una cerveza delante, aunque todavía no era mediodía. Bien fría.

—Ya ves, chaval. En la lucha. Buscando curro bajo las piedras.

—¿Y qué tal?

—Por ahora, nada.

Dio cobró a una vecina.

—¿Y los niños?

—Bien. En el cole, gracias a Dios. ¡No paran quietos!

—Tú es que te has puesto tarde por la labor, tío. Fíjate en Marisa y yo. Dos hijas bien guapas y bien independientes, y nosotros, ahora, de novios otra vez.

—Eso sí es vida, tío. Apuesto a que ni te acordabas de lo que es salir solo con tu mujer. Vamos, ni yo mismo me acuerdo, porque lo nuestro fue emparejarnos y… ¡bombo!

—Pues, tío, búscate un canguro, una abuela, alguien que os cuide a los niños y vosotros salís por ahí.

—Eso mismo me dice Luisa, tío. Pero soy yo el que no quiere. Son dos criaturas y no las dejo con cualquiera. Además, de aquí a dos días serán mayores, como tus hijas, y yo esto quiero vivirlo. Yo ya tengo mucha noche detrás. Y además, está el tema de la pasta.

—¿Y qué dice tu chica? —le preguntó Dio.

El rey de la granja pensaba que Luisa era una chati bien guapa, con una delantera de armas tomar, pero no se valoraba. Vamos, por la granja pasaban al día mujeres mucho menos atractivas que llamaban mucho más la atención. Luisa, con su pelo corto y el rostro en tensión, era lo opuesto a una *groupie*. Pero el chaval estaba coladito por la chati, eso sí, y le pegaba unos besos que *pa´qué* y ella le respondía con arrobo, aunque Dio sospechaba que se moría de la vergüenza.

55

Danny le contó que Luisa nunca había sido muy nocturna, pero ahora se le había metido entre ceja y ceja que los dos tenían que salir juntos una noche a la semana, aunque fuera un falafel a medias, y «dedicarse tiempo», y que andaba a la caza de una canguro.

—Pero es que yo salgo a las diez y no puedo acostarme a medianoche como las gallinas, ¿o qué? Yo amanezco y claro, los niños se levantan temprano y no hay quién pueda, y no la voy a dejar a ella al frente mientras yo duermo la resaca. Vamos, que no. Pero Luisa está muy decidida. Y la culpa es de sus amigas, que la han convencido de que tenemos que «dedicarnos tiempo». —Danny repitió la frase con el mismo retintín—. Y así mantenemos viva la relación. ¿Y cómo no va a estar viva, si empezamos hace nada y ya tenemos una hija y nos hemos cambiado de barrio y de casa?

—Chaval, tómatelo con calma —le aconsejó Dio agarrando cuatro botellines de Coca-Cola para los estudiantes— y síguele la corriente. Ella sola verá que una vez a la semana es demasiado y aflojará. Pero no le vayas por la directa, que te la juegas, ¿eh?

—Ya ves. Oye, ¿y tus hijas no nos harían de canguro de vez en cuando?

—Hombre, si vas a dar trabajo a mis hijas…, ¡casi mejor salís cada noche!

13

Jorge Bauzá no aflojaba. Esa misma mañana había citado otra vez a Ángela en su despacho. El cabello ensortijado, la camisa perfectamente planchada, con sus iniciales bien visibles, y su mirada oscura aumentaban el nerviosismo que provocaba una reunión sin preaviso. La luz entraba a raudales por los ventanales.

—¿Cómo vamos, Ángela? ¿Qué tenemos en previsión?

Se sentó bien erguida, con los pantalones impolutos, las piernas sin cruzar y unas sandalias que resultaban demasiado veraniegas, mientras sus manos revoloteaban por el cartapacio que siempre llevaba consigo desde que Bauzá llegó a la dirección. A ese hombre solo se le hablaba con datos.

—Bueno, para Sant Jordi ya sabes, sacamos *La crisis explicada a mis hijos*. Es un buen argumentario y...

—Con la audiencia que tiene el programa en la tele, seguro que se vende —la interrumpió Bauzá—, pero mucho tendría que vender para que nos recuperásemos. Yo me refiero a las propuestas a medio. Ese es el tiempo que nos hemos dado. Si en tres meses...

Ángela dio un brinco que no pasó desapercibido a su interlocutor

—Si en tres meses no tienes títulos que mejoren los resultados —retomó Bauzá—, cerramos el sello. —Hizo una pausa efectista—. De verdad que lo siento, pero ya sabes cómo está el mercado. Hemos racionalizado gastos, hemos consolidado equipos, estamos haciendo una política muy agresiva en punto de venta. Por nuestra parte, la mejor voluntad. Pero las ventas no acompañan y tu sello ahora mismo es una sangría. Has subido algo, pero estamos aún un sesenta por ciento por debajo de previsiones.

Ángela tragó saliva. «Tres meses, tres meses…» El plazo retumbaba en su cabeza como un martillo neumático. Con los títulos que tenía en cartera no se salvaba: ninguno colmaría la sed de sangre del consejero delegado y, por tanto, no podría pedir prórroga. No, los ensayos no le interesaban. Prefería las memorias de mediáticos y cualquier cosa que oliera a escándalo. «Piensa, piensa rápido», se espoleó. Se veía en la calle, desahuciada, sin su hija, sola. «Piensa, ¡piensa, caray!»

—¿Y bien?

Ángela decidió jugárselo todo a una carta.

—Estamos en una fase muy inicial, pero voy detrás de unas memorias de un promotor inmobiliario que va a denunciar a la mafia en Barcelona.

Pensó en añadir «rusa» pero se calló. Ni siquiera tenía el manuscrito. Era un farol de primera.

La palabra «mafia» obró un milagro en Bauzá, que se inclinó hacia adelante ocupando con su cuerpo rotundo la mesa de caoba. Su condescendencia se había esfumado, sustituida por la mueca de un cazador que avista presa.

—La mafia en Barcelona… Interesante. ¿Para cuándo lo sacamos?

—Estoy en tratos con el autor.

Aquella afirmación rozaba la verdad. Ángela detestaba mentir, pero más miedo le daba verse en la calle.

—Ciérralos y mételo en producción ya, antes de que nos lo pisen.

Ángela regresó a su cubículo, rodeado por otras celdas en las que editores, diseñadores y periodistas hablaban, suplicaban, ordenaban y se desesperaban por sacar adelante un título tras otro. Era difícil la intimidad en aquel entorno abierto de muebles grises y pilas de ejemplares por doquier. Al principio le había costado, acostumbrada como estaba a su propio despacho, pero ya se había resignado a trabajar en comunidad. En cuanto llegó a su mesa, Ángela abrió Facebook y envió un mensaje a Iglesias:

«Tenemos que vernos. Si tienes libro, yo tengo propuesta de contrato editorial. Jirafa».

Cruzó los dedos. Necesitaba que respondiera. Rápido, ¡rápido, caray! Unos segundos más tarde, leyó en pantalla:

«Mañana a las seis en Casa Fuster».

Tras salir del trabajo, Ángela se bajó del autobús frente a la Casa de les Punxes, el edificio del arquitecto Puig i Cadafalch que los turistas atribuían a Gaudí. Allí trasbordó al 39 y en diez minutos llegó a la plaza Rovira. Había nacido en Gracia y del barrio no la sacaban. Los plátanos, cuyos orígenes algunos remontaban incluso a la ocupación francesa, planeaban nuevas hojas sobre la plaza en la que su hija aprendió a andar. Como siempre, se sintió bienvenida.

Vivía en un segundo sin ascensor, pero estaba tan acostumbrada que todavía se sorprendía cuando las visitas jadeaban al llegar a su rellano. Mientras subía, pensó en Roberto Iglesias, la mafia y la usura. ¿Qué había leído sobre el tema? Recordó un artículo en un suplemento dominical. El periodista retrataba a una familia que, durante cinco generaciones, había prestado dinero a intereses exorbitantes a empresarios rechazados por los bancos y refería las amenazas que empleaban para asegurarse el cobro.

El sesgo sensacionalista del proyecto le repateaba. Aquello no encajaba en su catálogo ni con cola. Daba igual: no tenía opción. Ángela intentó ver la parte positiva del asunto. El tema era nuevo y eso siempre eran buenas noticias en el mundo editorial. Atrás quedaban los días de suecos intrépidos y universos vampíricos. Los libros que denunciaban los males de la sociedad contemporánea estaban en boga, tanto si revelaban el funcionamiento de las cadenas de comida rápida como si diseccionaban de forma más o menos sesgada la crisis económica. Pero no había leído nada sobre mafias rusas ni especulación. ¿Cómo iba ella a juzgar la veracidad del manuscrito? «Tengo que hablar con Marc», pensó, y en ese preciso instante, y aunque ya habían transcurrido más de dos años desde que el infarto la convirtió en viuda inesperada, Ángela se encontró midiendo de nuevo la circunferencia exacta de su dolor.

«A la calle», se ordenó mecánicamente, recordando las indicaciones del terapeuta que la trató durante el duelo. Dio media vuelta y salió por donde había llegado. Mejor paseaba y se aireaba, en vez de conversar con un muerto que no debería estarlo.

14

*E*l hombre calvo miró de nuevo la pantalla. Ningún mensaje nuevo.

«Zorra. ¿De verdad piensa que voy a dejar las cosas así? ¿Que voy a permitir que no me devuelva las llamadas? ¡Qué poco me conoce!» Demasiado tragaba ya en el colegio, intentando educar a una camada de necios imberbes. La gente se cree que la escuela privada es un remanso de paz, en el que las monjitas revolotean alrededor de los niños, angelitos ellos, cuando en realidad son unos salvajes, por no hablar de los padres, que se le ponían chulos a la primera oportunidad. Y ahora esa zorra creía que así, sin más, le iba a tachar de la agenda. ¡Con lo bien que habían follado la última vez!

Esa furcia tenía pasta, un buen piso. Y era lista. Lo había llevado a su casa cuidándose de no dejar datos personales a la vista. No logró ver una foto, un sobre, algo que permitiera identificarla. Cuando faltaba poco para llegar, le había vendado los ojos con un pañuelo de seda que llevaba en la guantera. No sería tan fácil dar con ella. Y ahora la furcia llevaba pañuelos de seda en la guantera, esa puta que encima no cobraba lo estaba ignorando deliberadamente. A saber qué estaría haciendo. Nada bueno ni legal.

La pantalla reflejaba una luz metálica. Le gustaban la oscuridad y el silencio, sobre todo cuando se acercaba la migraña, dispuesta a arañarle el cerebro hasta hacerle rabiar. Pero esta vez ni la migraña lo detendría. Tomó un sorbo de té frío, tan frío como el cuchitril subterráneo al que pomposamente llamaba «despacho», un zulo sin ventanas, con una mesa de oficina y una silla ergonómica que ya no lo era. Abrió el frasco de pastillas y se tragó dos de golpe. El médico le recomendaba que espaciase las dosis, pero el dolor se acercaba a una velocidad creciente.

Miró otra vez la pantalla y se cercioró de que no había entrado ningún correo. Nada. Cerró los ojos. «De acuerdo: si esa zorra quiere guerra, la tendrá. El mundo sabrá que es una furcia de cuidado.» Dejó la taza en la mesa: le pesaba muchísimo. El nubarrón de migraña se instalaba en su cielo particular.

15

Ángela llevaba la blusa celeste metida por dentro de unos pantalones tejanos ceñidos que le apretaban pero, a cambio, le hacían el culo bonito. No le preocupaba la opinión que Roberto Iglesias se formase de su trasero: lo que quería era sentirse bien para negociar bien. De Iglesias necesitaba manuscrito y colaboración. No se hacía ilusiones: si, como le había avanzado por Facebook, Robertito ya tenía un primer texto, seguro que estaba en bruto. Tenía que lograr que el autor trabajara con ella: entre los dos lo ajustarían a toda velocidad. «Desde que me hablaste de lo del libro en la cena, no he parado de escribir, Jirafa. Todo. Te juro que no queda nada en el tintero. Estas vivencias mías valen una pasta, y más que ganarás tú», le había contado su antiguo y desgraciado compañero en pantalla. A ver qué material tenía.

63

Ese manuscrito era ahora su mejor baza. «Si con eso Bauzá me da un respiro, alabado sea.» Había pasado ya los cincuenta, ese portal tras el cual no había muchas puertas laborales a las que una editora sénior pudiera llamar.

Iglesias estaba frente a la librería La Memoria estudiando a los transeúntes en el reflejo del escaparate. Iba vestido con un traje de nuevo rico pasado de moda y unos zapatos deportivos que no pegaban en absoluto. Tenía cara de boxeador derrotado, con la barba mal recortada y los ojos hundidos en un mar de surcos. Al ver el sobre que llevaba bajo el brazo, Ángela respiró aliviada. Al menos, traía algo.

—Vámonos de aquí —fue todo su saludo.

Ella lo siguió hasta llegar a un pequeño bar situado en un callejón que serpenteaba tras la iglesia de Santa María de Gracia. Se sentaron en la mesa del fondo. Iglesias parecía exhausto: la chispa que lo animaba en la cena de exalumnos de Económicas se había extinguido.

Ángela intentó dirigir la conversación.

—¿Qué tal se te ha dado esto de escribir? —Miró el sobre, que Iglesias había colocado sobre la mesa protegiéndolo con su mano, y añadió—: La verdad, pensando en lo que me comentaste, investigué un poco. No hay mucho publicado sobre mafias y especulación. Y pensé: «Caray, pues es una buena oportunidad de hacer algo juntos».

Roberto Iglesias callaba. No había mordido el anzuelo de la amistad. Ángela no se inmutó y le puso delante otra zanahoria: le detalló el proceso editorial y las cláusulas del contrato.

64

—Mira, Jirafa, no tengo tiempo para monsergas. —Roberto Iglesias se mesaba la barba—. Van a por mí, pero yo soy de los que muere matando. Que se sepa lo que hacen estos cabrones.

—¿Me lo dejas ver?

De un tirón, Ángela cogió el sobre y con pericia leyó algunas páginas en diagonal. Se puso en tensión, como cada vez que leía un manuscrito prometedor. Aquello era una bomba de relojería. Lo quería.

—¿Los nombres que citas son reales?

—Como yo me llamo Iglesias, que los saco con nombre, apellidos, DNI y lo que haga falta. ¡Pandilla de cabrones, eso es lo que son!

Ángela se lanzó a por todas.

—Te lo compro, Roberto. Lo único que te pido es que te comprometas a defender tu libro en público. Tú eres el autor y quien mejor lo defenderá.

—Ya. ¿Y qué gano yo con esto?

Iglesias le clavó una mirada de acero en la que ella no vio rastro de su compañero de facultad, pero no se achantó.

—Sesenta mil euros.

—Cien.

—Sesenta mil es el anticipo más alto que estoy autorizada a ofrecer.

Ángela le mintió: podía, pero no quería subir más una apuesta que ya le daba vértigo.

—Cien mil o nada.

—Cien mil. Lo mismo que el dúplex en primera línea. —La editora dudaba: la cifra consumiría todo su presupuesto para contratar nuevos títulos.

—Cien mil o nada —repitió Iglesias con firmeza.

Todo a una carta. ¿Se apostaría cien mil euros por mantener el puesto de trabajo?

—La mitad ahora, la otra mitad a la publicación —soltó Ángela con la voz quebrada por la tensión.

—¿Y eso cuándo será?

Roberto Iglesias se había bebido de golpe la cerveza.

—Primero lo tengo que leer. —Ángela pisó fuerte el acelerador—. Lo leo esta misma noche y mañana por la mañana firmamos el contrato. Habrá que editar el manuscrito y ahí te necesito cerca por si surgen dudas. Si le damos prioridad, que se la daremos, podemos tener el libro en la calle en menos de tres meses.

—¿Tanto?

Ángela se armó de paciencia. La gente siempre piensa que los libros se hacen como churros.

—Incluso teniendo en cuenta que la edición será rápida porque no hay que cambiar nombres —le remarcó—, no podemos correr más. Tres meses es ya un *sprint*. Roberto, el libro te da dinero, pero también visibilidad. Expones tu historia. La tuya. Te saldrán bolos y si lo haces bien, los cobrarás. La mafia en Barcelona es un tema muy nuevo y despertará

65

interés. Los medios nos harán caso, ya verás. Me llevo el manuscrito y firmamos contrato mañana. Aquí te dejo el borrador, para que lo estudies.

Ángela le tendió unos folios. Iglesias reaccionó ansioso.

—Todo esto que me cuentas es un paripé y yo no tengo tiempo para paripés. Saca el libro en un mes, hago la promoción y me abro. Tú consigues un bombazo y yo me voy de aquí. ¿Dónde hay que firmar?

—Léetelo bien, porque el tema de la promo es condición *sine qua non*, Roberto.

Ángela estaba desesperada pero no ida: el éxito del libro exigía que el autor se paseara por todos los medios de comunicación reiterando sus acusaciones.

Iglesias revisó de refilón el contrato y rubricó las tres copias con la maña de quien ha firmado muchos. Ella las metió todas, sin firmarlas, en el sobre con el manuscrito. No se comprometería sin haberlo leído.

Iglesias se levantó. Ángela pidió la cuenta, que él ignoró. Ella no sabía si sentir pena o asco. Salieron a toda prisa del bar.

—Seguro que el libro vende y eso será bueno para tu negocio. Y para ti. Que ya se sabe que los editores al final queréis pasta, como todo el mundo.

«No lo sabes tú bien», pensó Ángela apretando más aún el bolso.

—¿Quedamos mañana aquí mismo a las nueve y media?

Roberto Iglesias asintió con la cabeza, dobló la esquina y desapareció. Ella aceleró el paso en sentido contrario, con el mismo apuro que si llevase encima cien mil euros en efectivo.

16

*L*a tarde se alargaba cada vez más. La primavera se había instalado oficialmente en Barcelona, con un calor húmedo. La terraza estaba llena y el camarero aceptaba comandas en todos los idiomas. Carolina se quitó la rebeca de entretiempo: la blusa de rayas blancas y lilas que llevaba debajo le iba justa. A su lado, Luisa jugueteaba con unas gafas de sol que el atardecer haría innecesarias.

—Es complicado. —Luisa desvió la mirada.

—¿Cómo de complicado?

Carolina detectó que había puesto el dedo en alguna llaga organizativa. En teoría estaba hablando con la responsable de Exposiciones, a la que estaba proponiendo nuevas actividades que consolidasen el mecenazgo de Alimex. El Centro de Cultura percibiría a cambio una aportación extraordinaria y su interlocutora ganaría enteros por levantar recursos adicionales. ¿Lo único que Luisa era capaz de responder es que «era complicado»? Quiso saber más.

Como representante de Alimex en el consejo, Carolina tenía todo el interés en aumentar la dotación, por el bien de la empresa y el propio. Desde que llegó el *mail* oficial anunciando que Seelos dejaba vacante la dirección nacional en diciembre, la lucha por la sucesión se había hecho pública y enconada. Geier continuaba tan educado como siempre pero la evitaba. Jimmy Sanz se pasaba la vida cuchicheando con el alemán. El chulo estaba apostando a su caballo ganador. El resto de responsables de división no se habían pronunciado, pero daba igual, porque la decisión al final la tomaría la central y allí daban importancia a los resultados y a la reputación corporativa. Asociar a Alimex con la cultura era un tanto que Carolina se iba a anotar.

—¿Te propongo una esponsorización adicional a cambio de que figuremos como patrono prémium en las dos exposiciones que inauguráis este año y tú me dices que es complicado? Perdona, pero no te entiendo.

Luisa sopesó la respuesta. Se veía obligada a explicarle que ella ya no decidía los presupuestos y que, por tanto, tampoco podía aceptar formalmente su aportación. Eso la sacaba de quicio. Dejó las gafas de sol encima de la mesa.

—La oferta es muy interesante. —Luisa se sentó recta en la silla; la podían degradar, pero no encoger—. Pero yo no soy tu interlocutora en este tema. Es mejor que lo hables con el director.

—Pero ¿no estás tú a cargo del departamento de Exposiciones?

Luisa respiró hondo.

—Lo estaba.

—¿Qué ha pasado?

Cuando esa misma tarde Luisa se había propuesto ir a tomar el aire, había aceptado porque le caía bien. En algunas cosas diría incluso que se parecían, en la decisión, en la profesionalidad, pero todavía no las amparaba un colchón de confianza suficiente. En cualquier caso, siguió hurgando en una herida que pintaba mal.

—Han decidido no confirmarme en el cargo, que queda vacante y que ocupo «de forma provisional». Llevo aquí toda la vida y me consideran interina, ya ves tú.

—Ya. ¿Y por qué no te han confirmado?

Luisa volvió a respirar. Inspira. Espira. Inspira. «A la mierda —pensó—. Yo se lo cuento y que ella saque sus propias conclusiones.» Intentando contenerse, le resumió en grandes líneas cómo había pasado de ser Doña Perfecta a ser la Infiel Oficial. Le contó su separación y que Jaime había ganado poco a poco la batalla de la opinión pública interna.

—No puedo probarlo, pero creo que es acoso.

Carolina sintió lástima. Como una buena víctima, Luisa «no estaba segura» de que fuera acoso. Las víctimas del *mobbing* siempre piensan que la culpa es suya. ¿Por qué? En todo caso, si esa historia iba a afectar el rendimiento del Centro y al mecenazgo de Alimex, Carolina necesitaba confirmarla.

—¡Vaya! ¡Cómo se las gastan! Perdona, Luisa, no es que dude, pero tú misma has dicho que no puedes probarlo… ¿Estás segura de que te están dejando de lado porque te has divorciado?

—¡Porque me he divorciado de uno de los suyos y además embarazada de otro! Si no, ¿de qué? Mi departamento es el principal generador de ingresos del Centro, hemos aumentado el tráfico de visitantes y el número de entradas vendidas. —Le tendió una hoja de cálculo llena de números—. ¡Deberían haberme dado un aumento de sueldo y en cambio me arrinconan como si fuera una lacra!

«Pues lleva razón», pensó Carolina echando una ojeada al documento.

—Han conseguido que deteste mi trabajo. Con la baja cuando nació Lola, incluso pensé en dejarlo.

—¿Y por qué no lo dejas?

Luisa respondió sin dudarlo, como si no cupiera otra posibilidad:

—Verás, Danny, mi pareja, trabaja por su cuenta. Necesitamos mi sueldo. Mi nómina me convierte en cabeza de familia.

—Bueno, pues que se busque él un trabajo fijo y tú te permites un cambio, ¿no?

—Es un tema que prefiero no tocar —respondió Luisa a medio camino entre la beatitud y la rabia soterrada—. Cuando lo hemos hablado, se estresa. A ver quién va a contratar a un periodista que va para los cincuenta.

«Pues igual eres un poco tonta, chica —pensó Carolina—. Te están haciendo *mobbing* pero aguantas para que tu manso pueda seguir viviendo como un pájaro libre.» No entendía por qué una mujer capaz se autoinmolaba a cambio de tener a su lado a un hombre con un proyecto profesional decididamente menor. A ella eso ni se le pasaba por la cabeza. Vete a saber. Igual el tipo era un hacha en la cama y la tenía encoñada. Esa era su teoría universal sobre las relaciones de pareja: buen sexo igual a buena relación. No había más lógicas ni otras necesidades.

—Chica, lo siento. Lo que me estás contando me parece una barbaridad. Vamos a pensar qué se puede hacer, aunque si quieres mi opinión, lo mejor es un cambio de aires.

En ese momento el móvil de Carolina vibró. Lo cogió, miró la pantalla y lo apagó. No pudo contenerse.

—¡Qué pesado es este tío!

17

*D*e vuelta a casa, pasadas las nueve, Ángela se sorprendió al ver una luz encendida.

—Cecilia, ¿eres tú?

—¿Y quién va a ser, mamá?

La voz de su hija le llegaba desde la cocina, donde la encontró zampándose un bocadillo.

—¿Almuerzas o cenas?

Cecilia estaba siempre corriendo de la facultad al despacho donde trabajaba como traductora-chica para todo por las tardes, o en tránsito hacia una cita con David. A Ángela no le gustaba el novio de su hija, pero no tenía con quién compartir la inquietud.

—Un poco de todo.

—¿Qué tal el día?

—Bien. Muy liada. Termino esto, me ducho y salgo pitando, que me esperan.

«Caray con el dichoso David», pensó Ángela. ¿Qué vería Cecilia en un tipo tan relamido?

—¿Vendrás a dormir?

Cecilia sonrió. Sabía que su madre no podía resistirse a esa pregunta. Todavía no la veía recuperada del todo: la muerte de papá había sido demoledora. Ella tenía a David y miraba al futuro, pero su madre no tenía a nadie aún. Casi mejor, porque no sabía cómo reaccionaría si supiera que mamá había reemplazado a su padre por otro.

—Lo intentaré. Y tú, ¿qué tal?

Ángela se quitó los pendientes.

—Cansada. Me he visto con Roberto Iglesias, el compañero de la facultad que te comenté.

—¿El mafiosillo?... ¿Qué? ¿Novio a la vista? —Debajo de la sonrisa de Cecilia latía la aprensión.

—¡Ni loca!

Ángela le dio un codazo cariñoso. Sacó unas verduras de la nevera. El bocadillo de Cecilia era mucho más apetitoso, pero si claudicaba, los desajustes hormonales la convertirían en una bomba humana.

Esperó a que su hija se marchara y se instaló en el comedor. Colocó sobre la mesa el sobre, de color marrón claro, bastante manoseado. De él extrajo con cuidado un pliego de hojas, encabezado por una portada básica en la que se leía «Los prestamistas», y debajo, «Roberto Iglesias». Ni nota de *copyright* ni nada: allí no había duda posible sobre la identidad del autor.

Se sentó en la butaca, junto a la ventana. Las farolas, en perfecto estado de revista, iluminaban la plaza Rovira con una luz mortecina. Las dos terrazas tenían todas las mesas llenas. Ángela empezó a leer.

Roberto Iglesias no fue quien podía haber sido. A instancias de su padre, un inmigrante que se partió el espinazo como obrero de la construcción, Iglesias se inició en el sector inmobiliario nada más terminar el instituto. «Esto es una mina *pa'l* que la sepa explotar —le decían en casa, donde, contraviniendo la recomendación entusiasta de los maestros, se opusieron a que fuera a la universidad—. ¿*Pa'qué*, si ahí no hay dinero?» Tantos años en la obra habían convencido al padre de que el dinero lo ganaba el promotor. Su hijo sería promotor.

Iglesias apostó por los estudios, pagándose él la carrera como pudo y mal. No tenía ni para el café en el bar y, aunque los compañeros no se lo reprochaban, vivía su pobreza como una humillación. Todo cambió cuando en tercero su padre lo colocó casi a la fuerza de ayudante en una inmobiliaria del paseo marítimo. Antes de acabar el curso le ofrecieron pasar a vendedor. Descubrió que el oficio le gustaba. A los seis meses se había convertido en el mejor comercial de la agencia. Tenía razón su padre: con las comisiones viviría mucho mejor que cualquiera de sus compañeros de facultad. No debería más cafés. Podría casarse con Carmen, su novia de siempre, quien ya lo apremiaba. Y se casó y abandonó la universidad para siempre.

Viendo cómo se calentaba el sector, Iglesias abandonó también la agencia donde empezó y fundó la suya, no solo en la misma calle sino en la misma acera. Su exjefe no daba crédito pero a él le traía sin cuidado: quería más clientes, más comisiones, más dinero. Construiría su propia promoción. Llegó el verano y ya le pasaba a su exjefe los tratos que a él no le interesaban. Castelldefels se expandía en todas direcciones. Quien tenía un terreno se presentaba voluntario y se lo ofrecía. La población crecía y los servicios municipales estaban desbordados, pero eso no iba a detenerlo. Tenía el dinero: ahora sería promotor, aunque su padre, que se consumió de repente, como una vela gastada, no pudiera verlo.

Iglesias se convirtió en el amo del lugar. Con una llamada aquí y otra allá conseguía favores, arreglaba contratos y ganaba más y más dinero. El mismo alcalde ejerció de padrino de su hija, bautizo que celebraron como si fuera una boda. La primera obra se la quitaron de las manos. En cuanto hubo saldado la deuda con los bancos, Iglesias se embarcó en otros dos nuevos proyectos, más ambiciosos aún. Su mujer, mientras tanto, se había hecho cargo de la agencia inmobiliaria. Allí era fácil verla con la niña, que crecía rodeada de anuncios de apartamentos.

Para financiar las dos nuevas promociones, Iglesias se alió con un socio capitalista. Raimon Salvat era un abogado de Barcelona que veraneaba en Castelldefels y que buscaba dónde invertir las ganancias obtenidas tras vender sus acciones en tecnológicas. El tipo era medio aristócrata y un *bon vivant*. Suyo era el mejor chalé de la costa, con amarre incluido. Paseaba con una rusa impresionante, una niña casi, gracias a la cual Iglesias conoció a otra. Irina, alta, rubia y complaciente, a la primera de cambio le soltó: «Gustan tus labios».

«Me encoñé.» Así lo relataba el libro. La relación clandestina cada vez lo era menos. Su mujer, indignada por la ostentación, por el cambio de imagen y las ausencias, intentó que entrara en razón, pero Iglesias estaba efectivamente encoñado y nada le haría abandonar su nueva obsesión. Carmen pidió el divorcio. Bien asesorada, consiguió la custodia de la hija y una buena pensión. Además, planteó en la demanda que la mitad de la agencia era suya, por las horas invertidas. Para terminar rápido con el asunto y vivir la vida con la rusa, Iglesias le vendió la otra mitad.

74 La luna de miel con Irina fue buena mientras duró. Los dos socios y sus mujeres salían juntos casi cada noche. «Si padre lo viera, le daba un susto», pensaba a menudo Roberto al pagar las facturas exorbitantes de los restaurantes de nuevo cuño por los que peregrinaban. Irina era una diosa del sexo y lo exprimía hasta decir basta. Lo introdujo en todo tipo de prácticas, algunas bien peculiares, a las que se enganchó. Desde el principio le hizo entender que quien algo quiere, algo le cuesta. A cambio de joyas, una visa platino y un deportivo, Iglesias hizo realidad fantasías que para el común de los mortales jamás dejarán de serlo.

Y entonces se presentó la crisis. Iglesias la vio venir y pensó en bajar el ritmo. Pero Salvat e Irina no estaban de acuerdo. ¿Para qué vivir peor y follar menos? Salvat lo tranquilizaba diciendo que cuantos menos operadores, más negocio se repartirían y le pasaba contratos y más contratos. En vez de joyas, Irina le pidió un hijo. Él se negó. Le dolía en el alma no ver crecer a la suya. Mientras tanto, la competencia desaparecía del mapa. Su antiguo jefe fue de los primeros: cerró la agencia y abrió un bar donde él mismo servía las mesas. Iglesias fue a la inauguración y la situación le resultó tan patética que no volvió, a pesar de que en el pueblo todos hablaban maravillas de sus tapas. Él no terminaría así: compró casas, pisos y terrenos que estaban bajando de precio, con el fin de colocarlos cuando el mercado se recuperara. Dado que tenía invertidos los ahorros en las dos promociones, vendidas solo a medias, financió las nuevas operaciones con un préstamo bancario, que le concedió Marc Massens, el director de su sucursal, después de advertirle que no se expandiera tanto. Massens no podía negárselo porque en su día Iglesias le consiguió un apartamento en primera línea de mar a precio de coste.

Entonces, un martes como otro cualquiera, llegó el descalabro, incubado en Estados Unidos. Salvat salió por piernas y lo dejó tirado. Iglesias empezó un vía crucis de bancos, en búsqueda de refinanciaciones diversas que pronto le denegaron. Mientras tanto, tuvo que pedir a Irina que vendiera el descapotable y algunas joyas que apenas se ponía. Ella aceptó, a cambio de ser madre. Se quedó embarazada, de un niño. Cuando parecía que la situación mejoraba, un aborto espontáneo los separó definitivamente. Irina cogió la visa y los collares que le quedaban y, como su socio, desapareció sin preaviso. En cuestión de meses Iglesias perdió socio, hijo y mujer.

Los impagados empezaron a acumularse. Los acreedores acechaban. Fue Marc Massens, el director de la sucursal del banco, que no quería jugársela si Iglesias continuaba incumpliendo, quien lo puso sobre la pista de un tal Julio Fernández, a quien definió como «banquero privado». A Iglesias le costó que lo atendiera.

Fernández recibía en un chalé aislado a las afueras de Barcelona, coronado por cámaras de seguridad bien visibles, con un matón en la puerta y dos perros que no paraban de ladrar. Cuando por fin lo recibió, el prestamista le puso sobre la mesa unas condiciones asfixiantes que Iglesias aceptó porque no te-

75

nía otra opción. A medida que pasaban los plazos sin que lograra pagar siquiera el interés, Fernández empezó a quedarse con sus pisos, que revendía en cuestión de semanas. Cada vez más apurado, el promotor dejó de pagar la pensión a su ex, quien lo denunció.

«Un Iglesias no se achanta nunca.» La voz de su padre resonaba en su cabeza y el hijo arruinado decidió investigar por su cuenta. ¿Quién estaba haciendo negocio con su ruina? Removió Roma con Santiago y descubrió que Fernández el prestamista revendía sus pisos a un tal Dimitri Yanayev, un ruso de dudosa procedencia que actuaba como testaferro. Solo aparecía por el pueblo a firmar ante el notario, que no hacía demasiadas preguntas: su negocio también iba de capa caída y no pensaba perder a un cliente estable. Al poco de la compraventa aparecían otros rusos, que se instalaban en las propiedades. No se relacionaban con nadie, a veces ni siquiera entre sí. Algunos de los pisos se convirtieron en prostíbulos y los vecinos no pudieron hacer nada para clausurarlos. Las instituciones locales se desentendían, algunas por falta de recursos, muchas por miedo a que el escándalo las salpicara. Iglesias llegó a pensar que aquella era la venganza de Irina, de quien no había vuelto a saber. En el libro no ahorraba nombres ni cargos: algunas páginas se leían casi como una citación judicial.

Agobiado por los continuos requerimientos de Fernández, el promotor decidió morir matando. Fue a contarle lo que sabía de Yanayev y ofreció silencio si le condonaba los intereses, dándole así una oportunidad real de saldar la deuda.

«Mira, Iglesias, o te callas o te callaremos nosotros, por las buenas o por las malas —le amenazó el prestamista—. De eso se encargarán los rusos, que son unos chicos muy profesionales.»

Iglesias terminaba el manuscrito igual que lo empezaba: insistiendo en que había decidido escribir su historia como un escudo hecho de palabras. No buscaba la fama sino la autoprotección. El autor no se disculpaba en ningún momento por sus actuaciones: se autoinculpaba pero no pedía perdón, ni siquiera a su mujer y a su hija, aunque en reiterados párrafos señalaba cuánto echaba de menos a la segunda. No había en Iglesias remordimiento sino rabia, rabia por no haber podido dejar de ser pobre. El texto terminaba apelando a «la editora», a cuyos buenos oficios lo encomendaba, para que se conocieran las andanzas de Julio Fernández, Dimitri Yanayev y de la mafia inmobiliaria rusa en Barcelona.

Ángela se quitó las gafas y se frotó los ojos. Otra vez se había olvidado el colirio en la oficina. Tenía que decidir, y rápido, cómo rentabilizar aquellas confesiones en las que había invertido todo su presupuesto disponible.

77

18

Ángela miró el reloj. Era el de Marc y le venía grande. En la joyería le propusieron cambiarle la correa, pero ella se negó: un agujero extra bastaría para que no se le cayera de la muñeca. Se le había hecho tarde: las ocho y cuarto de la mañana. Se levantó para ir al baño: ya no se aguantaba el pis. Le hacía gracia pensar que cuanto más mayor, más niña: ahora, en la menopausia, tenía problemas de control de esfínteres. Fíjate.

No subió la persiana, como si temiera que algún intruso entrase y le robase el manuscrito. El texto le generaba sentimientos encontrados. Por un lado, el material de Iglesias era bueno. La redacción se notaba apresurada, pero el autor tenía fuerza y no se guardaba nada en el tintero: ni los tríos a los que Irina le había acostumbrado ni los trapicheos con Marc Massens, el director de la sucursal bancaria, o las condiciones usureras de Julio Fernández y sus vínculos con los rusos. Mucho de lo que Iglesias afirmaba podría ser constitutivo de delito. Lo primero sería enviar el texto al departamento legal de la editorial y cubrirse las espaldas.

Arrebujada en un batín de terciopelo que había visto tiempos mejores, fue directa a la habitación vacía de Cecilia. Una vez más su hija no había dormido en casa. David se la estaba quitando, eso fue lo que sintió. Por la ventana que daba al cielo abierto oyó a los vecinos del piso de abajo riendo y charlando. Llevaban así toda la noche. A tenor de sus fiestas, los tres inquilinos gozaban de una juventud eterna, aunque ya rozaban la treintena.

Ángela se vistió con cuidada sobriedad. Los tejanos apretados que le levantaban el culo le servirían de poco. Para un tipo que se jactaba de haberse follado a varias mises rusas, seguro que su trasero de cincuentona menopáusica carecía de interés. Optó por el pantalón negro. Cambió el bolso por otro con mayor fondo, donde el manuscrito no asomara siquiera.

Iglesias ya estaba en el bar detrás de Santa María de Gracia cuando ella llegó. Parecía más enjuto y más hundido aún. Eran apenas las nueve y media y el aliento le olía ligeramente a ron. Se había tomado un carajillo. Ni la saludó.

—¿Lo publicarás? —Su voz sonaba tensa.

—Buenos días. —Ángela intentó introducir una cierta urbanidad en la conversación al tiempo que asentía con la cabeza y pedía un cortado al camarero, aburrido por la falta de clientes.

—¿Cuándo?

—En dos meses, dos meses y medio como máximo. —Aquel mafioso fracasado no iba a intimidarla más de la cuenta. Si quería que hablaran el mismo lenguaje, lo hablarían—. Antes de firmar, necesito aclarar algunos puntos. Citas a diversas personas a las que acusas de prácticas poco éticas o directamente ilegales. Eso nos lleva en primera instancia a nuestro departamento legal y…

—Por mí como si te lleva al santo padre.

—Entiendo. Pero mi trabajo consiste en aclarar contigo estos aspectos. Y te advierto que la misma pregunta te la harán los periodistas y que cuando el libro salga, darás la cara. Ese es el trato.

—Cuando el libro salga, lo que tengo que hacer es más dinero.

«Este hombre está realmente desesperado», pensó Ángela buscando otro as que sacarse de la manga.

—Y lo harás. De momento, la próxima semana te doy los primeros cincuenta mil, a cuenta del anticipo. No está nada mal para un autor inédito, créeme. —Sacó un ejemplar del contrato, lo firmó y se lo dio—. ¡Venga! ¡Manos a la obra! —exclamó alborozada colocando ambas manos sobre la mesa—. ¡Esta mañana mismo me pongo a editar! ¿Cómo hago para hablar contigo? Porque lo de Facebook va a ser un poco lioso. ¿Tienes algún otro correo electrónico o un...?

Roberto Iglesias le tendió una tarjeta manoseada y, sin mirarla siquiera, musitó:

—Me llamas y quedamos.

En cuanto llegó a la editorial, Ángela habló con la secretaria de Bauzá y le pidió que le consiguiera cinco minutos para despachar un tema urgente. Las dos mujeres eran de la misma edad y a veces hacían frente común ante los imberbes procedentes de las escuelas de negocio que continuamente fichaban por Ediciones de Abril, que los exprimía y expulsaba en plazos cada vez más cortos.

—Tiene una mañana fatal.

—Me lo imagino. Pero es urgente. Ya sabes que no soy de las que voy pidiendo favores personales...

—Lo sé, mujer. Veré qué se puede hacer. ¿Me puedes decir para qué quieres verlo? Igual con eso nos lo pone más fácil.

—Dile que es por lo del manuscrito sobre la mafia. Que ya tengo el contrato. Que este libro va a explotar.

19

*H*abía oscurecido hacía rato y el paseo de Gracia se iba quedando desierto. Carolina había perdido la cuenta de las horas que llevaba invertidas en FruitMix, pero no importaba. Aquel producto le daría la dirección nacional.

En la pantalla, el calendario del proyecto indicaba que el paso siguiente era trasladar el *briefing* al departamento de I+D. Había llegado el momento de pedir la colaboración de Michael Geier. Sin el alemán, no habría merienda de frutos secos. Cogió el dosier que Anna le había preparado hacía ya dos días, se desabrochó dos botones de la camisa y enfiló el pasillo.

Como sospechaba, Geier también estaba echando horas: había luz tras la puerta entornada. Llamó decidida y entró sonriendo con picardía.

—Michael, ya veo que a ti tampoco te esperan en casa.

El alemán se puso en pie y bajó la pantalla del portátil. Estaba claro que no esperaba visita.

—Nadie me espera —respondió con pulcritud no exenta de sorna—. ¿Cómo estás? Yo veo que estás buena.

—Sí, Michael. Estoy buena. —Carolina sacó pecho—. Y estoy bien, que creo que es lo que quieres decir. ¿Puedo comentarte algo? Estamos preparando un lanzamiento y quería presentarte personalmente el *briefing*. —Tras enfatizar el «personalmente», se sentó en la pequeña mesa de reuniones y dobló las piernas.

Geier se sentó frente a ella mirándoselas ostensiblemente.

Carolina sacó los folios, le tendió un juego y analizó, punto por punto, los datos críticos del proyecto y las pruebas técnicas que se requerirían como paso previo a su comercialización. Geier anotaba en los márgenes.

—¿Para cuándo el lanzamiento?

—Para ayer.

El alemán la miró desconcertado.

—Quiero decir que en cuanto tengáis las pruebas resueltas, lo sacamos. Mientras tu laboratorio prepara la producción, iremos trabajando los otros aspectos. Mi idea es presentarlo en la reunión de comité de julio.

En ese momento sonó el móvil de Carolina. Era Raúl, el Presidiario. No respondió.

—O sea, que quieres prioridad.

—Sí, Michael, quiero prioridad.

—Lo siento, pero el laboratorio está *full*.

—¿Qué tengo que hacer para que te ocupes enseguida de FruitMix? —Carolina lo miró con tanto descaro que el alemán se revolvió en la silla.

—Bueno, hay unos *timings* que debemos cumplir...

—Cumplir es muy importante, Michael. Si tú cumples conmigo, si le damos prioridad a FruitMix, yo cumpliré contigo. —Carolina descruzó despacio las piernas.

—No he comprendido bien. —Geier estaba empezando a ponerse nervioso.

—Si tú me haces un favor, Michael, yo te deberé un favor. —Carolina se humedeció los labios. ¿Se acostaría con Geier si eso le daba la dirección nacional? Bueno, ¿qué importancia tenía un amante más? Solo había dos candidatos con posibilidades, ella o él. O ganaba ella o se convertía en la amante del director. No era mal plan. Y encima, el tipo estaba bueno. Podría ser incluso un premio. Le sonrió.

—Michael, por favor —le dijo casi en un susurro, cruzando de nuevo las piernas e inclinando bien el busto hacia delante—, dale prioridad a FruitMix. Es un proyecto competitivo. Saldremos ganando los dos.

Carolina se puso de pie. La entrevista formal había terminado, pero Geier no se levantó. Ella se quedó quieta, a un palmo del alemán, con las tetas a la altura de sus ojos. No hizo ademán de apartarse. Geier la miró fijamente y, de repente, la agarró por la muñeca. Ella se soltó mientras le sonreía. Cogió la carpeta y el móvil y se alisó la falda.

—Pepe Figueras te pasa enseguida las especificaciones. Cuento con tu colaboración, Michael.

Su móvil volvió a sonar. A Geier no se le escapó la cara de irritación de Carolina, que rápidamente se recompuso y le dedicó una mirada que era un catálogo de ofertas, a cual más tentadora.

Al salir se dio de bruces con Jimmy Sanz y el corazón le dio un vuelco. Esperó que el responsable de Marketing no hubiese escuchado la conversación, aunque la sonrisa ladina, a juego con su pelo engominado, parecía indicar lo contrario.

—¡Mira quién anda por aquí! —la saludó Sanz y añadió—: ¿Y qué colaboración es esa?

Había estado acechando, eso estaba claro. Carolina entró al trapo.

—He venido a explicarle personalmente a Michael el producto que presentaremos en la reunión de julio: FruitMix, merienda infantil de frutos secos. ¿Te gusta el nombre? Mañana mismo le digo a David Ferrando que te presente el *briefing*. Me interesa mucho tu opinión.

—Ya veo. Te interesa tanto que a mí me mandas a Ferrando, pero a Michael se lo explicas tú en persona. —Sanz había llegado donde había llegado aplicando unos estrictos códigos jerárquicos y no toleraría desviaciones.

Carolina le sonrió.

—Por supuesto que me reuniré contigo. Te lo paso antes y así no te robo tanto tiempo después, ¿qué te parece?

—¿Y lo quieres presentar en la reunión de julio? Un poco justo, ¿no?

—Si cuento con tu apoyo y el de Michael —el alemán se había asomado al umbral visiblemente incómodo—, llego de sobra.

Sanz se pasó una mano por la gomina.

—Quien algo quiere, algo le cuesta.

—Jimmy, sabes tan bien como yo que un lanzamiento así nos viene bien a todos.

—Sí, guapa. Y sé tan bien como tú que a ti te viene mejor que a nadie. Michael, piénsatelo bien, que esta chica va lanzada y como te descuides te quita la silla. *Verstehen Sie?*

Carolina volvió a su despacho. Con Sanz no podía contar, eso seguro. Esperaba que su propuesta erótica a Geier resistiera la avalancha de críticas que en ese momento el director de Marketing estaba vertiendo sobre ella y sobre sus ambiciones.

—*H*a llegado esto para ti.

Luisa dejó en el suelo las bolsas del súper y cogió el sobre membretado que Danny le tendía. El salón se había convertido en una reserva india, con Lola chillando, agazapada detrás del sofá de cuero negro mientras Gabriel hacía ademán de atraparla. A medida que los días se alargaban, los niños se excitaban más. Eran las ocho: ya tendrían que estar bañados.

Abrió el sobre con destreza y leyó el impreso. Se sentó de golpe, y Lola le saltó encima: «¡Mami, mami, que Gabriel me quiere cortar la cabeza!».

Luisa la abrazó mientras le tendía la carta a Danny, que se había acercado con el entrecejo fruncido. Bastaron unos segundos para que él se sentara a su lado.

—No me lo puedo creer.

—Este tío está loco. Pero ¿qué coño le pasa?

—Luego lo hablamos —propuso él señalando a los niños con la cabeza—. ¡Vamos, chavales! ¡Todos a la bañera! ¡Hoy tocan carreras de patos!

Danny se llevó a los niños y Luisa volvió a leer la carta. El abogado de Jaime, el mismo que en su día lo animó a «luchar», la informaba de que procedía a solicitar, en nombre de su cliente, la revisión de la custodia de Gabriel. No entendía nada. Su ex y ella coincidían a diario. Hablar no les resultaba cómodo, pero lo hacían con frecuencia por una cuestión práctica. ¿A qué venía esa amenaza? «Revisión de la custodia.» ¿Qué revisión?

Jaime era un tipo pacífico. ¿Por qué pasaba al ataque? Le vino a la cabeza la figura de Espe, la nueva novia. La Gorda Sebosa lo estaría espoleando, ansiosa por jugar a papás y a mamás.

Sacó el móvil del bolso. Ella sí que no le tenía miedo. Jaime no le cogió el teléfono. «Conque esas tenemos, ¿no?» Luisa empezó a llamar cada cinco minutos. Al quinto intento, fue Espe quien respondió.

—Con Jaime, por favor.

—Luisa, Jaime no se pondrá.

La voz de la Gorda Sebosa, con ese tono agudo y esa condescendencia, la encendió.

—Ya. Y eso, ¿por qué?

—Porque lo que tengas que decirle ya lo hablarán vuestros abogados.

Luisa notó cómo la sangre le subía a la cabeza.

—Que me lo diga él.

—Te lo digo yo en su nombre, Luisa.

—¿Qué pasa, que no se atreve a hablar conmigo? —La ira le iba trepando por la garganta como una enredadera.

—No es un problema de atreverse. Aquí se trata de buscar lo mejor para Gabriel.

—Gabriel está estupendamente.

—Bueno, igual el juez no piensa lo mismo. Buenas noches, Luisa. Por favor, no llames más.

La Gorda Sebosa le colgó.

En ese momento Danny entraba otra vez en el salón.

—¿Has llamado?

El roquero fue lo suficientemente inteligente y no le reprochó la urgencia.

—No quiere hablar conmigo.

Luisa recorría el salón a zancadas.

—Pero ¿por qué no me dice nada? ¿Qué narices está haciendo? ¿Qué piensa alegar?

Danny la agarró por los hombros.

—Nena, tranquila. Jaime tendrá sus razones, o las de otros. Habrá sido idea de la novia, o del abogado para sacarle más pasta. Si no quiere hablar contigo, tú tranquila. Más que hablar, soluciona. ¿Qué tal si llamas al abogado ese que te llevó el divorcio? Ve a verlo, enséñale la carta y que te diga qué puedes hacer. Vamos, yo me iría preparando…

—¿Preparando para qué? ¿Para la guerra?

Danny la abrazó fuerte.

—Eso parece, nena.

Luisa se mesó los cabellos cortos: se los hubiera arrancado a mechones.

—Y ¿cómo lo pagamos?

21

«¿*Q*uién coño se ha creído que es la Carolina esa? Una zorra, eso es lo que es. Una guarra de tres al cuarto y encima con ínfulas.»

En su día la había contactado porque su presentación era tan arrogante que le llamó la atención. Nada de «busco esto» o «busco lo otro». La tía soltaba de entrada que era pequeña pero muy bien proporcionada. Y lo era: un poco estrecha de caderas, pero con un buen par de tetas. Media melenita oscura, con mechas rubias para darse un aire moderno. Y cuidadísima: manicura y pedicura francesa y depilación brasileña.

La primera vez la citó en un bar céntrico, bastante normalito. No quería asustarla, pero en cuanto la vio supo que no se asustaría y se la llevó al coche en menos de cinco minutos. Mucha mecha, mucha mecha, pero lo que buscaba la zorra era marcha. Se la trincó rápido, en el mismo coche, y la puso a prueba. Y la zorra lo seguía relamiéndose de gusto. Un comportamiento tan satisfactorio merecía una segunda oportunidad y se la dio. Y la zorra lo volvió a sorprender: apareció en el bar con un vestido corto ceñido que combinaba muy mal con unas manoletinas con lazo. En cuanto se sentaron, ella, con disimulo, le cogió la mano, se la puso en el regazo y se subió discretamente el vestido: iba sin bragas.

Ese día casi le hizo perder la cabeza. La hizo subir al coche y le dijo que se la llevaba a casa. La zorra se resistió: la casa era coto vedado. Bien. Supo esperar hasta el nuevo encuentro. Cuestión de tiempo, de ponerla a cien en el garaje de la empresa y después parar en seco: «Si quieres seguir la fiesta, me llevas a tu casa».

Y cuando le dejó entrar en casa, allí se la trajinó de todos los modos posibles. «¿Qué quieres hacerme?», maullaba la gatita. Y él se lo hizo todo, gozando mientras la veía chirriar los dientes, poco avezada estaba en según qué. Desde luego, la casa dio buen resultado: la tipa se soltó.

Pero al parecer la zorra tenía un límite. A los pocos días él le mandó un privado en el foro proponiendo una nueva cita, y va la tía y le escribe que está muy ocupada en el trabajo. «La zorra quiere humillarme, hacerme sentir que soy un don nadie. Ya ni me coge el teléfono.»

Repasó las fotos que había guardado en su móvil, buscando aquella en la que se la reconociera más. ¡Qué buena fue esa sesión! La zorra empezó a agitarse cuando le vio hacer fotos, pero poco más podía hacer, considerando que la tenía bien atada y amordazada.

Esa misma le serviría. Allí estaba ella, tendida en la cama, con las piernas bien abiertas. Los pies de manicura francesa, en posición destacada. Inconfundible. Ya era hora de que sus habilidades eróticas fueran conocidas por el mundo entero. Para empezar, subiría la foto al foro. Le inventaría un alias, claro: «Zorrita». Los colegas comentaban fijo. En cuanto hubiera recopilado un número suficiente de admiradores y comentarios, le mandaría el enlace para que viera el éxito que su depilación brasileña despertaba entre la peña.

89

22

*E*se lunes Ángela se despertó de madrugada, con la angustia agarrada a su espalda. Era una sensación desagradable de agarrotamiento, un desasosiego físico. Se incorporó con los hombros echados hacia delante.

«Hija, la espalda recta», recordó la orden perenne de su madre, la misma que ahora ella le repetía a Cecilia, pero sus hombros no la obedecían. Había dormido mal. En su sueño, Marc le advertía que no se subiera al taburete de la cocina: «Te vas a caer». Y ella, erre que erre, encaramada al taburete para agarrar el salero, cuando en realidad el salero estaba junto al hornillo. «Dame la mano.» Su marido sonreía y el taburete se balanceaba.

Ángela se había pasado el fin de semana intentando localizar a Roberto Iglesias. Durante el mes escaso que habían dedicado al texto, contactar con él nunca había sido problema. Lo llamaba, le dejaba recado en el contestador y en cuestión de horas Iglesias devolvía la llamada. Se habían citado varias veces, siempre en el mismo bar anodino, detrás de Santa María de Gracia, al que ella acudía acarreando los folios en un sobre que no llamara la atención. A Iglesias le veía cada vez más consumido, pero optó por no preguntar. Bastante turbio era el manuscrito. Necesitaba que se concentraran en pulirlo para tener el texto listo cuanto antes. Él, por su parte, ya no la llamaba Jirafa.

En Ediciones de Abril, el departamento legal había acabado dando el visto bueno después de varias idas y venidas que la editora intentaba consensuar con Iglesias sin que se enfadase. La simple mención de los abogados la enfurecía, se refería a ellos como «ese atajo de necios». El manuscrito había seguido su curso y la previsión era colocarlo en librerías a la carrera en el segundo servicio del mes de julio. Comercialmente no era buen momento: más bien una última oportunidad.

Los prestamistas era un cóctel explosivo de mafia, usura y sexo, ideal para comentar en tertulias televisivas faltas de noticias. La cubierta llamaba la atención: en el *skyline* de Barcelona, silueteado en gris sobre fondo blanco, la Sagrada Familia había sido sustituida por un euro gigante. Al consejero delegado le gustó. Le había hecho un marcaje implacable: no pasaban más de dos días sin que le mandara un correo recordándole el calendario de publicación, siempre con copia al departamento legal. No iba a correr riesgos. El mérito de la obra radicaba en las informaciones que aportaba y era imprescindible asegurar que Roberto Iglesias las defendería en público.

«De otro modo no tenemos libro, sino libelo —sentenció—. Y en Abril no publicamos libelos.»

En la reunión del comité, el viernes por la mañana, Patricia, la responsable de Comunicación, había presentado el primer plan de medios para *Los prestamistas*. La maquinaria promocional estaba engrasada: solo faltaba el combustible. Bauzá aprobó el plan no sin recordarle a Ángela por enésima vez el trato: «El autor da la cara en todas las actividades de promoción». Ella le confirmó, también por enésima vez, que así sería y, en cuanto acabó la reunión, llamó a Iglesias. Quería quedar con él para enseñarle el plan de medios. Cuanto antes se hiciera a la idea de lo que se le venía encima, mejor. Le ofrecería preparar juntos las entrevistas y presentarle a Patricia para que se fueran conociendo.

Eran las diez de la mañana cuando saltó por primera vez el contestador de su móvil: tenía el buzón lleno y no admitía la grabación de nuevos mensajes. Ángela intentó no preocuparse más de la cuenta y al mediodía insistió. Nada. Como una autómata, fue llamándolo a cada hora en punto, esperando que su interlocutor recuperara el teléfono, vaciara el buzón de voz o, mejor aún, respondiera. Nada. Cada vez más preocupada, Ángela se había pasado el fin de semana entero marcando el número de Iglesias. Nada.

A las seis de la mañana de aquel lunes, la plaza Rovira era un oasis de silencio, apenas roto por el ronroneo ocasional de algún vehículo madrugador. Los plátanos se estremecían bajo una lluvia fina de verano. Ángela agarró la taza de café con ambas manos, a modo de consuelo. La desazón que sentía había aumentado cuando abrió la puerta de la habitación de Cecilia, esperando inútilmente que su hija hubiera dormido en casa. El cuarto estaba vacío. Se le encogió el corazón. Su hija, aquel nexo de unión indeleble con Marc, estaba poco a poco deshaciendo el nudo que los ataba a los tres. Sin ella, Ángela no sabía dónde ubicarse. Había sido una buena esposa y una buena madre. Y ahora, ¿qué era? Ahora era una buena mujer, una viuda menopáusica e invisible, harta del sonsonete del «Tienes que rehacer tu vida». También era una buena editora, amenazada de despido salvo que *Los prestamistas* arrasara en ventas. Para publicar el libro necesitaba a su autor y Roberto Iglesias se había esfumado. Ángela era una mujer en caída libre.

PARTE II

23

Carmen Iglesias tampoco era quien hubiera podido ser. En plena tarde de junio, Ángela se quedó inmóvil frente a aquella mujer bajita, rechoncha, con más arrugas que ella y ojos desvaídos, que la recibió con una camiseta y un pantalón caros pero feos. La ex del autor debió de ser en su día un bellezón, pero aquel día quedaba hoy muy muy lejos.

La mujer solo le entreabrió la puerta después de que ella dijera: «Vengo de parte de Robertito», como si el diminutivo hiciera las veces de contraseña. A Ángela le llevó poco tiempo dar con el ático en primera línea que Iglesias mencionaba en el libro: fue la primera propiedad que perdió, a causa del divorcio, y seguramente la que más le dolió. En Castelldefels el verano convocaba a masas de turistas, dispuestos a disfrutar de cada uno de los minutos de sol incluidos en su *tour*. Cuando por fin Carmen la dejó pasar y la invitó a sentarse en la terraza, se sorprendió al ver sobre la arena las hileras de tumbonas, perfectamente alineadas y en estado de revista.

—Disculpe que me presente de esta manera. —Ángela titubeó un momento y pasó al tuteo—. Como te comentaba por teléfono, trabajo en Ediciones de Abril. Concretamente, estoy editando un manuscrito de Roberto. —Suspiró apenas y añadió de corrido—: Fuimos compañeros en la facultad, aunque creo que tú y yo no llegamos a conocernos.

Carmen Iglesias callaba, con la perspicacia del agente inmobiliario que espera a que el cliente cometa el craso error de revelar sus auténticos sentimientos por el chalé.

—Verás, el libro de Roberto ya está en producción. *Los prestamistas*, se titula. Y me está mal decirlo, pero... ¡qué caray! Ha quedado estupendamente. Vamos, el libro generará polémica y... —Ángela se dio cuenta de que a la ex el libro en cuestión no le interesaba en absoluto—. El caso es que Robertito se ha comprometido a participar en la promoción. Está incluido en el contrato. Llevo buscándolo desde la semana pasada, sin noticias. Quería hablar contigo, por si sabías algo, pero claro, por teléfono me pareció que no son formas.

Cuando ese lunes Bauzá le preguntó por el libro, Ángela mintió. Le dijo que Iglesias tenía «unos días con muchos compromisos que atender» pero que ya estaba preparándose para la promoción. Se lo dijo a sabiendas que los rayos X del consejero delegado la escrutaban y que si el autor no aparecía la guillotina era inminente. Se sentía fatal. Detestaba las mentiras: una mentira es un eslabón que indefectiblemente lleva a otra. Y acababa de soltar la primera. Y no, no le valía decirse que había sido un mal necesario y que solo intentaba salvar el pellejo. No había mentiras necesarias: solo mentiras. Había comprado tiempo hasta la próxima reunión semanal, algunos días apenas, había localizado a la ex y conseguido que la recibiera, pero se estaba dando cuenta de que no iba a llegar muy lejos.

Carmen Iglesias continuaba escrutándola. Ángela notaba cómo el sudor le corría por la espalda.

—¿Tendrías un vasito de agua, por favor?

La anfitriona regresó con una bandeja impresionante, dos vasos de cristal y una botella de plástico. Se sentó y no se la sirvió.

—Yo de Roberto tengo este número de móvil. —Ángela se lo recitó de memoria—. ¿Sabes si tiene algún otro? También le he contactado por Facebook, pero nada.

—No sé nada de mi exmarido desde hace años, así que poco te puedo ayudar.

Ángela bebió un sorbo. Aquella mujer estaba muy, pero que muy dolida.

—Me hago cargo. Por lo que cuenta en el libro, la separación debió de ser un mal trago para los dos.

Roberto Iglesias se refería a su exmujer como la única que había sabido ponerle los puntos sobre las íes y quedaba claro por qué.

—De verdad que no quiero molestarte, pero es que si Robertito no aparece, se arma la marimorena. Vamos, que estaríamos hablando de incumplimiento de contrato, y esas son palabras mayores...

—Lamento que hayas hecho el viaje en balde, pero ya te avisé por teléfono, no tengo nada que decirte. No sé qué habrá escrito Roberto, pero si se ha ajustado a la verdad, entonces sabrás que el tuyo no es el primer contrato que incumple. No ha hecho otra cosa en su vida que incumplir contratos.

Ángela intentó otra vía.

—Bueno, algo apunta en el manuscrito; quizás no lo deja tan claro, pero es normal, ya que cuenta la historia desde su punto de vista. Y yo le..., te...

Carmen Iglesias la observaba como si fuera un dinosaurio de museo. Ángela intentaba empatizar, pero no encontraba el modo.

—Carmen, sin Roberto el libro no se publica. Si el libro no sale, créeme, estaré en un buen lío...

La ex se revolvió en la butaca de mimbre. A lo lejos se oían las risas de los bañistas.

—A mí, hasta ahora, Roberto no me había fallado. —Ángela se dio cuenta del error posesivo demasiado tarde—. Pero ahora tengo que encontrarlo como sea. Él es consciente de que si no participa, *Los prestamistas* no sale. Si no me contesta, es porque le ha pasado algo. Y eso me preocupa. Caray, Roberto habla en el libro de unos asuntos de mafias bastante turbios...

Carmen Iglesias se inclinó a recoger una hoja que la brisa había depositado a sus pies mostrando su palpable desinterés. El logo de lentejuelas que adornaba el frontal de su camiseta refulgió.

—Total, que me debato entre ir a la Policía o no ir.

—¿Y por qué no vas?

—Bueno, Roberto me dijo que si iba a la Policía, lo detendrían.

Su interlocutora apuntó un intento de sonrisa al que Ángela se agarró como si fuera una liana y lanzó su propuesta final:

—Podríamos ir juntas, tú como familiar y yo como editora…

Carmen Iglesias le respondió por la vía ejecutiva:

—Yo de Roberto no soy nada. Es el padre de mi hija, a la que no ve desde que dejó de pagar la pensión, o sea, desde hace años.

—Eso sí que duele. Lo sé por la mía. Soy viuda. —Ángela pasó a la confidencia pensando que la ablandaría.

—Entonces hazte a la idea de que lo somos las dos. El Roberto con el que me casé murió hace tiempo ya. Lo siento, pero no puedo ayudarte.

—Pero ¿tú irías a la Policía?

—¿Y por qué no? ¿No dices que hay incumplimiento de contrato? Pues al juzgado es adonde tienes que ir, mujer.

Carmen se puso en pie y Ángela la imitó a la fuerza.

—Bien. O a la Policía o al juzgado. Entiendo.

La exmujer de Iglesias se recogió el pelo en una coleta. En el taquillón de la entrada, cinco marcos de plata documentaban la evolución de esa otra hija huérfana.

—Te lo avancé por teléfono, pero veo que eres una mujer perseverante… —repitió Carmen Iglesias con un tono más cálido—. Yo de mi exmarido no sé nada, ni quiero saber. Tú haz lo que más te convenga, porque él seguro que lo hará.

24

En una esquina de paseo de Sant Joan un hombre con barba miraba discretamente a uno y otro lado, como si esperase a alguien. Podría haber sido un islamista o un perroflauta, pero Carolina no tuvo tiempo de discernirlo: casi tropezó con él. Un centelleo en los ojos oscuros la detuvo el tiempo suficiente para decidir que mejor se iba.

Justo entonces dobló la esquina una chica nigeriana. Llevaba el cabello planchado, de un tono caoba imposible. Aquel peinado era fruto de muchas horas de esfuerzo o era una peluca. Los tejanos ceñían un culo rotundo, empinado sobre unos tacones baratos. La chica pasó junto al barbudo y le tocó imperceptiblemente el brazo sin detenerse. El hombre, como si se tratase de una señal convenida, se puso en marcha.

Carolina los siguió con la mirada; la chica se había metido en el supermercado. Él en cambio se quedó justo a la entrada, en la cabina telefónica, haciendo amago de llamar. Carolina pensó que nadie usa ya las cabinas; avanzó un par de metros más y pasó inadvertida por su lado. El hombre continuaba mirando hacia el supermercado y, salvo que se diera la vuelta, no la vería. No sabía bien por qué pero Carolina quería confirmar que el barbudo y la chica nigeriana efectivamente se habían citado. Había leído que en Gracia la prostitución iba en aumento. ¿Sería ese el caso? Quizás así era el trato: quedaban, ella lo guiaba hasta el piso franco y subían juntos.

Levantó los ojos de su móvil justo a tiempo de verlos pasar.

Caminaban uno junto al otro pero no daban señal alguna de conocerse. Era evidente que se habían citado.

Cruzó la calle por el semáforo rezando por no perderse. Iba de camino al centro de estética. Demasiados encuentros extraños. No se sentía segura en la calle. ¿Dónde entonces? En cualquier momento en su móvil podría recibir una nueva amenaza. Raúl estaba haciendo honor al mote del Presidiario y empleaba un tono cada vez más agresivo. La asaltaba en cualquier momento y lugar. «Es lo que tiene la conectividad, que siempre te localizan», pensó Carolina. Sentía en la boca del estómago el regusto de la angustia, un sabor amargo y profundo que la agarrotaba, dejándola a merced de su propio miedo.

Mil veces al día se maldecía por haber sido tan descuidada. Por alguna razón confió en que el Presidiario respetaría sus reglas no escritas. Cuando aceptó su primera invitación, Carolina tomó todas las precauciones habituales: no le dio datos personales ciertos, quedó en un sitio público y concurrido…, pero su resistencia duró hasta que Raúl la poseyó en el coche. En el Seat destartalado experimentó una plenitud euforizante, un buen chute de esa adrenalina que le proporcionaban los encuentros furtivos. Con él había cruzado un límite en su carrera particular hacia el placer absoluto. Al principio, la insistencia de su amante en sus mensajes le dio la impresión narcotizante de que era ella quien controlaba la relación. Pero el reverso de esa moneda decía que Carolina no quería controlar nada: cuanto más se abandonaba, más placer obtenía. Por eso acababa cediendo a las solicitudes de Raúl para verse de nuevo. En cuanto se encontraban, él tomaba de nuevo las riendas, obligándola a un sometimiento cada vez mayor. La volvía loca y esa era la única justificación para que le hiciera fotos en la cama, en su propia cama.

Y esas fotos eran las que ahora el Presidiario amenazaba con publicar si ella no accedía a un nuevo encuentro. Al principio Carolina creyó que quizás él no había captado que había una línea roja que ella no cruzaría. Su vida sexual era un asunto privado que de ningún modo interferiría en su proyección profesional. «Ese tipo debe de estar pensando que cederé porque me pone cachonda —se dijo—, pero no sabe que hasta aquí podíamos llegar.» Con su insistencia, enseguida Raúl le dejó claro que aquella táctica no tenía que ver con el erotismo sino con la agresión. Ya no podía ahuecar más el ala para esconder bajo ella la cabeza: tenía que detenerlo antes de que publicara las fotos. Pero ¿cómo? Había intentado hablar con él y siempre colgaba tras sentenciar: «O nos vemos o no hay trato». Ella no era tonta: se verían y él continuaría con el chantaje. Y eso sí que no. Pero de ahí a denunciar la amenaza a la Policía había un trecho, iluminado, que no pensaba recorrer. Su vida privada era eso, privada. Tenía que desactivar esa bomba de relojería en que se había convertido Raúl.

101

25

«No me lo puedo creer.»

Ángela no daba crédito al arrobo con que Luisa, la vecina que Merche le había presentado en el centro de estética, se estaba achuchando en plena calle con un melenudo delgado y vestido de negro. ¡Caray con la chica de ojeras tristes! El tipo se dio la vuelta y se alejó agitando la mano pero a los tres pasos regresó, la tomó por la cintura otra vez y la besó fuerte.

En cuanto llegó al centro para su tratamiento semanal, Ángela le preguntó discretamente a Merche. Tanta efusividad la intrigaba. La esteticista la puso en antecedentes. El tipo melenudo era la segunda pareja de Luisa, que tenía un hijo de cada. Pero estaba estupenda para haber parido dos veces, ¿verdad?

Ángela no era muy dada a las disquisiciones anatómicas.

—Vamos, que tiene buenas tetas. Quiero decir que las tiene en su sitio y no colgando en la cintura, que para dos lactancias no está nada mal —insistió Merche—. Y el nuevo, Danny creo que se llama, la trata como a una reina.

Ángela había llegado un poco antes de su hora esperando encontrar un hombre amigo sobre el que llorar su fallido intento por localizar a Iglesias a través de su ex. A los diez minutos entró Carolina con un escotado vestido veraniego color violeta y coral y cara de preocupación. Le explicó que llegaba temprano porque se había citado con una colega.

Sin más, Ángela se lo soltó:

—Iglesias no aparece.

Carolina se quitó el vestido por arriba.

—¿Qué Iglesias?

—El autor.

—¡Ostras! —Carolina recordó la enrevesada historia que Ángela le había contado la semana anterior.

—¿Estás segura?

—¿Que si estoy segura? Llevo llamándolo días y nada —replicó la editora mirando la pantalla de su móvil como quien espera un milagro—. He ido a ver a su exmujer, y nada.

Carolina se dio cuenta de que la editora estaba tan nerviosa o más que ella, lo que era mucho decir, porque esa misma tarde Jimmy Sanz había soltado, en pleno comité de dirección, que no tenía ninguna fe en el futuro comercial de FruitMix y la había obligado a adelantar la defensa del lanzamiento.

—Bueno. Igual ha perdido el teléfono.

—No creo. No le queda nada más. Si pierde eso, pierde cualquier posibilidad.

Carolina se fijó en que la melena de Ángela, normalmente tan bien peinada, se disparaba en todas direcciones y suspiró.

—Lo que es la vida: unas tanto y otras tan poco. A ti te hacen mutis y yo en cambio tengo a un pesado que no me deja de llamar. Y ahora con amenazas…

Ángela iba a la suya.

—Y ahora, ¿qué hago?

—Llama a su compañía telefónica, a ver si te dan razón. Y si eso tampoco funciona, habla con tu jefe y…

—Mi jefe me mata. El trato ha sido siempre que publicábamos su libro si se comprometía a defenderlo ante los medios. Si Iglesias desaparece, tendremos problemas: con el departamento legal, con el comité editorial… Les sirvo en bandeja la excusa para que me despidan.

Carolina doblaba con cuidado la ropa interior de encaje, en tonos anaranjados muy vivos.

—A ver, ¿qué hacemos cuando desaparece una persona? Llamamos a los hospitales, a la Policía… Pues eso habrá que hacer.

Ángela la miró como si acabara de encender la luz.

—De acuerdo. Llamo a la compañía de teléfono. Si no consigo nada, llamo a los hospitales. Y si tampoco lo consigo, ¿entonces llamo a la Policía? —Se quedó dudando, como si hubiera algo que no cuadrara—. Bueno, como le diga a la Policía quién es Iglesias, si lo encuentran, lo arrestan.

—Pues no se lo digas. Invéntate algo. Que es un pariente lejano, el novio de tu hija…

—¡Eso sí que no!

Carolina sonrió y la cogió por el brazo.

—¡Es broma, mujer!

—Tú todo lo arreglas llamando a la Policía, pero no es tan fácil. ¡Que no es como ir de tiendas!

—Me lo dirás a mí… Porque, lo que es yo, no pienso ir. Anda, relájate, que te van a salir unas arrugas que ni Merche va a poder arreglar.

Entonces se abrió la puerta de la sala de espera y entró Luisa. Se la veía más ojerosa que de costumbre.

—¡Hola, vecina! ¿Qué tal el *paleta*? —la saludó Ángela.

—Anda…, ¿os conocéis? —Carolina estaba perpleja.

Luisa soltó su bolsón y resumió las coincidencias que las habían puesto en contacto a las tres.

Ángela no resistió la tentación y contó que la había visto en la calle Torrijos.

—Pero ibas acompañada y no quise molestar.

—Iba con mi chico —le aclaró Luisa—. Danny es periodista *free-lance* y también escribe libros para Ediciones de Abril.

—¡Caray, cuánta casualidad! —saltó Ángela—. ¡Yo trabajo en Abril! Pero no te extrañe que no lo conozca. Desde que nos compraron, somos muchos sellos.

—Somos amigos de Ricardo Correa, el hijo del fundador de la editorial.

104

—Ese fue el que nos vendió. —Ángela rectificó en el acto—: Y menos mal que lo hizo porque, tal como está el mercado, si no nos hubieran comprado, no estaríamos aquí. Además, Ricardo es un buen editor.

Había sido Ricardo quien había cedido a la presión económica del Mastodonte (así llamaban los veteranos al grupo que los absorbió), ansioso por hacerse con el catálogo de Abril. Ángela vivió la operación como una deslealtad al fundador, el señor Correa, el hombre que hacía casi treinta años le había dado su primera oportunidad profesional y del que siempre había estado un poco enamorada como la estatua de Pigmalión. El hijo era un dandi: correcto pero distante. Nada que ver con el padre, que se sabía el nombre y las historias de todos sus empleados.

—¡Qué gracia! Primero resulta que somos vecinas y ahora además que Danny publica en tu editorial. ¡Si es que el mundo es un pañuelo! Y, por cierto, muchas gracias por el teléfono del *paleta*. Vino el mismo viernes y ya nos ha pasado presupuesto. Danny lo llamará para concretar cuándo empieza… —Luisa suspiró, como si esa llamada de Danny nunca fuera a producirse y estuviesen condenados de por vida a un alquiler y además con humedades, escenario que se le asemejaba mucho al infierno.

Terminaron las tres en albornoz blanco, bebiendo té verde y comentando que la vida te da sorpresas. Antes de que Merche las viniera a buscar para sus respectivos tratamientos, ya habían decidido que el viernes siguiente saldrían juntas.

105

26

La mañana amaneció lluviosa, con esa lluvia tan barcelonesa que cae y cae, insistente y ubicua, y lo empapa todo, obligando a los vecinos a guarecerse bajo paraguas poco usados que entrechocan en las calles estrechas. Luisa decidió que llevaría la sillita. Así podría cargar con las mochilas y los niños, agotados por el final de curso y ahora colocados en los campamentos escolares de verano. Danny seguía roncando. Se había puesto el despertador, pero era inútil. Sus biorritmos eran otros. Mejor le dejaba dormir.

Agarró a Gabriel de la mano, se colgó su mochila bajo el bolso para resguardarla, ató a Lola en la sillita y metió la otra mochila debajo. Enfilaron hasta la calle Fraternidad, desde donde bajaron a Libertad hasta cruzar Torrent de l'Olla y, siguiendo por Buenavista, llegar a la escuela. El nomenclátor local tenía a Danny hechizado: «Siempre he querido vivir en un barrio donde las calles se llaman Progreso o Peligro», argumentaba con entusiasmo libertario. Investigó hasta descubrir que los topónimos progresistas marcaban la zona donde antiguamente vivían los obreros de los vapores textiles y donde hoy residía la colonia gitana de Gracia. Fraternidad, Legalidad, Libertad y Progreso. «Una pasada, ¿o qué?»

Mientras tiraba de los niños, Luisa recordaba una vez más el juicio instigado por su ex para modificar el acuerdo de custodia. Al recibir la citación de los juzgados, insistió en ir sola («Es mi tema») y dejó atrás al roquero, demasiado inteligente para no advertir que su presencia en la sala era un lastre. Jaime, en cambio, se presentó agarrado de la mano de la Gorda Sebosa. La tal Espe se había vestido de tiros largos, pero ni por esas encajaban los dos. Luisa se preguntó primero qué narices vio en su ex y, después, qué narices había visto él en ella, vestida con un pantalón gris de franela demasiado invernal y una camisa color hueso que le marcaba el michelín.

La jueza escuchó imperturbable el alegato del abogado de Jaime, que reivindicó la revisión del acuerdo de custodia por considerar que la situación actual de la madre no garantizaba la estabilidad del hijo en común. El abogado mordedor la llamó a declarar y, aunque se había preparado, Luisa sintió que caminaba por campo minado entre aquellas preguntas absurdas relativas al cambio de colegio (cambio que de hecho habían pactado los dos). Su propio abogado intentó darle una oportunidad durante su interrogatorio y luego procedió a despellejar a Jaime. Su ex, animado por las miradas cómplices de la Gorda Sebosa, resolvió con más soltura el quinto grado y dibujó ante la jueza una vida para Gabriel que, sin duda, sería menos canalla que la que su madre, la Infiel Oficial, le ofrecía.

A Luisa la jueza le pareció ecuánime, una señora que no permitía que nadie la tosiera. No dio mucha cancha a las alegaciones incendiarias presentadas por su ex, pero tampoco le dio a ella carta blanca por ser la madre. Se limitó a escuchar y terminó con un «No me hagan perder el tiempo» que Luisa consideró buena señal. Ahora se mordía las uñas esperando la resolución.

En su sillita Lola daba patadas al aire; Gabriel caminaba sin decir palabra mientras Luisa intentaba animarlo:

—¡Pero si te encanta el arroz cubano de Espe! Seguro que este fin de semana os lo pasaréis bomba, ya verás.

Desde el juicio, la comunicación con Jaime era un auténtico vía crucis, con la Gorda Sebosa siempre de por medio. Gabriel debía haberse percatado y no quería ir a casa de su padre. El niño fingió que no la escuchaba.

107

Llegaron razonablemente secos a la entrada de la escuela, donde se había congregado ya un nutrido grupo de adultos y niños. En cinco minutos se abrió el gran portalón y los padres, hartos de la lluvia, empezaron a empujar, como si llegar al aula fuera la meta de una carrera en la que no querían llegar los últimos.

27

El viernes de la cita femenina llegó, como llega todo en la vida. Luisa llevaba semanas sin salir. El proyecto de dedicar tiempo a la pareja había naufragado y Danny la tentaba cada vez menos. A su chico no lo veía de noche si no era por trabajo, y los encargos periodísticos mermaban. Si no fuera por Ediciones de Abril, por Ricardo Correa y sus libros, estaría con una mano delante y otra detrás. La crisis les hizo hogareños a la fuerza y ahora ella, que nunca había sido muy marchosa, se descubrió ilusionada con la cena. Un poco de distracción frente a la rutina cole-despacho-cole-casa. Además, en la profesión nadie la invitaba a nada; los *vernissages* no aparecían por la bandeja de entrada de una paria.

A pesar de su entusiasmo, Luisa llegó al viernes exhausta y, ya en casa con los niños, se maldijo por haber aceptado la propuesta. ¡Por Dios, si solo le quedaban fuerzas para tirarse en el sofá! Haciendo un esfuerzo sobrehumano, se cambió de ropa y abandonó los pantalones a favor de un vestido negro apto para cualquier ocasión. Desistió de la ducha, porque la dejaría definitivamente para el arrastre. Tampoco se maquilló —total, para que la vieran dos mujeres, ¿qué más daba?— y salió por la puerta con un cuarto de hora de sobra, el tiempo necesario para airearse y no llegar histérica perdida.

Habían quedado en la calle Córcega, muy cerca del paseo de Gracia, en una taberna de aire castellano famosa por su tándem de tapas y gin-tonics. Ángela y Carolina ya estaban en el restaurante hablando cuando Luisa apareció, a las nueve y media en punto.

—¿Llego tarde?

—Llegas fenomenal, cielo. —Ángela le dio un beso.

Ella sí se había maquillado y Luisa pensó que los tratamientos de Merche hacían efecto, porque aunque le sacaba diez años, aparentaba diez menos.

Carolina lucía un escote llamativo y unos pantalones ajustados sobre unos zapatos de tacón. Se la veía distinta: más que una ejecutiva competente, una mujer lanzada. Mientras se tomaban el primer gin-tonic, Ángela les habló de *Los prestamistas*.

—La usura inmobiliaria en Barcelona es un tema poco explotado y el libro no deja títere con cabeza.

—Eso es bueno, ¿no? —le preguntó Carolina mientras pinchaba un trozo de morcilla con el tenedor.

—Muy bueno, pero para que la cosa cuaje necesito al autor. Tiene que salir a defender el libro. —Ángela se volvió hacia Luisa y anunció—: Y el autor ha desaparecido.

—Digo yo que tendrá que aparecer; lo habéis puesto en el contrato, ¿no? —Carolina masticaba la morcilla sin dejar de mirar a Ángela.

—Correcto. Pero piensa que el autor no es un autor normal. Es un medio fugitivo, diría yo. —Y les repitió el ultimátum de Bauzá—: O libro o puerta.

—Los directores son gente extraña. Hablo por el mío. Éramos uña y carne, pero desde que me divorcié de Jaime, se ha ido alejando. Nada abierto, claro: el tipo es muy sutil y más en temas de personal. Me niega la promoción y cuando logro que por fin me reciba, me responde que él no interfiere en las decisiones del responsable de Recursos Humanos porque no va a desacreditarlo, pero que él y yo continuaremos hablando... ¿De qué, digo yo? Bueno, no importa, porque no me ha vuelto a citar ni me citará. Se ha puesto de parte de Jaime.

110

Luisa le pegó un trago al gin-tonic como si el mundo se acabase en ese momento.

—¡Ay, hombres hombres! ¡No hay quien los entienda! Primero te adoran y después van a por ti —se solidarizó Ángela.

Carolina dio un respingo, también le pegó un trago a su *gin-tonic* y les resumió sus propios titulares:

—Un examante me acosa por teléfono. Dice que o quedamos o publica unas fotos mías. Entendéis a qué tipo fotos me refiero, ¿no?

Las otras dos negaron con la cabeza.

Carolina se aclaró la garganta.

—Fotos de sexo. Porno. —Y añadió—: No tengo clara la estrategia.

Luisa se dirigió a Ángela:

—Yo le he dicho que no ceda, que es un chantaje y que el imbécil este nunca la soltará. Que vaya a la Policía, pero erre que erre, ella no quiere.

—¡Pues anda que no me has dado la vara tú a mí con que acuda a la Policía para encontrar al autor! —se desquitó Ángela.

—No quiero ir explicando mi vida privada por ahí —afirmó Carolina crispada.

—Más vergüenza te dará cuando tu vida privada sea pública —la reconvino Luisa.

Las tres mujeres, a la vez, dieron sendos tragos a sus gin-tonics, como si beber fuera la única salida y el mejor consejo.

111

28

*E*n el metro, de regreso a casa, Carolina terminó sentada frente a un japonés un tanto peculiar. Vestido con pantalones caqui, una camisa blanca, mocasines y una pulsera de Cartier, era el prototipo de turista rico e intelectual. En cuanto se sentó, el japonés sacó un cuaderno de dibujo y comenzó a retratar frenéticamente a los pasajeros situados frente a él.

A Carolina el tipo le pareció francamente extraño: alzaba los ojos, miraba a su modelo involuntario y los posaba de nuevo en el bloc, sobre el que su lápiz se deslizaba a gran velocidad. No pedía permiso. Sonreía levemente si uno de sus modelos se apercibía de la situación. Sus compañeros de asiento, dos indios sijs, observaban la escena divertidos. Hasta que le tocó el turno a Carolina. En cuanto vio que el japonés la dibujaba, abrió el bolso y sin decir palabra sacó el móvil y le tomó una foto.

El japonés se levantó en la siguiente estación, le sonrió y le dijo: «Bye bye».

«Vale, pongamos que se trata de un genio asiático perdido en Barcelona.» Carolina no quería pasarse el resto de su vida en estado de alerta.

Cerró los ojos un momento y se serenó. Después se entregó con interés a su ocupación favorita de fin de semana. Cada día festivo Carolina desmenuzaba las mismas dos preguntas: «¿Por qué no me he casado? ¿Por qué no tengo hijos?».

Pensaba en las parejas lustrosas luciendo niño. Irían a comer con la suegra (de él, de ella, ambas). Verían la película de sobremesa en la tele. Más tarde, otra película, en la sesión infantil del cine de barrio. Después, a casa. El telediario, una cena ligera y a la cama, sin sexo, claro.

A veces Carolina se descubría envidiándolos. Envidiaba ese sentido irreprochable de la vida, unidireccional y teledirigido. «No se preguntan dónde van porque saben que van bien. En cambio, yo no sé dónde voy. Al parecer, a ninguna parte. No voy a ninguna vida conocida y previsible. Pero saberlo no modifica mi trayectoria...»

Por otro lado, Carolina sabía que esas apariencias irreprochables escondían contradicciones. En esa cotidianeidad latía un universo paralelo, hecho de medias verdades que conocía bien. «Por la noche los hombres salen y ven luces. Y estas luces son mujeres, que también tienen pareja», pensó. Y se consoló con la idea de que seguramente en aquel mismo vagón de metro pocos y pocas estarían en disposición de tirar la primera piedra.

Ella lo intentó. Tuvo un novio serio. Se prometió con Leo, un compañero de la facultad. Su gran amor. Y cuando estaban a cinco semanas del «sí, quiero», Carolina pilló a Leo en la fiesta de fin de año arrodillado frente a Pilar, su mejor amiga, que tenía las bragas bajadas y una cara de felicidad que no había podido olvidar nunca. Así fue cómo perdió a la vez la fe en los novios y en las amigas. No, nada de confiar. La única vida, y el único sexo, que en adelante le importó y le importaba era la suya.

«Es posible que termine sola. ¿Qué me quedan? ¿Dos años, tres, de amantes salvajes? Después se acabará la fiesta. Pero siempre habrá hombres que necesiten compañía. Porque los hombres no saben estar solos. Encontraré algún abuelete rico que querrá que lo escuche.»

Carolina era una mujer embutida en su destino. Este le había dado unas cartas y las jugaba lo mejor que sabía. Nadie la había preparado para una vida tan poco convencional. Nunca nunca se habría imaginado que terminaría corriéndose fiestas a la edad en que sus amigas se quedaban en casa haciendo deberes o repasando horarios con la canguro. Hacía diez años ya que sabía que la suya sería una historia diferente. Una historia que no se basaría ni en el compromiso ni en la renuncia. Mientras ella cuidaba de su relación perfecta con Leo, sus amigas se acostaban con cualquier tipo que se pusiera a tiro, incluida Pilar, la que se lo robó. Entonces le llegó a Carolina la hora de recuperar el tiempo perdido. Y lo recuperó, con el chaval moro de manos largas que le tiraba los tejos en el bar. Con el Presidiario, en su momento. Lo recuperaría con Michael Geier, a poco que se le pusiera a tiro otra vez. No sentía escrúpulos. Cualquier resquicio de remordimiento se había apagado hacía mucho. Le vinieron a la cabeza Ángela y Luisa, atadas a rutinas estériles, como bueyes uncidos a un yugo pesadísimo. Allá ellas. Carolina pensaba exprimir la vida hasta la última gota.

29

«*M*enos bromas, que no está tu sello para bromas.»

Los ojos oscuros de Jorge Bauzá ardían desde que se enteró, por Patricia la de Prensa, de que Ángela no localizaba al autor. La editora, como un cordero degollado, le expuso todas las llamadas fallidas, la visita a la ex de Iglesias, incluso las consultas a las operadoras y a los hospitales, pero fue en vano y lo sabía. A Bauzá no le interesaba el esfuerzo sino el resultado y el resultado actual es que no tenían con quién hacer la promoción a diez días escasos de la fecha de publicación. El encuentro con el consejero delegado fue tenso y acabó con la consabida amenaza: «O autor o puerta».

Ángela habló otra vez con Carmen, la ex, que se ratificó en su decisión de no intervenir. Fue entonces cuando decidió que denunciaría la desaparición. No le quedaba otra.

La comisaría que le tocaba estaba situada en la avenida Vallcarca y esa mañana soleada de julio se veía concurrida. «APB. Área básica judicial. Como si te hicieran un examen de nivel», pensó Ángela al entrar. Se dirigió al mostrador y la agente le indicó una de las sillas. Se sentó, como se sienta una en la sala de espera del hospital, con el vestido maxi de algodón pegado a las piernas. A su lado, un chico con acné y su padre cuchicheaban, y una mujer de aire eslavo se abanicaba con un periódico gratuito. A la media hora la agente le indicó que pasara a un cuarto pequeño, ocupado por otro agente joven, sentado frente a un ordenador, con dos sillas delante. La saludó con un «Usted dirá».

Ángela narró la situación, ruborizada: le sonaba ridícula incluso a ella misma.

—Quería denunciar la desaparición del señor Roberto Iglesias, al que no se encuentra desde hace diez días.

—¿Es usted su mujer?

—No. Soy su editora. Y amiga —añadió intentando dar más peso a su preocupación.

El policía no parecía alarmado en absoluto. Ponía cara de haber escuchado sandeces mayores.

—Verá, por contrato, el señor Iglesias tiene que participar en la promoción de un libro que publicaremos ya mismo. Y no aparece.

Su interlocutor continuó callado. Ángela echó toda la leña en el asador.

—En el libro el señor Iglesias explica cómo lo ha extorsionado la mafia rusa. El libro se titula *Los prestamistas*. Trata sobre la especulación inmobiliaria en Barcelona y el autor afirma que está amenazado de muerte. Y me ha parecido que tenía que contárselo a ustedes. —Ángela concluyó con una sonrisa victoriosa: de menopáusica mema y sudorosa se había transformado en una ciudadana concienciada.

El agente acercó entonces su silla a la mesa y empezó a teclear. Ángela fue respondiendo al cuestionario. Tras el último «intro», imprimió unos folios por partida doble. Le entregó un juego para que lo firmara y se repanchingó en la silla.

—Bien. Estos datos pasan ahora a la división de Investigación Criminal. Además, hemos abierto una incidencia por desaparición. Si el señor Iglesias aparece, saltará un aviso. Nos pondremos en contacto con usted.

—¿Y cuándo me dirán algo?

Ángela necesitaba razones, argumentos, interrogatorios, pruebas periciales que aplacaran a su jefe. Bauzá no le iba a conceder mucho más margen y se avecinaba la nueva reunión del comité editorial...

—Cuando tengamos algo que decirle. Nos pondremos en contacto con usted. Buenos días.

En la recepción, la señora eslava continuaba abanicándose con el periódico gratuito. Ángela se preguntó si sería rusa como Irina, la amante rusa de la que Iglesias hablaba en el libro. Seguro que la amante era más guapa, eso sin duda.

117

30

*E*l aire acondicionado criogenizaba la sala de reuniones y a todos los miembros del comité de dirección de Alimex. Jürgen Seelos presidía la imponente mesa, como director ejecutivo. A su izquierda, Carolina se resistía a ponerse la chaqueta; el escote la ayudaría sí o sí a sacar adelante FruitMix, aunque le costara un resfriado de verano. A su derecha, Michael Geier le miraba los pechos de reojo. Junto a él, Jimmy Sanz lucía polo rosa de marca y sonrisa sardónica. El responsable de Finanzas traía su cara plomiza habitual, con los párpados caídos que le daban un sempiterno aire de bulldog y que solo alzaría si escuchaba alguna cifra interesante. El jefe de Logística echaba mano de su teléfono y adelantaba trabajo.

Esta sesión de julio sería monográfica. El comité había dedicado su precioso tiempo al lanzamiento europeo de FruitMix, transformado en la gran apuesta para el ejercicio en curso. Carolina empezó presentando la propuesta que, si todo iba bien, el director ejecutivo y ella misma trasladarían en la reunión europea de Marketing, en Ginebra, a la de enlace internacional. Normalmente el reto la hubiera espoleado. ¡Menuda era ella para persuadir a los demás! Pero el envite de Jimmy Sanz la había obligado a correr más de la cuenta y Carolina se encontró defendiendo cuestiones técnicas que el equipo no había desarrollado por falta de tiempo.

Ese jueves criogenizado Carolina tiritaba también por dentro: media hora antes de entrar a la sala y en un descuido, había respondido a la enésima llamada del Presidiario.

—Zorra chupapollas, ¿qué es esto de no atenderme?

Helada, Carolina estuvo en un tris de colgar, pero decidió enfrentar de una vez por todas la situación.

—Raúl, te he dicho que ahora mismo no estoy para nada ni para nadie.

Oyó un resuello furioso al otro lado de la línea.

—¿A quién se la comes ahora, zorra?

Carolina se esforzó por no perder los estribos.

—A nadie. Estoy hasta arriba de trabajo y no tengo tiempo de más.

—¿Y a mí qué coño me importa el tiempo que tengas o dejes de tener, zorra? Si te digo que hay hambre, es que hay hambre. Así que hoy mismo te veo en el garaje. A las siete.

—No voy a poder, Raúl.

—Ya lo creo que vas a poder, zorra. Traigo un sobre para Jimmy Sanz. Y como no lo recojas, lo dejó en recepción.

119

Carolina se puso rígida. ¿Cómo había averiguado el nombre de Jimmy Sanz? Aquello se estaba saliendo de madre.

—¿De qué lo conoces?

Una carcajada hiriente.

—Ahora sí que te interesa hablar conmigo, ¿verdad?

Anna, su asistente, dio un golpe en el cristal del cubículo.

—Tengo que colgar. Lo siento. Adiós.

Cerró los ojos un momento e intentó apaciguar su respiración. Cuando entró en la sala de reuniones, Carolina continuaba centrada en la amenaza de Raúl. Dejarle un sobre... ¡a Jimmy Sanz! El contenido se lo imaginaba.

Jürgen Seelos le cedió la palabra y Carolina expuso de oficio los méritos de FruitMix, con el sonsonete de un opositor cantando un tema. Los miembros del comité se sorprendieron: no reconocían en ella a la mujer confundida que se equivocó en dos transparencias, las más críticas, logrando incluso que el de Finanzas abriera los ojos. Ninguno de los convocados le hizo pregunta alguna. Solo intervino Jimmy Sanz para clavarle la estocada de gracia:

—Con este material que me das no hay manera de montar una campaña convincente. FruitMix. ¡Ya ves! Avellanas para niños. De aquí no sale un proyecto europeo ni de coña.

—Lo revisamos, y valoramos si lo llevamos a Ginebra —intervino Seelos. No escondía su malestar. De ningún modo apostaría por una sucesora tan débil.

Ya en su despacho, Carolina se maldijo una y mil veces. Con su zancadilla, confirmada por esa media sonrisa abrillantada, Sanz quería que se cayera de la lista de aspirantes al trono nacional de Alimex. Cabronazo. No, Carolina no correría ningún riesgo. Se vería con Raúl y recogería el sobre.

A las siete en punto abrió la puerta del ascensor. Aunque el garaje estaba semivacío, no veía por ningún lado el Seat del Presidiario. Oyó entonces una voz:

—Ven aquí, zorra, ven…

Se dio la vuelta nerviosa. Solo faltaba que la pillaran. Vio unas luces encendidas y avanzó hacia ellas. El coche arrancó y pasó por su lado. Raúl le sonreía desde el asiento del conductor y por la ventanilla le mostraba un sobre. Ella intentó agarrarlo pero él aceleró y se detuvo en el otro extremo del subterráneo. Carolina echó a correr en esa dirección. Aquel toreo no tenía ninguna gracia. Justo en ese momento, Michael Geier y Jimmy Sanz salieron del ascensor, en animada conversación.

—¿Qué pasa, jefa? ¿Has perdido las llaves? Vaya día, ¿eh? —Sanz le dedicó una sonrisa que Carolina no supo leer.

El Seat volvió a ponerse en marcha y se acercó a ellos tres. Les pasó rozando. Raúl continuaba sonriendo, con el sobre en la mano. Carolina se quedó inmóvil.

—¿De quién es este coche? —preguntó Geier sorprendido—. ¿Es de alguien de la empresa?

El Seat volvió a acercárseles. Esta vez Carolina no lo dudó: metió la mano por la ventanilla y le arrancó el sobre. Raúl soltó una carcajada, giró el volante y salió del garaje. Ella, sin decir palabra, fue hacia su coche. Geier y Sanz la miraban atónitos.

Se sentó y esperó a que sus dos compañeros se hubieran ido. Solo entonces abrió con cuidado el sobre marrón grande. Efectivamente, llevaba una etiqueta blanca con el destinatario: «Sr. Jimmy Sanz. Director de Marketing y Comunicación. Alimex Ibérica». ¡Sería cabrón el tipo! Metió la mano con cuidado y sacó una fotografía a color, tamaño 13 x 15. Estaba tomada en plano cenital y se la veía a ella desnuda, amordazada y atada de manos y pies, en una cama, en su cama. Sonriendo, expectante. Ahora, en cambio, Carolina no sonreía.

121

31

*L*a reunión monográfica de presupuestos había sido más dolorosa de lo previsto. Haciendo un esfuerzo supremo, Ángela se presentó vestida con su pantalón blanco nuevo y un blusón azul de aires retro, como los que lucían las *hippies* californianas cuando hablaban de hacer el amor y no la guerra. El conjunto la favorecía pero no sería suficiente para evitar la masacre. Habían pasado tres días desde que denunció la desaparición de Roberto Iglesias a la Policía y no tenía noticias. Por eso, cuando Bauzá, que aquella mañana soleada parecía más contento que de costumbre, la interpeló, solo pudo defenderse diciendo que la denuncia ya estaba puesta y que estaba a la espera.

Por un momento Bauzá perdió su insólito buen humor.

—¿Se te ocurre algo? —preguntó mirando a Patricia.

La responsable de Comunicación mordisqueó el bolígrafo. Tan alta, tan decidida, tan chic, «tan como yo era de joven» pensó Ángela sintiéndose cada vez más hundida.

—Malo malo no es. Quiero decir que si publicamos *Los prestamistas* y afirmamos que el autor ha desaparecido, pues lo podemos vender por la vía del morbo. También se hizo promo con Stieg Larsson muerto y nadie dijo nada. Las entrevistas podrías darlas tú, Ángela.

A Bauzá la idea no le entusiasmó, pero era demasiado ladino para abortarla.

—Tenéis una semana para rehacer el plan de medios

—dijo. Apuntó a Ángela con un dedo acusador y añadió—: Entonces decidiremos si hay o no hay libro.

El consejero delegado sorbió un poco de agua y les recordó que la situación era muy delicada. No les había quedado más remedio que diseñar un plan de ajuste.

—Para dar ejemplo, empezaremos por arriba. Ricardo Correa, director editorial, deja la casa.

Ángela se quedó boquiabierta. Aunque hacía meses que no tenían una conversación personal, con Ricardo perdía el único eslabón que la ataba a «su» editorial. Y sabía que el director defenestrado era, de hecho, el único garante de su solvencia.

Llegó a casa sin ánimos de nada. El piso estaba vacío: esa semana Cecilia la pasaba de nuevo con David, su dichoso novio. Sintió el aguijón del dolor. «Si me quedo en casa, me hundo.»

Se obligó a ir al centro de estética de Merche. Mientras caminaba calle Escorial abajo, recordó que la pareja de Luisa trabajaba para Ricardo. Quizás ella pudiera aportarle más información sobre el despido fulminante del editor.

32

*L*uisa se desesperaba por la tardanza. Eran más de las once y Danny no la había avisado de que tuviera nada esa noche. Ni le cogía el teléfono. «Como el autor de Ángela», pensó, y su mente saltó automáticamente al pozo de la mala noticia. Habían echado a Ricardo de Abril.

Estaba tentada de llamar a Bel, la mujer del editor, para ver qué sabía, pero desistió. Mejor hablar con Danny antes.

124

Le dolía todo. Gabriel y Lola habían tenido una tarde de perros. La niña le vino llorando porque su hermano la había llamado «bastarda» y «sucia». Luisa fue de inmediato a buscar a su hijo mayor y se lo encontró destrozando tranquilamente una muñeca.

—¿Se puede saber qué haces? ¿Y qué es eso que le has dicho a tu hermana?

Gabriel la miró con esa perversión inocente de los niños, mientras Lola luchaba por salvar a la muñeca a la que su hermano estaba a punto de amputar el segundo brazo.

—Pues le he dicho que no éramos hermanos del todo, porque ella no es hija de papá. Ella es bastarda.

—¿Y eso qué quiere decir? —Para contener la rabia, Luisa se clavó las uñas en la palma de las manos.

—Pues que Danny y tú no estáis casados y que además la hicisteis cuando tú todavía estabas casada con papá y eso es sucio.

—¿Y a ti quién te ha contado todo eso?

Luisa se sentó en el suelo junto a Gabriel, se puso a Lola, que no paraba de llorar, en el regazo, cogió los dos brazos de la muñeca y los colocó de nuevo en su sitio.

—Pues Espe, quién va a ser. Cuando le enseñé las notas, me dijo que soy un niño muy listo y que la pena es que tengo una hermana bastarda y sucia.

—¡Yo no soy *susia*! —lloriqueó Lola mientras Gabriel la miraba con indiferencia.

Luisa metió a los niños en la bañera para que se tranquilizaran. Les dio de cenar, los acostó temprano y continuó esperando en vano que Danny abriera la puerta. Cada hora que pasaba era una prueba más de que su chico sabía que se había quedado sin encargos. Estaría de bares, quizás con el propio Ricardo, el despedido. Si Danny se quedaba sin trabajo, el único dinero que entraría en casa sería el suyo. Y por tanto ella, la madre de la bastarda, la Infiel Oficial, tendría que continuar sacando pecho, día sí día también, en su infierno particular.

125

33

*I*rresistible. Eso fue lo que el inspector Castillejos le pareció a Ángela cuando entró en la dependencia policial. Los ojos, de un verde desleído, se inclinaban ligeramente hacia abajo dándole un aire de tristeza enfatizado por una nariz aguileña que desembocaba en unos labios carnosos. Esos labios abortaban cualquier idea de sobriedad y negrura. Eran labios diseñados para morder, para besar, para cualquier acto placentero. La sobresaltó además el intenso olor a perfume masculino que impregnaba el despacho. Castillejos tenía un imán sensual y lo sabía. Y Ángela sabía que él lo sabía y, entre esa certeza y el reparo por estar otra vez en una comisaría, sintió un cosquilleo que la puso todavía más nerviosa. Se quitó las gafas despacio, dudando entre hacerse la interesante, hacerse la profesional o fundirse.

La llamada del inspector la había cogido por sorpresa. De hecho, cualquier llamada al móvil la sobresaltaba, esperando siempre que fuese Iglesias. De la Policía en cambio no esperaba mucho. ¿Qué credibilidad tenía su denuncia cuando ella ni siquiera era familia directa?

Vestido de paisano, el hombre sentado frente a ella se alejaba mucho del modelo preconcebido. Llevaba unos tejanos sobre unas piernas delgadas, un polo de color gris en un tronco desproporcionadamente grande y unas bambas de suela gruesa. Parecía un jugador de baloncesto. A su lado, una mujer con media melena, muy fibrosa, apilaba papeles. Ambos se levantaron y le tendieron la mano. Ángela realizó el control visual rutinario y anotó que lucía la correspondiente alianza. Normal: habría sido demasiado bonito que un tipo como aquel estuviese disponible. El inspector le hizo el gesto de que se sentara. Ángela continuaba hechizada. Aquel hombre era pura mecha. Estaba tan conmocionada que no oyó las presentaciones.

—… del área central de Investigación de Personas. La subinspectora Mònica Gallardo y yo mismo estamos al frente del grupo a cargo del caso Roberto Iglesias. ¿Señora?

—Sí… Dígame usted.

Ángela se enderezó en la silla y se llamó al orden.

—Hemos abierto un expediente a raíz de su denuncia. Nos gustaría contrastar algunas informaciones y por eso la hemos citado. ¿De qué conoce usted a Roberto Iglesias?

Ángela rememoró el pasado universitario común, el mensaje de Iglesias en Facebook, la cita fallida y el contrato editorial. La subinspectora Gallardo tecleaba a toda velocidad. El despacho donde se apiñaban quería ser funcional, pero mostraba síntomas de uso intensivo y prolongado. Los últimos ocupantes no se habían molestado en llevarse los vasos de plástico y los nuevos se habían limitado a arrinconarlos. La mesa estaba salpicada de manchas de café.

—Dice usted que el desaparecido afirma en *Los prestamistas* que la mafia rusa lo amenaza. Hábleme del libro.

Ángela, que se sabía el texto de memoria, expuso punto por punto el ascenso y caída de Iglesias, sus tratos primero con Julio González el prestamista, después con Dimitri Yanayev. Habló de Raimon Salvat, el socio desaparecido, y de Irina, la amante rusa. El inspector tomaba nota en la contracubierta del dosier y Mònica Gallardo continuaba tecleando.

—Si lo que Iglesias afirma es cierto, la operación tiene envergadura. Para calibrarlo, necesitaremos el manuscrito.

Ella sacó un sobre del bolso y se lo tendió. La subinspectora se le adelantó y lo cogió con fuerza:

127

—Lo leo y comentamos. ¿Te parece, Jotapé?

—Vaya, estoy rodeado de mujeres con iniciativa. —El inspector miró a Ángela de arriba a abajo. Su compañera, por su parte, esbozó media sonrisa, se apartó el flequillo lacio y continuó con su tecleo frenético—. Nos pondremos en contacto con usted. Vamos, que la llamaré yo mismo.

Ángela no daba crédito. Juraría que el inspector Jotapé Castillejos le estaba tirando los tejos. De la última vez que alguien le tiró los tejos hacía tanto tiempo… Entonces cayó en la cuenta. Había sido Robertito Iglesias. Imaginó que igual quien le tiraba los tejos sufría después una maldición con pena de muerte. Aun así, Ángela se descubrió inclinándose hacia Castillejos como si en vez de hablar de la desaparición del autor que le podía costar su puesto de trabajo estuvieran flirteando en la barra de un bar.

128

34

Carolina pataleó las sábanas con rabia. Llevaba un buen rato masturbándose sin sacar un orgasmo en claro. Por las rendijas de la persiana entraba una luz viva, iluminando una cama deshecha y a una mujer con cara de pocos amigos.

Resopló con impotencia. ¿Cómo había dejado que el Presidiario se colase en su vida de aquella manera? ¿Cuál sería el siguiente paso? La pregunta la absorbía tanto que ni la masturbación, su técnica de relajación favorita, funcionaba. Todo le venía a la cabeza, una y otra vez, como una ola incesante de angustia.

La noche anterior, por impulso, se acercó a una churrería. No le gustaban los dulces aceitosos pero sintió urgencia por unos pestiños. El dependiente, un chico joven y ligón, le preguntó cuántos quería. No estaba mal: un poco chulo, pero tenía su qué. En vez de mirarlo a los ojos, Carolina los bajó, como si fuera una tímida turista japonesa. Él, espoleado, le sonrió con picardía.

—¿Son para ti sola? ¿No serán muchos? Lo digo por si quieres compartir. Cerramos en media hora.

En otro momento ella hubiera aceptado la invitación sin ninguna duda y le hubiera dado una lección magistral sobre cómo se trataba a una señora de su edad. En vez de eso, pagó, ignoró el cambio y los gritos del dependiente («¡Espera, mujer, que te sobran tres euros!») y se fue directa a casa, mordisqueando un pestiño que le sentó fatal. Ahora pensó en el churrero al masturbarse. Nada. Lo sustituyó por Michael Geier, una fantasía que la excitaba bastante: lo hacían en la sala de reuniones del comité de dirección, con ella sentada sobre la mesa y el alemán arrodillado entre sus piernas bien abiertas. Ni por esas. Las amenazas de Raúl la estaban volviendo frígida.

130

35

*L*a secretaria de Bauzá interceptó a Ángela antes de que pudiera llegar a su cubículo.

—Cariño, el director quiere verte enseguida.

—¿Tanta prisa tiene que te manda? Debe ser algo serio...

La otra mantuvo esa expresión hierática que le había permitido salvar el pellejo en los sucesivos cambios de dirección. Las dos mujeres, con sus vestidos veraniegos de aire sobriamente juvenil, se llevaban bien pero sabían exactamente dónde terminaba la amistad y dónde empezaba la lealtad al propio puesto.

Ángela cogió el dosier de *Los prestamistas*, colocado encima de la pila de papeles que adornaba su mesa, el abanico de color rojo y el móvil y siguió a la secretaria, quien llamó a la puerta de madera y la hizo pasar.

Bauzá lucía su uniforme de verano: camisa con las iniciales bordadas y pantalón tejano, los rizos bien engrasados. Ángela se descubrió pensando que no lo odiaba. Era un tipo duro, sí, pero gracias a eso había sobrevivido. Sabía —porque todo se sabía— que era de un pueblecito de montaña y que de pequeño había estudiado interno en un colegio religioso. Esa disciplina había marcado su trayectoria de manual: un brillante expediente universitario, una carrera ascendente en una multinacional y, ahora, la ingrata tarea de salvar un grupo editorial. Y lo lograría, porque en su mundo el fracaso era el peor de los pecados, porque su sueño era jubilarse joven, a pesar de que no tuviera ni idea de qué iba a hacer el día después. Lo haría porque gestionar era lo que daba sentido a su vida: igual vendía jamones que libros. Lo importante era el beneficio neto. En ese camino vital destacaba un matrimonio del que sacó réditos sociales y que a estas alturas debía ser ya el colmo del aburrimiento. Viéndole tan limpio, tan ejecutivo, Ángela se preguntó si Bauzá tendría alguna amante. «Seguramente sí; algún lío funcional que no altere en exceso la agenda, una alegría más, como jugar al pádel.»

Entró Patricia, la de Comunicación, y, por las miradas de ambos, a Ángela le dio por pensar que quizás esa chica, tan chic, tan como ella de joven, era la amante. El pensamiento la relajó.

—¿Qué tal? ¿Os apetece un café, un agua?

Cuando Bauzá invitaba a tomar algo es porque estaba de buenas. Ángela continuó espiando las miradas entre ambos. Aunque no captaba nada, juraría que había tema.

—Ya os imagináis por qué os he llamado. *Los prestamistas.* Estamos a menos de una semana del lanzamiento. ¿Qué noticias hay?

Patricia, Smartphone en mano, le deletreó las nueve entrevistas pactadas con radios, prensa y revistas.

—¿Alguna televisión?

—La tele cuesta. Si tuviéramos al autor, sería otra cosa. Les ofrezco a la editora, pero no les convence del todo. Estoy segura de que es cuestión de tiempo… En cuanto algún medio hable del libro, querrán a Ángela sí o sí.

—¿Y dónde tenemos al autor? —La voz del consejero delegado redujo los decibelios de cordialidad.

—Continúa desaparecido. Espero noticias de la Policía.

Se hizo un silencio incómodo.

—Podría llamar yo al inspector Castillejos. Igual nos da alguna información que Patricia pueda emplear con la prensa —añadió Ángela. Notaba cómo le subía un sofoco y se abanicó con rabia. Aquello ya era demasiado.

—Llámalo. Necesitamos munición. Este libro tiene que explotar.

Cuando Ángela notó cómo Patricia miraba al suelo, se dio cuenta de que ella también sabía de su precaria situación.

—Lo haré. Te mando un *mail* con lo que me diga.

A la amargura de la amenaza se sobrepuso un ligero alivio. Gracias a Bauzá, iba a hablar con el irresistible Castillejos. Quién sabe, igual hasta la citaba otra vez.

El consejero delegado dio la reunión por terminada pero le pidió a Patricia que se quedase un momento, y Ángela leyó en esa solicitud la confirmación de que entre ambos había una relación que no era estrictamente profesional. Se marchó deprisa, por no molestar y porque el sudor amenazaba con correrle el rímel. Malditos sofocos.

133

36

*D*anny intentaba escribir mientras Gabriel memorizaba las tablas de multiplicar. «Ocho por cuatro, treinta y dos», escuchó mientras buscaba reseñas del concierto de los Rolling Stones en la Monumental. 1976. El otro gran concierto rock en España, once años después de que Los Beatles tocaran en Las Ventas. Su reportaje no podía empezar en ningún otro sitio. Las Ventas, la Monumental, plazas del rock. Toros y chicas. ¡Viva la fiesta!

134

Enseguida encontró numerosas referencias al concierto. Ya puestos, decidió buscar qué artículos suyos estaban disponibles en línea. Con la de años que llevaba escribiendo sobre música, seguro que podía trazar todo su periplo periodístico. «Danny Arroyo», tecleó en la caja del buscador. En 0,22 segundos, según le informó la máquina, la pantalla se llenó de referencias a su persona. Un puñado de artículos y algunos libros por encargo. «Esta es mi herencia», pensó con cierta melancolía.

Aquel bagaje escaso no permitió que Danny encarara la conversación con Luisa desde una posición de fuerza. Su chica estaba de veras angustiada. Las ojeras se le oscurecían por momentos y sospechaba que ella, tan pulcra, se mordía ahora las uñas.

—Es que no lo entiendo, la verdad. Ricardo, a la calle. Tú, con las mismas, porque te quedas sin encargos. ¿Y de qué viviremos, si puede saberse? ¿Del aire? Te emperras en beberte los ahorros. Y encima estamos de alquiler, tirando el dinero todos los meses. De qué viviremos, ¿eh?

Luisa se había pasado toda la tarde dándole vueltas al presupuesto familiar. No cuadraba. Los números no salían. Ni saldrían: en el Centro no le iban a pagar ni un euro más. Y precisamente por eso no perdonaba que la primera reacción de su pareja cuando Ricardo le informó de que Abril se había acabado para ellos fuese salir de copas con el amigo y volver a casa a las tantas. Y Danny, que siempre la frenaba, esta vez no pudo.

—Pues no lo sé, nena. De verdad que ahora mismo no lo sé.

Luisa se dio cuenta de que tendría que ser ella quien buscase la salida. Necesitaba otra fuente de ingresos, más allá de la nómina que tantos disgustos le costaba. ¿Cómo había caído tan bajo? ¿De qué le servían ahora la formación, las exposiciones de éxito, los aplausos de sus colegas en las reuniones internacionales? De nada.

¿A quién recurrir? Pensó en Ángela y en Carolina. A la primera la descartó: estaba en la cuerda floja. Tenía que ser Carolina. Le pediría por favor que le diese trabajo o que la pusiese en contacto con quien pudiese dárselo. Esa misma tarde actualizaría el currículum. Haría lo que fuera por dejar esa angustia detrás. Entre la batalla por la custodia y la lucha por llegar a fin de mes, a Luisa le faltaba el aire.

135

37

—¿**Q**ué? ¿Te gustó la foto que le mandé a tu colega, el Sanz? Se te ve bien, ¿verdad, zorra? Hasta él, que es medio maricón, se habría excitado. Porque seguro que el sobre no se lo hiciste llegar… Pero ya verás que tendrá mucho éxito cuando la publique.

Carolina estaba sudando, enganchada al auricular, preguntándose cómo era posible que en un momento determinado le hubiera parecido excitante un tipo así.

—Pero ¿tú qué quieres?

Al otro lado sonó un gemido ronco y hosco, como de animal en celo.

—Quiero follarte, puta. A ti y a una amiga. Búscatela y nos lo hacemos el sábado.

—¿Tú estás loco? ¿De dónde saco yo una amiga?

—Eso es asunto tuyo, zorra. Te quiero ver el sábado a las once en el bar con ella. Si no apareces, antes de la medianoche subo la foto al portal. ¡Eso sí que será divertido!

Fue el Presidiario quien colgó. Carolina se quedó quieta. Primero empezó a pensar en amigas a las que pedirles el favor. Cualquier cosa para evitar que las fotos se hiciesen públicas. ¿A quién? Amigas, tenía pocas. En el trabajo, su mejor aliada era su *assistant*, Anna, pero ni loca podía pedirle que se prestase a un juego sexual. ¿A Ángela? Seguramente por edad el Presidiario no la aceptaría. ¿Y Luisa?

Se terminó el botellín de agua mientras su cerebro trabajaba a toda velocidad. No hubiese sido su primer trío, pero sí el primero forzado, y el sexo a la fuerza era violación. No, aquello tenía que acabarse ya mismo.

Anna golpeó con los nudillos su cristal para avisarle de que empezaba la reunión del comité de dirección. A Carolina se le encendió la bombilla. No tenía tiempo que perder. Anna era de confianza: haría las gestiones que le pidiera si con eso mantenía su estatus y sus vacaciones exóticas de verano, de las que sacaba fuerzas para aguantar otro curso bajo presión. Se puso manos a la obra.

—Búscame por favor una agencia de detectives. La mejor que encuentres. Es para un tema personal, así que esto queda entre tú y yo.

Carolina se alisó la blusa de color púrpura y avanzó decidida hacia la sala de juntas. Geier y Sanz ya estaban dentro, sentados uno junto al otro. La miraron con curiosidad: los tres no habían coincidido desde la escena terrorífica del garaje. Carolina cambió su sitio habitual y se sentó al otro extremo. Llegaron los responsables de Finanzas y de Logística, y poco después Jürgen Seelos, que lucía bronceado de la Costa Brava.

137

La reunión fue incómoda. Seelos abrió fuego anunciando que a partir de ese momento y para permitir que Carolina se centrase en revisar el lanzamiento de Fruitmix, sería Michael Geier quien representaría externamente a la compañía en todos aquellos patronatos y actividades en las que estuviesen comprometidos, empezando por el Centro de Cultura. Geier apenas sonrió y Carolina permaneció rígida. Seelos estaba cambiando de protegido, lo sabía. Ahora aupaba a su contrincante. Respiró. No se rendiría. Aquella batalla todavía no estaba perdida.

En cuanto terminaron, regresó a su despacho. Anna le tendió un papel con un número de teléfono y un nombre: Lucas Tintoré. Carolina le dio las gracias, se sentó y lo marcó.

—Best Intelligence Agency, buenos días.

—Buenos días. Quisiera hablar con el señor Lucas Tintoré.

—¿De parte de quién?

—No me conoce. Soy una clienta potencial. Con prisa.

—Un momento, por favor.

Carolina empezó a clasificar los correos en su bandeja de entrada mientras sonaba el hilo musical. Al poco, escuchó una voz decidida.

—Lucas Tintoré al habla. Dígame.

—Buenos días. Me han dado referencias de su agencia. Me encuentro en una situación incómoda y necesito sus servicios. ¿Cuándo podemos vernos?

Tintoré, como si fuera un podólogo, le dio hora para la mañana siguiente.

—Disculpe, pero se trata de una urgencia. En media hora estoy en su despacho, si le parece bien. Entiendo que las prisas se pagan y el dinero, créame, no es un problema. El tiempo, sí.

Lucas Tintoré debía estar habituado a ese tipo de razonamientos. Le dio la dirección y le dijo que la esperaba en treinta minutos. Carolina salió de inmediato, paró un taxi y se plantó en la Torre Mapfre en solo veintitrés. Las oficinas de Best Intelligence Agency reproducían a la perfección una consultoría. De hecho, le recordaron las instalaciones de Alimex. Tintoré no la hizo esperar. Era un tipo joven, aún no llegado a los cincuenta. Bajito y vivaracho, lucía un collar *hippy* anudado al cuello, como si en realidad fuera un adolescente, y pulseras de Brasil. Hizo ver que no prestaba atención al escote de la visitante.

Carolina se sentó en un sofá frente al suyo y le expuso el problema en pocas palabras:

—Me amenazan con publicar unas fotos comprometedoras si no acepto un trato, que no voy a aceptar, antes del sábado. Necesito contraatacar y evitar este chantaje. ¿Puede ayudarme?

—Podemos, pero necesitaremos más información…

—Y yo se la daré en cuanto firmemos un contrato con cláusula de confidencialidad y me indique a cuánto asciende la provisión de fondos.

Tintoré se levantó del sofá, fue al ordenador e imprimió un documento y, después, otro.

—Rellénelo, por favor.

Carolina cumplimentó todos los campos. Antes de firmar, preguntó de nuevo a Tintoré por sus honorarios. El detective le tendió el segundo documento. Barato el servicio no era, pero más caro sería que las fotografías vieran la luz.

—Por este precio, cuento con que me saquen de este compromiso. ¿Entiende, verdad, que necesito una solución antes del sábado?

—Lo entiendo perfectamente.

Carolina firmó entonces el contrato y se lo tendió. Lucas lo dejó encima de la mesa y apretó el pulsador del interfono:

—Por favor, no me pases llamadas.

Se sentó de nuevo frente a ella.

—Empecemos por el principio.

139

38

*E*l inspector Castillejos le respondió con un tono más que cordial.

—Claro que podemos vernos. De hecho, se me adelanta usted. Hemos expurgado el manuscrito y pensaba llamarla porque han surgido algunas preguntas. ¿Le va bien hoy mismo a las ocho? Ya sé que es precipitado, pero espero que me haga el favor.

Ángela colgó mientras el entusiasmo le trepaba por la columna. La sensación de gozo anticipado la sorprendió. Hasta ese momento no había considerado que necesitara buscarse un hombre. Claro que sería agradable tener alguien al lado que se preocupara por ella y por Cecilia y que la animara, pero no se hacía ilusiones. No existían los mirlos blancos, atraídos por cincuentonas menopáusicas, cuando las de treinta copaban el mercado y las de veinte hacían sus pinitos. Oportunidades pocas, y mucho resquemor. Y además, Castillejos estaba casado. Pero... ¡era tan agradable saber que tenía urgencia por verla, aunque se tratase de pura urgencia policial!

Le vino a la cabeza la imagen de Marc riéndose con ella en la playa, unos meses antes de morir. «Si hubiera sabido que se iría tan pronto, ¿qué le habría dicho? ¿Me habría atrevido a explicarle todos los deseos que tenía para después de la jubilación? ¿Le habría contado que en un momento determinado, cuando él y yo pasábamos una mala racha, casi cedí a las insinuaciones del editor Correa padre durante la feria de Frankfurt? ¿O me hubiera callado para no darle celos?»

Ya nada de eso importaba. Encendió la radio mientras buscaba en el armario algo que ponerse. De niña siempre presumió ante sus amigas de tener la habitación más grande. Ahora se le había quedado pequeña para tantos sueños y quizás por eso se rompían: porque no cabían entre aquellas paredes color ocre que el interiorista les impuso cuando «modernizó el *look*» del piso familiar.

Tras la muerte de Marc, Cecilia quedó huérfana de padre y casi de madre. Ángela se encerró en sí misma, como si también hubiera muerto en vida.

—No puedo, hija. Lo siento. Estoy enferma —repetía.

—No, mamá. ¡Tú no estás enferma!

Cecilia estaba enfadada. Su madre no podía dejarla sola en aquellos momentos. ¡Tenía que reaccionar! Ángela lloraba en silencio y su hija la abrazaba y le decía que no, que no estaba enferma, y que todo pasaría y que saldrían adelante y que todo iría bien.

Y poco a poco había vuelto la rutina, marcada por los resultados de su sello en la editorial. Y ahora, en esa rutina que Roberto Iglesias había resquebrajado, se infiltraba otro hombre, un hombre casado y, por tanto, un mal partido. Pero en una situación tan tensa, con Bauzá resoplándole en la nuca, Ángela estaba dispuesta a darse una oportunidad. Porque peor, lo que se dice peor, las cosas no podían ir.

141

39

*E*l inspector había citado a Ángela en la comisaría de la Travessera de les Corts, dos edificios nuevos y enormes, acristalados de arriba abajo. Parecían lo que eran: un conglomerado de oficinas asignadas a las distintas unidades de los Mossos d´Esquadra. La editora se sorprendió por no haber reparado nunca en aquellas moles, a pesar de que estaban situadas detrás de un centro comercial al que iba de compras con frecuencia. Entró en recepción algo encogida: aquello era una comisaría. Castillejos salió a buscarla enseguida, precedido por una ráfaga de su perfume. «Caray, qué amable», pensó ella. Aun así, quería salir pronto de allí. Las comisarías no eran su hábitat natural.

En el ascensor, Castillejos la miró de arriba abajo y Ángela no se contuvo.

—¿Va usted a detenerme?

Él sonrió.

—Si de mí dependiera, igual me la quedaba aquí un rato. Esta ciudad anda escasa de mujeres guapas. —Le guiñó un ojo y se puso serio—. No se preocupe. Solo necesitamos unas aclaraciones.

En la salita los esperaba la subinspectora Gallardo, que la saludó con una inclinación de cabeza. Aquella mujer no sonreía nunca, solo tomaba notas.

Castillejos y Gallardo lucían de nuevo tejanos y bambas, como si ese fuese su uniforme de faena. Por su parte, quizás inconscientemente, Ángela también se había puesto los vaqueros estrechos que le hacían el culo bonito. Visto el entusiasmo de su interlocutor, habían surtido efecto.

Vio sobre la mesa el manuscrito de *Los prestamistas* manoseado y asaeteado con pósits de colores. Junto a las hojas, encuadernadas con una portada de plástico transparente, otro montón de hojas con membrete, tres bolsas marrones, dos botellines de agua vacíos, un paquete de chicles de nicotina y un ordenador portátil muy baqueteado.

—Bueno, Ángela. Gracias por venir tan rápidamente. Como te comentaba, hemos estudiado el manuscrito y nos gustaría corroborar algunos datos contigo... con usted.

—Faltaría más. Pregúntame lo que quieras. —Ángela se adhirió al tuteo. Se había sentado con la espalda erguida y había sacado el abanico en previsión de posibles sofocos.

—Os conocisteis en la facultad. ¿Es correcto?

—Correcto. Coincidimos en Económicas, aunque él dejó la carrera.

—¿Por qué?

—Encontró trabajo. Tenía novia y prisa por sentar cabeza.

—¿Es esta su novia?

El inspector Castillejos le tendió una foto antigua que la subinspectora había sacado de una de las bolsas marrones. Ángela miró la imagen de la cena de final de carrera como un taxidermista observa un insecto, buscando las pistas que le permitieran clasificar aquel momento en la taxonomía de su vida. Sentada junto a Roberto Iglesias, formaban un cuarteto en el que cada uno abrazaba al de al lado y todos sonreían felices a la cámara. Iglesias le pasaba el brazo por la cintura a ella. Llevaba una camisa de cuadros de manga corta, bien planchada, y una cadenita de oro al cuello, y abría mucho los ojos, de guasa, como si no se creyera la suerte de estar rodeado de tanta mujer. Ángela, a su lado, era toda sonrisa, bronceada en un vestido blanco de tirantes que claramente lucía sin sujetador.

143

¡Qué tiempos, en los que podía ir por la vida sin sostenes! En esa época llevaba el pelo largo y esa noche había prescindido de la coleta universitaria. Pensaría que ya estaba bien de tanto estudio y que por una vez se iba a soltar la melena. La sonrisa confiada era el preludio del baño en el mar en el que Iglesias le hizo el amor. En aquel momento nada estaba escrito: ni que Marc aparecería ni que tendría una hija, como Roberto Iglesias, ni que este último escucharía unos cantos de sirena inmobiliarios que lo alejarían para siempre de esa cara de panoli feliz que lucía en una foto tomada hacía más de treinta años.

—No, inspector. Esta soy yo. Esta chica de la izquierda se llamaba Sofía, se casó nada más terminar la carrera. A la de la derecha no la conozco, pero seguro que no es Carmen, su mujer. Su exmujer, quiero decir. ¿Habéis podido hablar con ella?

El inspector miró la fotografía y a Ángela.

—Eras muy muy guapa. Eres, vamos. —No le dio turno de réplica y prosiguió—: Después de la facultad, ¿mantuvisteis el contacto?

—No. Solo recibí alguna felicitación de Navidad, los primeros años. Desde su empresa, la inmobiliaria.

—No lo volviste a ver hasta que él te contactó en septiembre.

—Correcto.

Ángela les resumió de nuevo su reencuentro.

—Quiso que volviéramos a quedar, pero a mí no me interesaba. Qué caray hacía yo con un chico —se sorprendió al referirse a Iglesias como «chico»— que aseguraba que estaba amenazado de muerte. Al poco, se organizó un encuentro de antiguos alumnos de Económicas; Robertito se presentó a la cena y me insistió. Le dije lo que decimos siempre los editores, «Pues escribe un libro», y así surgió la idea de *Los prestamistas*. Le propuse un contrato y aceptó: cien mil euros a cuenta de derechos. El contrato incluye una cláusula por la que se obliga a la promoción del libro. Y así estamos.

—Entonces…, ¿has denunciado la desaparición por incumplimiento de contrato o por amistad?

Ángela se sonrojó.

—Pues verás, por ambas cosas. Te lees el libro y te quedas preocupada, claro. Es tremendo lo que cuenta: extorsiones, usura… Yo no me lo podía creer. Pero revisamos punto por punto las acusaciones de Iglesias y los abogados de la editorial dieron el visto bueno.

—¿Crees que Iglesias te dijo la verdad?

—¿Me preguntas si yo creo que está amenazado?

Castillejos desenvolvió un chicle de nicotina y asintió con la cabeza. La subinspectora tecleaba, los ojos fijos en la pantalla.

—Lo que te puedo decir es que ya en setiembre tenía muy mala pinta, el pobre, y que a cada encuentro se le veía peor.

El inspector cambió de tema de pronto.

—¿Te habló de una tal Irina?

—No. No sé más que lo que cuenta en el libro. —Ángela se detuvo a hacer memoria—. Me dijo una vez que los vicios se pagan caros y las mujeres más, pero no estoy segura de que se refiriera a ella.

—Bueno, en eso tiene razón. Y hablando de vicios, son ya casi las diez. ¿Te parece que comamos algo y después continuamos? Nos queda expediente para rato.

Ángela asintió, mientras una sensación placentera le trepaba por la columna.

—Yo me como un bocata aquí mismo, Jotapé, que voy atrasada. —Mònica Gallardo los despidió con una mano mientras con la otra continuaba tecleando.

—Vamos aquí al lado —le indicó el inspector.

En una casa de comidas cercana les sirvieron unas raciones sabrosas de tortilla de patatas y pan con jamón.

—¿Crees que Iglesias está en peligro? —preguntó Ángela bebiendo un sorbo de cerveza. Se contuvo para no abanicarse como una descocada.

—Cambiemos de tema. Hoy ha sido un día largo… y lo que falta.

Ángela se preguntó de qué hablarían entonces. Castillejos resolvió la duda al momento.

—Cuéntame de ti. Editora, ¿no? Ese es un trabajo con glamur, y no el nuestro, siempre persiguiendo maleantes, ya ves. Y dime, ¿estás casada?

146

40

*E*sa primera noche compartida con el inspector Castillejos tuvo poco de romántica. Los dos mossos y Ángela, de nuevo en comisaría, peinaron el manuscrito párrafo a párrafo. Ella les aportó las consideraciones que en su momento planteó el departamento legal de Ediciones de Abril y las respuestas de Iglesias cuando se las trasladó.

—Entonces Iglesias no te habló de Irina, ni te enseñó ninguna foto ni la has visto nunca —insistió el inspector por enésima vez.

Por enésima vez Ángela le confirmó que no.

—¿Por qué es tan importante esa tal Irina?

Castillejos desenvolvió otro chicle de nicotina. La mesa de trabajo estaba cada vez más sucia, sembrada con latas de Coca-Cola, que parecía ser el único líquido que la subinspectora Gallardo ingería.

—Si es quien creemos que es, no estamos hablando de una mera *escort*: esa mujer es o era un enlace entre grupos mafiosos.

Ángela se quedó con la boca abierta.

—¿Y eso lo sabía Robertito?

—No lo creo. Robertito se encoñó, como nos encoñamos los hombres a veces. —Castillejos la miró para que la insinuación quedase clara y Ángela tuvo que recurrir al abanico.

La subinspectora Gallardo, por su parte, había emprendido una limpieza un tanto expeditiva de la mesa. Eran más de las dos de la madrugada.

—Nuestra Irina trabaja o trabajaba para Dimitri Yanayev, el tipo que compraba los pisos de Iglesias. Yanayev es un «ladrón en la ley».

El inspector le explicó que se trataba de un «alto cargo» de las mafias rusas, elegido por una especie de consejo superior de mafiosos. El ladrón en la ley se comprometía ante ellos: dedicaría su vida al crimen, gestionaría los ingresos que su grupo aportase a la caja común y los emplearía para mejorar las condiciones de aquellos mafiosos que estuviesen presos. «Mejorar las condiciones» incluía, por ejemplo, sobornar a cuanto funcionario se pusiese a tiro para reducir condenas o acelerar la concesión de permisos.

—Y ahí no descarto que ese socio suyo, Raimon Salvat, el abogado del que habla Iglesias en el libro, estuviera untado. ¿No fue Salvat quien le presentó a Irina? Las coincidencias nunca son lo que parecen.

—Jotapé, si no me necesitas, me voy. Hablamos mañana —lo interrumpió Mònica, que se despidió de Ángela con un leve movimiento de cabeza y salió cargada con una bolsa de basura en una mano y una lata de Coca-Cola en la otra.

—Mañana es sábado —apostilló Ángela, por decir algo.

—Sí, pero estamos de turno. Aquí no hay sábados que valgan.

—Debe ser difícil…, para la familia, digo —insistió ella mirando sin disimulo la alianza que el policía no se había molestado en quitarse.

—Hay familias y familias. Los hijos ya campan solos y cada cual hace su vida.

—¿En qué trabaja tu mujer? —Ángela fue a por el toro. Que le quedara claro a Castillejos, y a ella misma, dónde se estaba metiendo.

—Es empresaria. Siempre arriba y abajo con el negocio. Hasta premios le dan, por dedicación… —Él envolvió el chicle de nicotina en un trozo de folio y lo encestó en la papelera—. Y tú, ¿qué?

Cuando se lo había preguntado, de camino al restaurante, Ángela se había limitado a mostrarle la alianza, que esta vez no había querido dejar en casa.

—Soy viuda. Tengo una hija.

—¡Vaya! ¿Y novio, tienes?

Ángela se abanicó más rápido.

—¡Ja! ¿Tú te piensas que las mujeres de mi edad encuentran novio así como así?

Él se le acercó.

—Pues será porque tú no quieres.

Ella se levantó sofocadísima.

— Yo también debería irme. Con tu permiso, claro.

—¿Tú te quieres ir?

—Debería. —Ángela pensó que era imposible sofocarse más.

—De acuerdo. Yo me quedo y recojo.

Ángela dio un respingo: en su fuero interno esperaba que Castillejos se ofreciera a escoltarla, pero no, la dejaba marchar tal cual.

—¿Cuándo sabremos algo? Mi jefe me mata como Iglesias no aparezca pronto.

El inspector le puso la mano en la espalda empujándola hacia la puerta. Ángela se alegró de llevar los tejanos que le hacían un culo bonito.

—Yo no le pongo fecha. Ya son días sin saber de él. Y esa gente es cosa mala.

Los dos bajaron en el ascensor en silencio.

—¿Puedo llamarte el lunes? Por saber si hay novedades. Es que el martes tenemos comité editorial y…

—Novedades no habrá, pero llámame siempre que quieras. —Él la cogió por los hombros—. Y ándate con cuidado. La mafia rusa no es ninguna tontería novelesca, Ángela.

Ella dio otro respingo. Lo que faltaba.

—¿Crees que van a por mí?

149

—Van a por todo lo que supone una amenaza para ellos. Iglesias levantó la liebre con su libro y ha desaparecido. Tú eres la editora. La mafia rusa es una de las más violentas, Ángela. Ándate con tiento.

Ella miró a su alrededor temiendo que cualquiera de aquellos coches estacionados en la calle fuera una trampa mortal. Seguro que no: no se les ocurriría estacionar delante de la comisaría de los Mossos.

—Y si pasa algo, ¿qué hago?

—¡Pues llamarme! ¿Para qué estoy yo, sino? Si sucede algo fuera de lo habitual, si observas cualquier cosa que no te guste, por pequeña que sea, me llamas.

El inspector le paró un taxi y esperó a que ella se alejara, saludándolo por el parabrisas trasero.

150

41

*P*ara Mía Simó las ocho de la mañana era el momento sagrado en que daba rienda suelta a su ansia de planificación y cuadraba su agenda y la de sus clientes. Los Tkachenko todavía no habían regresado del fin de semana en Londres y su asistente personal aprovechaba la calma y repasaba asuntos de intendencia.

«Austera pero bonita», ratificó Mía mirando a su alrededor. La oficina tenía una mesa de trabajo de diseño funcional, un mueble bar y una pequeña *kitchenette*. Allí picaba algo si se terciaba o preparaba algún tentempié para las escasas visitas que recibía. Ninguna, para ser exactos, desde que trabajaba para el matrimonio Tkachenko.

Mía se preparó un café mientras guardaba en el armario la bolsa de deporte. Su cuerpo esbelto se flexionaba en un traje pantalón planchado a la perfección. De facciones armoniosas y media melena castaña, resultaba atractiva sin ser guapa. No llevaba perfume y solo lucía un anillo, sencillo pero de buena factura. Su elegancia no pasaba desapercibida; ella, sí. Mía Simó dibujaba el retrato robot perfecto de una asistente personal, mejor abreviado en inglés «PA» y pronunciado *pi ei*, siempre en segundo plano, a las órdenes de unos clientes cuya vida simplificaba en todos sus detalles, los prácticos, los banales e incluso los obscenamente absurdos. A cualquier precio.

Los Tkachenko habían sido sus primeros clientes *high-networth* privados y hasta la fecha los únicos. Su anterior empleo en un hotel de cinco estrellas consistía en atender las peticiones de los huéspedes vip, y ya entonces su sueño era trabajar en exclusiva para una familia. La suerte le sonrió el día que recibió una llamada de la PA de los Tkachenko en Londres. Su *assistant* se presentó como Zoë y le comentó que el matrimonio abría casa en Barcelona. Un cliente del hotel les había hablado de ella y querían entrevistarla. ¿Podía volar a Londres esa misma tarde?

Mía dio por hecho que la PA londinense había pedido referencias y había realizado un *background check* antes de llamarla. Aun así, se enfrentó a una exhaustiva entrevista, seguida de un breve apretón de manos con los señores, quienes mantuvieron con ella una conversación proforma. Serguéi Tkachenko era un hombre atractivo, con unos abdominales bajo la camisa que disimulaban los veinte años que sacaba a su mujer. Educado pero ausente, siempre pendiente de alguna operación a punto de cierre. Irina Tkachenka, por su parte, era una rubia extraordinariamente hermosa, en su rostro destacaba el ligero espacio que separaba sus dientes frontales, dándole un aire a lo Bardot irresistible. Irina respiraba sexualidad. Desde sus formas perfectas, miró a Mía con el desdén propio de quien no nació rica.

La *assistant* firmó un contrato trufado de cláusulas de confidencialidad. Básicamente lo sabría todo de sus clientes pero le estaba terminantemente prohibido compartir información, comercializar con su nombre o cobrar comisión por recomendar determinados servicios. A cambio de una paga excelente, les debía una lealtad absoluta. Sus clientes eran extraordinariamente ricos y su contratación fue profesional en grado extremo. Mía informó enseguida al director del hotel: quería despedirse de forma correcta. En el mundo del lujo todos se conocían y el trueque de favores era constante. Además, nunca se sabía cuánto tiempo duraría un contrato. Los Tkachenko podían prescindir de sus servicios en cualquier momento, sin necesidad de preaviso o explicación alguna.

Zoë la puso en antecedentes, de modo que cuando Irina Tkachenka llegó a Barcelona dispuesta a organizar su nueva vida y la de su esposo, Mía lo sabía casi todo de ella. Que era la segunda esposa del magnate del gas. Que se había licenciado en lenguas eslavas. Que le gustaba el rock duro, los coches y la velocidad. Que ya conocía la ciudad.

La señora decidió alojarse en el hotel donde Mía había trabajado, por lo que le resultó muy fácil atenderla. Irina no salía del hotel. Recluida junto a la playa, sus días transcurrían dorándose en la piscina, corriendo por el paseo en compañía de su entrenador personal y dándose masajes en el spa.

Mía tardó apenas cuarenta y ocho horas en confeccionar una lista con diez casas en venta. Las posibilidades no eran muchas, porque los *penthouse* de cuatrocientos metros en la zona del paseo de Gracia no abundan. Irina revisó desganada la lista, visitó las tres propiedades que más le interesaron, optó por la segunda y al cabo de cinco días el matrimonio firmaba las escrituras. Jezabel Johnson, la interiorista londinense de moda entre la *jet* rusa, apareció el mismo día de la compraventa, de modo que esa noche los Tkachenko celebraron no solo la compra del piso sino, como quien dice, el inicio de las obras.

El ático estaba listo para entrar a vivir pero los nuevos propietarios encargaron a la interiorista una reforma que le diera un aire más a su gusto: decoración abigarrada y de calidad, arte contemporáneo mezclado con piezas de cualquier época, pero que fueran rusas y de firma. Dos meses y muchos miles de libras esterlinas después, Irina dejó la suite en el hotel y se trasladó a su nuevo hogar.

Mía vivía con auténtica ilusión aquella primera experiencia con un cliente privado. Su trabajo era casi una vocación. A veces se preguntaba si estaba relacionada con su infancia. Ella, que todo lo tuvo, todo lo perdió cuando su padre se arruinó. De la noche a la mañana, adiós colegio privado, adiós clases de equitación en el club de polo, adiós institutriz. Ahora manejaba en

153

nombre de sus clientes las vidas que ella ya no tendría. Había algo de justicia en esa situación, porque no los envidiaba. Sabía que ese ritmo obsceno de lujo llevaba como contrapartida una presión brutal. Ella no la sufría: su misión era reducirla.

Se bebió el café despacio, mientras miraba los dos teléfonos. Tenía un móvil en exclusiva para los Tkachenko, en el que los atendía las veinticuatro horas del día. Llamó a la gobernanta y le avisó de que iba para el *penthouse*. De camino, encargó a la floristería un ramo de rosas en colores bien vivos. A Irina le vendría bien un entorno alegre para afrontar el regreso a Barcelona, una ciudad por la que, a juzgar por sus silencios, no sentía especial devoción.

42

Luisa no había sabido bien qué ponerse para aquella reunión. ¿Cómo se viste una mujer que mendiga un trabajo, una oportunidad, una salida? Con sus pantalones negros y una camiseta que le quedaba grande se veía aún más demacrada.

Carolina la había citado en las oficinas de Alimex, en pleno centro. Ni amistades ni monsergas: aquel era un encuentro profesional.

—¿Qué puedo hacer por ti? —Carolina se ahorró los prolegómenos. No estaba allí para ser pañuelo de lágrimas sino para asegurar que Luisa encontrara una salida y que su situación personal no entorpeciera el lustre que Alimex buscaba en el consejo de mecenazgo, aunque eso, claro, no se lo dijo. Si Sanz sospechaba que el Centro de Cultura era un nido de víboras, la atacaría por no haber alertado a la dirección. Sentada detrás de su mesa, con la camisa celeste ceñida y bien abierta, parecía cansada y nerviosa.

—Carolina, me conoces como profesional y como persona. Sabes cuál es mi situación laboral. Bueno, pues he llegado al límite. —Luisa hizo una pausa y cogió aire—. No me dan presupuesto, mi ex quiere quitarme la custodia de mi hijo y Danny ha perdido a su principal cliente. Estoy buscando alternativas y vengo a pedirte consejo.

Acertadamente, dijo «consejo», no «trabajo». Luisa sabía que la limosna se gestiona mal.

Carolina la miró sopesando pros y contras. No se posicionaría claramente del lado de Luisa, eso no le convenía en absoluto, pero tampoco la dejaría en la estacada. No, a ella la dejaron en la estacada una vez y conocía perfectamente la sensación de desamparo que ahogaba a la mujer ojerosa sentada en la silla con la espalda tensa. Esa situación la retrotrajo a esos días lejanos de su juventud, cuando pilló a Leo dándole sexo oral a su mejor amiga, a menos de tres meses de la boda, con las invitaciones enviadas y el convite pagado. Leo la traicionó y se llevó con él su reputación y su autoestima. Lo mismo que le sucedía ahora a Luisa.

—Te entiendo, pero en el Centro de Cultura yo no puedo tomar partido. No es mi negociado. —La mujer ojerosa la miró desesperanzada y Carolina alzó la mano para frenar cualquier amago de réplica o súplica—. Su política laboral no es asunto mío. Además, lo que tú necesitas, amiga mía, no es tener razón sino tener trabajo.

Luisa asintió. En parte, se sintió liberada. «Ya está. Lo he hecho.» Había quedado claro que estaba pidiendo un favor. ¿Se lo haría?

Carolina pasó lista mental de los amantes útiles para la ocasión. Le vino inmediatamente a la cabeza Hugo, un *headhunter* joven que la había perseguido como gato en celo. Vale. Le tocaría follárselo otra vez. Y qué importaba. El sexo la dibujaba como una mujer libre de ataduras y dispuesta a lo que fuera por placer. El sexo como refugio frente al desamparo. ¿Qué más daba que Hugo fuese quince años más joven? La diferencia la espoleaba, porque no sabía hasta cuándo resultaría atractiva para los hombres. Ese era el futuro que ella exorcizaba con sus ligues.

Carolina sacó el móvil, buscó entre sus contactos y anotó un número en el reverso de una de sus tarjetas.

—Hugo es *head-hunter*. Hará lo que yo le pida. Ve a verlo de mi parte y dale esto. —En la parte frontal de la tarjeta Carolina escribió: «Trátala bien: hay premio».

Luisa entendió que Carolina se ofrecía en pago de la posible gestión que el tal Hugo hiciera por ella.

—Muchas gracias, de corazón. —Un leve suspiro dejó salir el estrés acumulado como el vapor silbante de la cafetera—. Soy consciente de que te debo un gran gran favor. ¿Qué puedo hacer por ti?

Carolina sonrió y se puso en pie, dando el encuentro por terminado.

—Pues puedes hacer lo que te pida.

—Lo que sea —replicó Luisa entregada.

—No te apures. Da por hecho que cuando te necesite, te lo diré.

157

43

Carolina no era la única que estaba cansada. Pepe Figueras, Sonia Marín y David Ferrando, «sus chicos», habían compartido con ella una noche en blanco, luchando contrarreloj para finalizar la nueva presentación de FruitMix. Jürgen Seelos había programado la revisión interna para esa misma mañana. Eso les privó de dos días críticos, sobre todo teniendo en cuenta que Jimmy Sanz, una vez más, había jugado en contra y les dio los datos para el presupuesto de la campaña de comunicación pasadas las siete de la tarde anterior. Fue entonces cuando el equipo comprendió que solo trabajando a destajo tendrían la presentación lista.

Carolina estaba especialmente nerviosa. El Presidiario la había llamado para recordarle que o se presentaba al día siguiente a las once en el bar con la amiga dispuesta al trío, o publicaría la foto en Internet. «Y ya sabes tú cómo se anima el cotarro digital los sábados por la noche.» ¡Como si ella necesitase motivación adicional! Rezaba porque Lucas Tintoré encontrase cómo desactivar aquella bomba de relojería.

Faltaban cinco minutos para la presentación cuando el detective la llamó.

—Tenemos el dosier preparado. ¿Le va bien venir a comentarlo?

Carolina miró el reloj. Imposible. No podía salir de Alimex hasta que finalizase el nuevo encuentro con Seelos, pero necesitaba conocer de inmediato los resultados de la investigación.

Así estaría más tranquila y no cometería la ristra de errores de la última vez.

—¿Puede enviármelo por *e-mail* ahora mismo?

—Preferiría que lo viésemos en persona, así acordamos cómo proceder.

—Yo también lo preferiría, señor Tintoré, pero no sé a qué hora saldré del despacho. Envíemelo a mi dirección de correo particular. —Se la deletreó a la carrera—. Y escríbame también su móvil. Le llamaré en cuanto pueda.

—Bien, si eso es lo que prefiere...

—Eso es lo que puedo hacer. Ah, y por favor, si recibe una llamada de este número atiéndala a la hora que sea. Le llamaré en cuanto haya digerido su informe.

—Eso tampoco es habitual, señora Castañer.

Carolina le interrumpió.

—Me da igual si es o no es habitual. Le pago unos honorarios que justifican esta atención. Si para que me la preste tiene que cobrarme el doble, hágalo. Tengo que dejarle, luego hablamos. Mándemelo por *mail*.

Anna daba golpecitos al cristal del cubículo: era la hora. Carolina le indicó que ya iba y se pintó los labios a ciegas, los ojos fijos en la pantalla del ordenador. Justo en ese momento entraba en su bandeja de correo uno procedente de Best Intelligence Agency.

Al llegar a la sala, la *assistant* de Seelos les informó de que el director estaba terminando de despachar con Geier y que la reunión empezaría en diez minutos. Carolina debía haberse indignado —estaba harta de tanto ninguneo— pero reservó su rabia hasta leer lo que Tintoré había descubierto sobre su acosador.

La reunión con Seelos fue impecable. El director ejecutivo parecía sorprendido, como si ya hubiese olvidado lo buena que era su colaboradora. Pero Carolina no lo había olvidado y le presentó FruitMix como una perita en dulce, lista para ser rentable. Seelos la felicitó y la emplazó a una nueva reunión el lunes, para planificar —esta vez sí— el lanzamiento europeo.

De vuelta en su despacho y con la adrenalina alta, Carolina releyó tanto el resumen como el informe completo en el que el detective Lucas Tintoré diseccionaba al Presidiario.

Nombre: Raúl Fontana.

Edad: 40 años.

Apariencia: Fornido, pero no fofo. [Carolina pensó que, ciertamente, el Presidiario de fofo no tenía nada]. Cabello y ojos castaños.

Residencia: Nacido en Mollet d'Empordà (Girona), vive desde hace años en la avenida Meridiana de Barcelona. Nótese que regresa a su pueblo cada fin de semana. [Carolina se quedó perpleja: ¿así que el fiero amante era en realidad un pueblerino? ¿Se había estado acostando con un cazurro?].

Familia: Hijo único. Madre, viuda, residente en Mollet d'Empordà. La familia posee algunos viñedos. No se le conoce novia.

Ocupación: Maestro de enseñanza secundaria en el colegio Todos los Santos de Barcelona. Es apreciado tanto por sus alumnos como por el claustro.

Internet: Fontana es un usuario activo. Le interesan especialmente los sitios web de relaciones para adultos. En ocasiones actúa bajo una identidad supuesta (alias: Chavalote). Interactúa con amabilidad con sus colegas y también con las mujeres que conoce *online*. Sin embargo, tolera mal que le lleven la contraria. En los foros se reconoce su autoridad.

Antecedentes penales: No constan.

Carolina cerró el archivo y sonrió. Sabía exactamente lo que tenía que hacer, y lo primero era lo primero. Salió del cubículo y felicitó a su equipo.

—Muchachos, habéis estado de fábula. FruitMix va a ser imparable, ya veréis.

Los rostros de David, Sonia, Pepe y de su secretaria Anna reflejaban la tensión y el cansancio acumulados.

—¡A descansar todo el mundo! Estamos tan hechos polvo que mejor lo celebramos la próxima semana. Almuerzo el lunes, invito yo. ¿Os parece bien?

Los cuatro asintieron. Después de otros cinco minutos de evaluación eufórica, finalmente emprendieron la salida.

—¿Necesitas que me quede?

—Yo te necesito siempre, Anna, pero creo que me las apañaré. Anda, disfruta del fin de semana, que esto no ha hecho más que empezar.

En cuanto su *assistant* la dejó sola, Carolina llamó por este orden a Lucas Tintoré y a Luisa. Tenía un plan y muy poco tiempo para prepararlo.

161

44

*E*ran casi las dos cuando Mía entró en el salón, una estancia inmensa y atiborrada de *bric-à-bracs*, con amplias vistas al paseo de Gracia. En aquel universo rococó la *personal assistant* detectó enseguida un nuevo icono, cuya ornada *oklad* envolvía a un Cristo sereno que sostenía una Biblia abierta mientras con la otra mano hacía la señal de la bendición. ¡Vaya vaya! Irina se había salido con la suya y Serguéi había pujado por la pieza. Un Ovchínnikov era un icono caro. Doscientos mil euros. Mía tomó nota mental de que debía felicitar a su clienta, pero cuando la vio pospuso los agasajos artísticos.

Irina Tkachenka sollozaba desconsolada en el sofá de piel. Llorando estaba incluso más guapa, con su cabello rubio rubísimo, largo y lacio, cuidadosamente peinado para darle algo de volumen. Su tronco alto y fibroso desembocaba en unas piernas largas embutidas en un tejano ceñido. Y el jersey blanco le daba un aire angelical, a pesar de la delantera recauchutada.

Mía se acercó solícita.

—Irina, *what's the matter?*

La rusa hablaba castellano con fluidez, pero Serguéi no, por lo que siempre se comunicaban en inglés para que su marido lo entendiese todo.

La joven la agarró por el brazo y la obligó a inclinarse, a arrodillarse casi, ante ella. Tenía la fuerza que dan los ejercicios diarios de cardio y pesas.

—*My dress does not fit! And we are flying to Dubai tomorrow!*

Con suavidad, Mía se deshizo de la garra de Irina y se enderezó. Otra crisis de peso. Su clienta se alarmaba pensando que aquellos vestidos imposiblemente ceñidos le marcaban los gramos imaginarios que creía haber ganado por el simple hecho de haber desayunado un cruasán.

Aquella beldad le pedía apoyo y cariño como si fuesen amiguísimas y le pareció imposible resistirse. Pero la muñeca podía convertirse en una pirata en cualquier momento. Irina Tkachenka no había llegado al podio de las esposas de los magnates más ricos del mundo por casualidad. Nunca hablaba de su vida y menos de su pasado: en eso la rusa era más reservada que otras mujeres a las que Mía había atendido y que en ocasiones revisaban con ella su trayectoria vital. Irina no, lo que confirmaba que la competencia había sido feroz y que ella había ganado gracias a una tenacidad sin escrúpulos. Las lágrimas en las que nadaban sus ojos azules podían cristalizar en relámpagos de ira sin transición alguna.

163

Se sentó en la silla situada frente a la doliente rusa y sacó el móvil, herramienta imprescindible para cualquier *personal assistant*. Inútil sugerir a su clienta que se probara de nuevo el vestido, aunque Mía estaba segura de que le quedaba como un guante y de cuánto la embellecía, tanto que el resto de comensales en la cena en Dubái envidiarían a Serguéi Tkachenko. Y esa era la misión de Irina: ser un activo social para su marido. Ni un solo gramo, real o imaginado, podía poner en cuestión su valor.

—Llamaré a la *flagship store* en Londres y pediré que nos manden un par de alternativas. Las probamos esta noche y decidimos. ¿Te parece?

Mientras Irina se secaba los ojos sin abandonar del todo sus pucheros infantiles, Mía marcó el número directo del responsable de la tienda de alta costura en Mayfair y en un susurro le comunicó la petición. Su interlocutor no preguntó: estaba acostumbrado a las peticiones extemporáneas de estas nuevas zarinas. Las *russionistas*, como se las conocía en el sector, tenían carta blanca, porque sus pedidos no acababan nunca. Le confirmó que mandarían tres vestidos para que la señora Tkachenka pudiera escoger. Por favor, ¿podía agradecer a la señora Tkachenka que les brindara el privilegio de vestirla?

Mía informó a su clienta.

—A las seis llegan tres vestidos al aeropuerto. A las siete los tendrás en casa. —La *assistant* cambió de tema—: ¿Mantenemos tu masaje o prefieres anularlo?

Irina se puso en pie, decidida. Se la veía todavía más alta, más fibrosa, imposiblemente guapa, una Brigitte Bardot eslava. En ningún caso anularía su cita semanal con Iván, su masajista preferido. Un buen masaje contribuiría a reducir ese michelín que la estaba aniquilando. Iván era un amante feroz y atlético, y con el sexo quemaría calorías. Y no habría moratones, porque Iván era un profesional. Acostarse con él la víspera de ver a su marido la predisponía a ser la mejor en la cama nupcial. Saciado su deseo, ella estaba lista para atender los requerimientos del hombre gracias al cual vivía en el mundo *high-net-worth*. El sexo con Serguéi casi nunca era fácil o cómodo.

—Lo mantenemos.

Mía ya se imaginaba que Irina no se perdería una reunión con Iván. Mejor, esos encuentros de sexo atlético ponían a su clienta de buen humor. Escoger el vestido sería coser y cantar. Se daba incluso una alta posibilidad de que Irina considerara que el masaje la había adelgazado lo suficiente para caber en el traje inicial. Bueno: en la *flagship* estaban acostumbrados a que los trajes volaran en vano. No haría falta dar explicaciones.

45

—¡*H*ey! ¿Cómo estás? ¿Pasa algo? ¿Alguna novedad?

Que Carolina la llamase fuera del horario laboral había descolocado a Luisa, pero por supuesto atendió la llamada. Desde que le pidió que le consiguiera un empleo, no sabía nada de ella. Se planteó incluso que su súplica la hubiera incomodado: ¿quién quiere tratos con una funcionaria que mendiga trabajo? Le había costado hablar con el *head-hunter*, aferrada al valor del mérito por encima del enchufe, hasta que se decidió. El tal Hugo le había pedido que le enviase el currículum y estaba pendiente de que la citara para una entrevista personal.

Carolina caminaba con urgencia paseo de Gracia arriba. Le molestaban los transeúntes que, revueltos y distraídos, le entorpecían el paso. No tenía tiempo que perder. Los restaurantes encendían las luces y en la acera los voceros abordaban a los turistas, menú en mano, ofreciéndoles paellas nocturnas y sangría. Se detuvo junto a una farola y se aseguró de tener cobertura.

—Te llamo para pedirte un favor. Necesito que mañana por la noche salgas conmigo.

A los pies de Luisa, Gabriel y Lola construían torres de Lego con el único objetivo de tirarlas.

—¡Chicos, parad un momento, que no oigo nada!

Ni caso, y Danny, ausente. Le había enviado a por jamón a la granja de Dio hacía una hora. Se estaba columpiando otra vez: hacía siglos que tenía que haber bañado a los niños.

—Luisa, ¿me oyes bien?

—Te oigo, y me encantaría salir, créeme que lo necesito pero...

—No te vayas a pensar que eres la única que tienes problemas, guapa.

Luisa se asomó al balcón. En la sala, la fiebre arquitectónica de sus hijos subía de decibelios.

—Pues cuéntamelos.

Carolina reemprendió la marcha como una autómata.

—He quedado con el Presidiario. El acosador. Quiere que le lleve a otra mujer para hacer un trío.

—Lo dices de broma, ¿no? —El impacto de la solicitud colocó a Luisa más allá de la perplejidad. ¿Le estaba Carolina pidiendo que se acostara con un acosador a cambio de darle el contacto de un *head-hunter*?

—No, no lo digo de broma. Solo puedo pedírselo a alguien de confianza y ese alguien eres tú.

—Pues te equivocas. ¿Qué crees? ¿Que porque vaya justa de dinero aceptaré lo primero que me pase por delante? Que yo dejara a mi marido por Danny no me convierte en una chica fácil, en una puta, vamos...

—Y que yo me haya acostado con ese imbécil tampoco me convierte a mí en una puta.

—No, si no quería decir eso...

—No, pero lo has dicho.

—¡Joder! ¡Es que lo que me pides es muy fuerte!

—Lo que te pido es que vengas y que confíes.

—¿En qué? ¿En que el tipo no se presentará?

—Que confíes en mí. Te prometo que no te pasará nada. Pero necesito que vengas.

—¿Y por qué vas a ceder a ese chantaje, si puede saberse?

Carolina se detuvo bajo otra farola, como una Lili Marlene en versión contemporánea y bajita.

—Porque le voy a dar la vuelta. Luisa, no te puedo contar

166

más. No te comprometeré, te lo prometo. Lo único que te pido es que te arregles, que vengas conmigo y que me sigas el juego.

Luisa no entendía nada que no fuera el tono de voz de Carolina, a medio camino entre la súplica y el imperativo legal. Su mente procesaba la petición a toda velocidad. ¿Y si se negaba? ¿Llamaría Carolina al *head-hunter* para que cancelase la entrevista? ¿Volvería a la casilla de partida? ¡Eso sí que no!

—Vale. Y si el tío se excita, ¿qué hago?

Carolina no pudo evitar una sonrisa. No se imaginaba una escena de sexo entre Luisa y Raúl aunque, bien pensado, no eran tan diferentes. Ella era una buena chica que un día decidió salirse del guion de su vida de *disseny* y el Presidiario era un pueblerino que había escapado de las garras de mamá. «¿Te imaginas que igual se ponen a hablar y se caen bien?»

—Si se pone cachondo, haz lo que quieras. ¡Todo para ti! Pero me parece que cachondo precisamente no se va a poner.

—Entonces, ¿por qué le sigues el rollo del trío?

167

Carolina se apartó: un grupo de chicas jaleaban en plena acera a una futura novia, a la que habían vestido con un delantal y una peluca rosa chicle.

—Confía en mí, Luisa. No te comprometeré. ¡Y te deberé un favor como un templo! —Con esa frase Carolina daba por supuesto que Luisa recordaba cómo estaba el saldo de favores entre ellas—. Te llamo mañana al mediodía y quedamos. Y ahora te dejo, que estoy a punto de morir arrollada por una despedida de soltera.

Carolina colgó y sorteó al grupo de histéricas silbándole a un chico mientras la novia enrojecía a tono con la peluca. Sonó el móvil. «¡Qué rápido se arrepiente!» Se equivocaba. No era Luisa quien llamaba: era Michael Geier.

—Sí, dime.

—¿Es un momento bueno?

¿Qué querría ahora el alemán un viernes por la noche?

—Estoy en la calle y casi no tengo cobertura.

—¡Ah! Pensaba que estabas aún en el despacho. —Geier sonaba decepcionado.

—No, me he ido después de la presentación de FruitMix. ¿Por qué? ¿Ha sucedido algo? —Carolina estaba cada vez más intrigada. Geier nunca la llamaba al móvil. Tenía su número, como tenía los del resto del comité de dirección, pero siempre la contactaba a través de Anna—. ¿Michael, me oyes?

—Sí, tranquila, que está todo en orden.

—¿Entonces? —Carolina iba a añadir «por qué me llamas» pero se frenó. A ver dónde iba a parar todo aquello.

—Bien. —Geier carraspeó—. Seelos me ha dicho que la presentación ha sido muy positiva.

—Vaya, me alegro de que le haya gustado. —Ella sonrió. Al alemán le había faltado tiempo para enterarse. Continuó esperando a que su interlocutor moviera ficha.

—Bien. Pensaba que lo celebráramos los dos. ¿Vamos a brindar por FruitMix?

Carolina se sentó de golpe en uno de los bancos gaudinianos junto a la Pedrera. ¡Michael Geier la estaba invitando a una copa!

Bien. Muy muy bien…, pero no se la aceptaría. Todavía tenía que llamar a Tintoré y preparar el encuentro con el Presidiario. Y además, quería que su primera cita con Geier fuera impecable y esa no era su mejor noche.

—Muchas gracias, Michael. ¡Por supuesto que brindaremos! Ha sido un gran trabajo en equipo. Lo que pasa es que hoy ya he quedado. ¿Buscamos otro día?

—¿Qué tal mañana? —propuso el alemán esperanzado.

Bueno bueno bueno… ¡Geier iba a por todas! No estaba mal. No estaba nada mal. Pero al día siguiente ella tenía el supuesto trío de por medio.

—Chico, de verdad lo siento, pero tampoco puedo. ¿Te llamo yo el lunes y concretamos?

Geier ocultó su desencanto con profesionalidad.

—Claro. Hablamos el lunes. Felicidades por tu presentación. Buen fin de semana.

Carolina se quedó inmóvil. Geier la estaba invitando a salir. No tenía claro si se trataba de atracción o de uno de los oscuros y absurdos planes que Jimmy Sanz tramaba de oficio. En todo caso, aquella invitación era una oportunidad y cuando llegase el momento la aprovecharía.

46

Ángela se había apuntado a la visita guiada esa misma mañana y de casualidad. Había dormido poco y mal. Sin ganas de remolonear, se plantó en el mercado antes de que se llenase, como todos los sábados al mediodía. Allí se tropezó con un pequeño puesto y un cartel que rezaba: «El Taller de Historia de Gracia organiza visitas al refugio de la Plaça del Diamant. ¡Apúntate!». Recordó las anécdotas que le contaba su abuela, con bombas y refugios incluidos, y se decidió. Total, aquel era otro fin de semana sin plan. No se quedaría en casa deprimida y asustada.

A las ocho, cuando llegó a la plaza, se encontró con otra docena de personas. «¡Cuánta menopáusica!», pensó y sonrió. Aquellas mujeres serían sus compañeras en las próximas dos horas. La guía las agrupó y empezó la visita comentando unos paneles exteriores. Allí se detallaba la progresión de los bombardeos sobre Barcelona, la actuación de la llamada Junta Local de Defensa Pasiva y la ubicación de los principales refugios.

Luego bajaron por unas escaleras angostas que desembocaban en un pasillo forrado de ladrillos y luego en otro, como en una mina, con un fuerte olor a humedad y a tierra. Una atmósfera opresiva, que debió ser mucho más sofocante cuando el refugio se llenaba al sonar la sirena de alarma. A los lados, bancos de piedra que en ocasiones se usaron como literas, y bombillas desnudas.

—El censo oficial de Barcelona indica que en la ciudad se

construyeron mil cuatrocientos dos refugios, aunque los historiadores creemos que la cifra real podría rondar los mil quinientos, dado que algunos de los principales no se censaron.

Un señor mayor interrumpió a la guía para interesarse por los míseros cañones que intentaron abatir a la aviación enemiga. La mujer, experta en lidiar con pesados, le respondió escueta y prosiguió su explicación. Los refugios de Gracia habían sido construidos y mayoritariamente sufragados por los vecinos. En muchos casos, era la propia comisión de fiestas la que asumía su construcción, a la que los vecinos debían contribuir si querían tener derecho a la protección subterránea.

—Los vecinos de esta plaza debían aportar una peseta a la semana; si no realizaban trabajo voluntario, la tarifa aumentaba.

Continuaron recorriendo la galería hasta detenerse en una enfermería escuálida. Los pasillos cubrían una longitud de sesenta y nueve metros. Medían apenas un metro diez de ancho y dos metros de alto. Ángela caminaba encogida.

—Este refugio empezó a construirse poco después del 13 de febrero de 1937, fecha en la que, como hemos comentado antes, tiene lugar el bautismo de fuego de Barcelona. Se cerró en 1939.

La guía continuó la explicación mientras el grupo la escuchaba apiñado en los bancos de piedra. Ángela se fijó en una mujer alta, que tomaba notas sin parar mientras su marido se encargaba de la hija, la única niña en el grupo, muy interesada por aquel distante escenario bélico. Igual podría volver otro día con Cecilia, ellas dos solas, como antes de que el pesado de su novio le sorbiera el seso.

Cuando salieron ya había oscurecido. Ángela se demoró. No le apetecía volver a casa. Pensó en el comentario de la guía. A medida que los bombardeos se sucedían, los vecinos ya no bajaban al refugio. No querían morir enterrados a doce metros bajo tierra. Las familias, al oír las sirenas, se apiñaban en una única habitación y tapaban a los niños con el colchón, mísera protección si caía una bomba en la casa. Para ellos, morir juntos era preferible a descender, noche sí noche también, las escaleras a oscuras y salir a la calle, con el sueño roto por la alarma antiaérea y el frío, a buscar una protección igualmente miserable.

«Y yo, ¿dónde me voy a refugiar? Si los rusos vienen a por mí, ¿con quién me encierro en una habitación para no estar sola?» Ángela pensó en el inspector Castillejos. Pensó también que igual, en vez de ponerse bajo el colchón, se ponían encima. Consolada por ese deseo fugaz, agarró fuerte el bolso y caminó, calle Topazi arriba, de vuelta a casa.

47

Cecilia manejaba con destreza las tiras de cera con que se arrancaba el vello de las piernas a toda velocidad. El cuarto de baño era tan pequeño que, sentada sobre la taza del váter, apoyaba el pie en la puerta. Cuando papá murió, su madre le advirtió que recortaría gastos y ella, recién estrenada la adolescencia, aprendió por su cuenta tareas que antes le hacían otros, como la esteticista. *Ras* y *ras*. Metódicamente ponía y levantaba tiras mientras pensaba cómo diría a su madre que se iba a vivir con David. Mamá nunca le había impedido hacer nada pero la vigilaba de cerca, para protegerla, decía. Una vez solo, al principio, cuando estaba tan deprimida, le había confesado: «Tú eres lo único que me queda». Su madre no lo repitió jamás pero ella no lo había olvidado.

Cecilia pensó que nunca se había enamorado tanto en su vida. No se trataba de «estar enamorada» en un estatus pasivo de obnubilación. No: Cecilia había decidido enamorarse del todo y lo estaba consiguiendo. David era lo opuesto a ella. El mundo le pertenecía por derecho de familia. Cuando se conocieron, él la trató como si ella también le perteneciera. De eso hacía casi dos años y, fíjate tú, ahora le proponía que se fueran a vivir juntos.

Se vistió con unos tejanos, una camiseta que resaltaba el color verde de sus ojos y las cuñas altas. Miró con nostalgia anticipada el gran armario empotrado de su habitación, donde tantas veces se había escondido de niña: «Ese no podré llevármelo».

La noche anterior habían cenado en casa de sus futuros suegros. David insistió en que era la forma de exponerles su plan de convivencia. «Y acto seguido se lo contamos a tu madre.»

El edificio donde vivían los Font, en un barrio bueno de la ciudad, era una mole construida en los años setenta, con varias escaleras y un portero gruñón. El ascensor llegaba hasta el mismo vestíbulo del piso, que ocupaba la planta entera. Les abrió la señora Font. Cecilia entró primero y tuvo la sensación de que la anfitriona la miraba una vez más con cara de lástima, como pensando «pobre huerfanita»; a veces, con veinticinco años ya cumplidos, aún se sentía así. El señor Font, por otro lado, con su cabello leonino plateado, su despacho en la Diagonal y su pasión por el golf, era lo contrario a su propio padre. Le parecía inevitable compararlos cada vez que lo veía.

La señora Font había puesto una mesa digna del presidente del Gobierno. Cecilia pensó que aquella mujer llenaba el ocio con tareas huecas, como esa mesa o el mantenimiento permanente de sus mechas. ¡Ojalá su futura suegra no buscase para su hijo una copia de sí misma!

—Os habéis enterado de lo de los Sanahuja, ¿no? Van a la suspensión de pagos.

David y su padre desmenuzaron los diversos tejemanejes inmobiliarios de la familia Sanahuja, mientras la anfitriona comentaba con Cecilia la nueva exposición de fotografía en La Pedrera. La señora Font le pasó una bandeja de plata donde se escondía una escasa ensalada de atún y Cecilia pensó que para una ensalada así no hacía falta la vajilla de los domingos.

Cuando todos estuvieron servidos, el señor Font sometió a Cecilia a un auténtico tercer grado.

Fue David quien por fin sacó el tema de su vida en común. Lo hizo de forma muy poco solemne, como si fuese un hecho cotidiano carente de cualquier significado emocional o social.

—Papá, por cierto. ¿Podemos echar a los inquilinos del piso de Balmes? Te lo pido porque hemos pensado en vivir juntos.

174

El señor Font no tuvo inconveniente alguno.

—Fina, trae una botella. ¡Brindemos por los chicos!

A la señora Font la idea no la entusiasmaba, pero no hizo comentario alguno.

Así mismo le refirió Cecilia la historia a su madre, después de que esta le hablara maravillas de la visita guiada al refugio de la plaça del Diamant. Las dos trajinaban de la cocina al comedor preparando el desayuno. Cecilia optó por explicárselo todo *en passant*. La cena formal con David ya la harían más tarde. De este modo la noticia de su marcha sería menos traumática. Notó que su madre palidecía. «Ya sabía yo que le sentaría mal», pensó.

Ángela se fue al sofá y sacó el abanico. Su madre estaba sofocada de veras.

—¿Lo de que me vaya con David te parece bien, entonces?

El chaparrón cayó por donde menos lo esperaba.

—Hasta que este lío que tengo no se aclare, tú no te vas a ninguna parte.

—Ya está bien, mamá. Soy mayor de edad. Entiendo que te fastidie quedarte sola, pero es ley de vida. Y además, yo…

—No se trata de ley de vida, Cecilia. Se trata de la mafia rusa. El inspector Castillejos me dice que vayamos con cuidado. Prefiero tenerte cerca. Así que, por lo que más quieras, por la memoria de tu padre, no te vayas a ningún sitio.

Era la primera vez que su madre le pedía que acatase una orden paterna de ultratumba. Cecilia se quedó helada. ¿Quién protegía a quién? ¿La quería cerca para controlarla?

—Mira, mamá, no lo entiendo. Y no quiero enfadarme. Ni desayunar. No tengo apetito.

175

48

*S*olo cuando pudo llamar al inspector, Ángela se tranquilizó un poco. «Iba a cenar. ¿Has cenado ya? Vente y me lo cuentas en persona. Escoge tú el sitio.» Se citaron en una hora. Ángela anotó el teléfono del inspector en una hoja y previno a su hija de que llamase en cuanto algo no fuera del todo bien. Cecilia no le respondió parapetada detrás de un libro.

De camino al restaurante, Ángela iba analizándose por dentro. Sentía duda («¿De verdad cree que valgo la pena?») y desconcierto: «¿Cómo es posible que me lo plantee siquiera? ¿Cómo me estoy viendo a mí misma, cuando ni me reconozco en el deseo de los demás? Que el tiempo no ha pasado, que estoy guapa, me suena a palabras huecas, a cumplidos dichos de oficio, con intenciones perversas, y por tanto, falsas. No soy capaz de creerme que lo valgo, que a mi edad todavía pueda interesar a un hombre».

Ángela entreveía que atraer al prójimo es un afán inherente a la raza humana, condición necesaria para resolver la necesidad de protección. Sus propias ansias por sepultar esta pulsión bajo la impotencia indiferente eran inútiles, porque el sentimiento regresa y rebrota y entonces descubres de golpe todo lo que te has perdido. Echó cuentas. Había superado la barrera de los cincuenta. La esperanza de vida media estaba en ochenta y cinco años. ¿En qué iba a ocupar los próximos treinta años cuando los cincuenta primeros habían pasado tan deprisa? ¿Qué haría cuando Cecilia se marchase?

Ángela había citado al inspector Castillejos en Chez Coco, una *rôtisserie* para ricos en la zona alta de la ciudad. Pensó que era tan pijo que sería un lugar seguro: la mafia no iba a atacarla entre pijos. Aquel local estaba en las antípodas de la casa de comidas a la que él la llevó. Las espitas donde giraban los pollos camperos y los capones contrastaban con la decoración barroca: sofás recubiertos de terciopelo azul, sillas de madera tapizadas de brocado. Los platos, oblongos y de porcelana blanca, lucían el emblema Chez Coco y la leyenda «Haute cuisine», que no dejaba de ser un guiño, porque no había nada de *haut* en servir pollos *a l'ast*. Los altos techos eran un escenario perfecto para lámparas dramáticas: los candelabros convivían con luces recubiertas de escamas de color azul metálico y algunos ventiladores de aspa. En las paredes, grandes *chinoiseries*. El suelo repetía la idea de mezcla, combinando distintos tipos de mosaicos, todos en blanco, negro y gris. Nada en la decoración abigarrada evocaba los chiringuitos grasientos donde envuelven el pollo *a l'ast* en papel de aluminio.

177

Una señora alta y esbelta se dirigió con paso decidido a una mesa redonda situada en la esquina más distante. Como todas las clientas burguesas que poblaban el *bistrot*, lucía pantalón beis. Sonrió, se dio la vuelta y le indicó al camarero: «Esta. Estupenda». La señora había acudido personalmente a escoger dónde sentaría al grupo de matrimonios con quien cenaba esa noche. La mesa de aquel rincón era una buena alternativa, porque las conversaciones se sintonizaban desde cualquier lugar. Ángela oyó cómo a su espalda una joven ejecutiva ofrecía un dosier a un cliente, al que obviamente su agencia de publicidad había invitado a cenar con fines comerciales. «¡Vas mal! —se dijo—. No puedes ir al grano cuando todavía no han servido los entrantes.» (Torta del Casar, eso también lo había escuchado). Un tenue hilo musical doraba los susurros y las carcajadas.

El local era auténticamente surrealista. Lucía una pátina de antiguo, con esas velas encendidas e innecesarias, que chocaba con el hecho de que lo habían inaugurado hacía apenas unos meses. Ángela no terminaba de sentirse cómoda. Todo era demasiado falso, como falsa era su relación con el inspector, a pesar de las cavilaciones con que la vestía. ¿A qué jugaban? ¿A las parejas? ¿Lo había citado allí para impresionarlo? ¿Para mantener el tipo aunque temblara de miedo? Apareció Castillejos, camisa sin corbata, tejanos y deportivas. Le dio una palmadita cariñosa, le removió el pelo y se sentó junto a ella en el banco en vez de sentarse enfrente. Ángela no supo qué hacer. ¿Qué pensaría de ella el camarero que en ese momento estaba agachado, calzando su mesa? Daba igual lo que pensase el camarero, la señora pija de pantalón beis y sus invitados pijos y la *account manager* júnior que debía estar terminándose su entrante de torta del Casar. Lo que contaba era lo que *ella* sentía. Y Ángela se sentía aliviada. Se sentía más segura. Protegida. Un poco menos sola.

178

PARTE III

49

Carolina se pasó el sábado por la mañana autosecuestrada en un balneario urbano. Necesitaba relajarse en un entorno donde no fuera fácil llamar al Presidiario y mandarlo a paseo. Nada mejor que unas horas en remojo, de la sauna turca a la de vapor. Así fue como mató el tiempo hasta el mediodía. Ya en casa, en ropa interior y antes de comer un *takeaway*, marcó.

—¡Al fin, zorra! Ahora mismo pensaba en ti, en tus fotos…

—Al grano. Lo que haces me parece despreciable.

—¿Qué tiene de malo compartir el placer, zorra?

—No tiene nada de malo. Por eso acepto el trato. Nos vemos en el bar hoy a las once. Seremos tres.

—¿Quién es la tercera?

—Mi amiga Laura. Es novata, pero siente curiosidad.

—Y…

Carolina lo interrumpió.

—A las once. Un trato es un trato. Yo te llevo a Laura y tú borras las fotos de tu móvil delante de mí, me firmas un papel en el que te comprometes a no publicar nada jamás y asumes que, si te viene la tentación y lo haces, te denuncio por incumplimiento de contrato con una multa que ya mismo fijamos en cincuenta mil euros. Hasta luego.

A continuación llamó a Luisa. Su amiga estaba como un flan.

—¡Confía en mí! Te prometo que no te pasará nada.

—Ya. Que te quede claro que voy porque espero que tu

amigo el *head-hunter*, que por cierto aún no me ha citado, me ayude, pero que yo no me acuesto ni con él ni contigo.

—¿Se lo has dicho a Danny?

—Si se lo cuento, me mata, y después viene y mata al tal Raúl.

—Pues mejor no se lo cuentes. Ah, y ponte un poco escotadita, que tienes unas tetas para lucirlas, mujer. ¡Y acuérdate de que te llamas Laura!

La tarde no oscurecía nunca. Carolina se preparó: un vestido ceñido y escotado, en un tejido que recordaba al látex negro, y unos tacones desproporcionados. A pesar de tanto charol, permanecía impoluta, como las vestales en los templos. Después realizó otra llamada y pasó a recoger a Luisa, que se había puesto también un vestido escotado, de estampado campestre sobre el que ceñía una especie de chal; se lo quitó inmediatamente. Carolina intentó una conversación pero Luisa no le contestaba. Aparcaron y entraron en un bar anodino, salvo por la larga barra que desembocaba en un trasfondo húmedo y oscuro a propósito, donde a nadie se le habría ocurrido encender una luz. A oscuras, varias parejas estaban ya bailando de forma más que explícita. Pasaban cinco minutos de las once. Al fondo de la barra, el Presidiario les dedicó una mirada lasciva de bienvenida.

—Muy guapas estáis, zorras. Y esta putilla, ¿quién es?

Luisa dio un respingo pero Carolina la frenó.

—Te presento a mi amiga Laura, quien, como ves, tiene las mejores tetas de Barcelona. Pero por ahora solo se las toco yo. —Y sin más, Carolina le puso una mano en cada pecho.

Luisa palideció pero vio que su amiga le guiñaba un ojo para que le siguiera el rollo.

—¿Adónde vamos? ¿A tu casa? —El Presidiario ya se había encendido. Fin del *foreplay*.

—¿Adónde si no? Los tres en el coche no estaríamos cómodos.

—Bien, pero vamos los tres juntos.

—En mi coche entonces. Laura de copiloto y tú detrás. No quiero que empecéis la fiesta sin mí.

En diez minutos entraban en el apartamento de Carolina. Lo había dejado todo preparado. Encendió algunas luces auxiliares que mantenían el espacio en penumbra.

—¿Me la chupas, zorra?

El Presidiario agarró a Luisa por el brazo y la empujó hacia el suelo.

Luisa forcejeó. Sentía arcadas. ¿Qué era todo aquello? Carolina volvió a guiñarle el ojo, pero esta vez no funcionó.

—Yo te la chupo primero, en la habitación, y así Laura aprende. ¿Qué dices? Pero antes me firmas el documento. Un trato es un trato.

Raúl Fontana firmó el documento sin leerlo mientras la anfitriona lo agarraba literalmente por los huevos. Cuando se los soltó, cogió a Luisa de una mano y al Presidiario de la otra y los llevó al dormitorio. Se sacó el vestido plastificado por la cabeza sin dificultad y se quedó en tanga; entonces procedió a desabrochar el vestido de Luisa. El Presidiario se había sentado en la cama y se tocaba. Haciendo como que la abrazaba, Carolina le susurró: «Ya casi estamos». Luisa se encontraba en estado de *shock*, avergonzada además por su ropa interior básica. «La *dominatrix* y la madre de familia», pensó. ¿Cómo acabaría todo aquello? ¿Cómo había terminado ella allí?

Carolina colocó a Luisa, en ropa interior, sentada sobre una butaca mirando a la cama, desmayada casi. Recostó después al Presidiario sobre los almohadones de raso con el pene erecto. Primero se dirigió a Luisa, le quitó el sujetador y le masajeó los pezones con destreza. Luisa estaba quieta, sorprendida por la excitación e inmóvil por el miedo. Aquello estaba yendo muy lejos. Tenía que salir de allí, pero las piernas no le obedecían.

—Mírame bien, bonita, que luego lo harás tú.

Carolina se arrodilló frente al Presidiario y se metió el

183

pene en la boca. Lamía con ímpetu. El Presidiario le apretaba la cabeza con fuerza y ella se dejaba hacer, con el pelo tapándole la cara.

Justo en el momento en que el Presidiario exhalaba un gemido estremecedor, un *flash* iluminó la habitación y alguien encendió la luz.

—Pero… ¿qué coño es esto?

Raúl se incorporó como una bala e intentó agarrar a Carolina. Ella fue más rápida. Saltó de la cama y se colocó junto a Luisa, que se había puesto en pie de un salto y con los brazos cruzados se tapaba los pechos. Un hombre menudo y moreno inmovilizaba al Presidiario. Con el dorso de la mano, la anfitriona se limpió el semen que le caía por las comisuras de los labios.

—Raúl, este señor no es fotógrafo. Es detective. Y esta foto que nos acaba de sacar y que ahora nos mostrará… —Se detuvo para mirar la máquina que Tintoré le tendió sin soltar al Presidiario—. Esta foto, digo, se la enviaremos a la directora del colegio Todos los Santos. Para que sepa qué hacen sus maestros en sus ratos libres. A mí no se me ve la cara, pero tú has quedado perfecto, un buen primer plano. ¿Cómo lo diríamos?… Muy entregado. Claro que también podríamos subirla a la plataforma de la escuela. Ay…, no tenemos la contraseña…, ¿o sí la tenemos?

—RXRF08 —respondió el detective siempre mirando al Presidiario.

—¿Qué dices, Raúl? ¿La subimos o lo dejamos aquí?

—Hija puta. Me las pagarás. Y vosotros también, imbéciles de mierda.

Raúl se escabulló como alma que lleva el diablo, subiéndose los pantalones y dando un portazo:

—¡Serás zorra, imbécil, hija puta desgraciada!

Carolina respondió:

—Pues sí.

Pero el destinatario ya no la escuchó.

Tintoré destruyó el carrete allí mismo, metiéndolo bajo el grifo. Luisa, todavía sentada, temblaba.

—No se preocupe, señora. Usted no salía en la foto ni se distribuirá. Él no tiene cómo identificarla a usted. Nos ha hecho un gran favor ayudando a Carolina en una situación bien incómoda.

Carolina se había ausentado. Volvió con la cara lavada, una escueta bata de seda negra y una botella de whisky. Ayudó a Luisa con el vestido campesino. Y esta aceptó con mano temblorosa el vaso que le tendió Tintoré.

—Madre mía, madre mía, madre mía. —Era lo único que acertaba a decir.

Carolina le apretó la mano e iba a darle un beso pero ella se echó hacia atrás.

—Luisa, tranquila. Ya está. Ya ha pasado todo. Te dije que confiaras en mí. Ha salido bien. No podía contarte la encerrona porque necesitábamos el efecto sorpresa. Ha salido bien. No te debo una. ¡Te debo mil!

185

50

Mía entró en el comedor precediendo a Irina. Caminaba con aire decidido, abriendo paso a su clienta y guiándola a la vez. Irina estaba impresionante, con una faldita plisada en tonos azules cuyos pliegues subrayaban aún más sus largas piernas y un top blanco con la americana a juego. Llevaba unas sandalias de tiras finas, las uñas esmaltadas en tonos granate, en contraste con el cabello rubio claro que le sostenían las gafas de sol. Parecía una señora bien con muchos posibles, y eso es lo que era.

Sin Serguéi, daba igual que fuese sábado. En ausencia de su marido y por indicación de este, Irina asistía a un acto benéfico. Había pagado una pequeña fortuna por dos cubiertos que le darían acceso a lo mejor de la sociedad barcelonesa.

Mía se dirigió sin dudarlo a la organizadora. La anfitriona la saludó con cortesía, sin mencionar la media hora que el resto de mujeres del Women International Lobby llevaban esperándolas en el comedor del hotel Ritz. Mía acompañó a Irina a un asiento de honor en la mesa principal y se acomodó a su lado.

—¿Es usted también rusa?

—No. Soy la *personal assistant* de la señora Tkachenka en Barcelona.

Su compañera de mesa, una mujer entrada en los cincuenta, con un vestido caro pero chillón y un cardado retro la miró decepcionada. Mía le leyó la mente: no había pagado tanto dinero por un cubierto en un *fundraiser*, en el que esperaba hacer contactos con millonarias y con la *jet set* local, para terminar junto a una secretaria. Pero ese era el sitio de Mía y eso era innegociable. Desde esa posición cubría uno de los flancos de Irina, quien, si no tenía ganas de hablar, delegaría la conversación en ella.

Poco a poco la compañera de mesa se fue animando. Acababa de abrir un negocio de *catering* y confiaba en captar nuevas clientas entre las asistentes. Mía le siguió el hilo sin quitar el ojo de encima a Irina, quien escuchaba a sus compañeras de mesa y respondía en su castellano académico.

«En realidad —pensó—, si esta señora fuera más lista, se habría dado cuenta de que soy yo el teléfono que querría añadir a su agenda, porque yo soy su única vía para llegar a los Tkachenko. Si no lo entiende, peor para ella.»

—*M*ientras hay virginidad, hay esperanza.

A Luisa se le atragantó el bocadillo y tosió, colorada por la vergüenza. Ahora las gitanas sentadas en la mesa de al lado se darían cuenta de que había estado escuchándolas. Una distracción inocente, para esos cinco minutos que no tenía que lidiar con los niños, con Danny, con los recuerdos del trío... Las tres mujeres morenas le dedicaron una mirada que dejaba bien a las claras que no apreciaban su atención.

Las gitanas, abuela, madre e hija, aunque las apariencias engañaban y las diferencias de edad entre la abuela y la nieta no parecían proporcionales a sus edades biológicas, llevaban discutiendo desde que Luisa entró en el local y le pidió a Dio el tentempié. Al parecer, la más joven estaba prometida pero no satisfecha. Había costado arrancarle la confesión, pero cuando su supuesta madre le había preguntado: «¿Estás segura?», la chica había escondido la cabeza entre las manos mientras la movía de un lado a otro. Ni siquiera lloraba: solo se tapaba la cara y bajaba los hombros como si, con quince años, la vida ya la hubiera derrotado. La madre iba a replicar, pero la otra mujer la frenó poniéndole la mano en el antebrazo y hablándole con voz firme y suave a la vez:

—Saray, no te pongas así. Yo no quiero ver a mi nieta desgraciada por nada del mundo.

—¿Y qué hacemos?

Al parecer, el prometido de la tal Saray había cometido un

atropello que ella no podía perdonarle, con lo que sus planes de boda se iban al traste. Luisa no lo entendió bien pero concentró su atención en el manoseado periódico: no quería parecer la paya cotilla del barrio.

—Tú déjanoslo a nosotras. Hablaremos con la familia. Una cosa así la entiende cualquiera. Y no te preocupes, mujer. Eres guapa y joven. De aquí a los dieciocho te arreglamos el novio, este o uno mejor. A los diecinueve, boda, y a los veintidós pariendo. Hay tiempo para todo.

Entonces fue cuando la abuela añadió: «Mientras hay virginidad, hay esperanza», y dejó a Luisa fuera de combate. Parapetada detrás del periódico, recordó la aventura con Carolina, el modo en que ella la había tocado, la mueca embrutecida del Presidiario justo en el momento en que el detective disparó el *flash*... ¿Cómo había terminado metida en un lío de esas proporciones? ¿Cómo se pagaba un favor así? Abrió el monedero y raspó unas monedas con las que pagó el bocadillo con agua, que era más barata que una caña.

189

La oficina era su vía crucis cotidiano, pero Danny continuaba en dique seco, peor aún, en un mundo irreal, en el que no había facturas y, por tanto, no hacía falta dinero para pagarlas. Cada vez discutían más por eso, ellos que lo habían tenido todo. Y ella, Luisa, no tenía nada ni a nadie. Los días pasaban y la entrevista con el *head-hunter* no se producía. El tal Hugo se la había cancelado ya dos veces. ¿Quejarse a Carolina? ¿Cómo podía fiarse de una amiga que le había metido mano? No, no quería ver a Carolina ni en pintura.

52

*L*a casa de Ángela, situada en la misma plaza Rovira, estaba en una finca regia, esquinera, con el tejado festoneado por cestos de frutas en piedra. Carolina subió al segundo piso. En la misma puerta la esperaba la anfitriona con una sonrisa brillante, como si verla llegar fuese lo mejor que pudiera sucederle.

Ángela la guio por un pasillo estrecho, en el que había una señal de tráfico real, una flecha blanca sobre fondo azul indicando un giro a la izquierda. Al final, un comedor amplio que daba a la misma plaza, decorado con una foto inmensa de Nueva York en blanco y negro.

—Ese es el Flatiron Building, ¿no? —preguntó Carolina.

—Sí, señora. ¿Has estado en Nueva York?

—¿Que si he estado? ¡Lo que no entiendo es por qué no me he quedado! Nueva York es mi lugar en el mundo. —Sonaba entusiasmada—. ¿Y tú?

—Todavía no. A ver si me decido de una vez. —Ángela no le comentó que ese era el viaje pendiente con Marc, para el que ahorraban y ahorraban, el viaje que ya nunca harían. Le tendió una copa de cava—. ¿Qué tal? Le he dejado dos mensajes a Luisa, pero no sé nada de ella.

Carolina le confirmó que ella tampoco, pero no le dijo que sabía por qué. Desde la encerrona a Raúl Fontana, Luisa había desaparecido del mapa. No respondía a mensajes ni a *e-mails*. Seguro que su ausencia se debía al trío, pero tampoco era para tanto…, y además ya le dijo que pensaba devolverle el favor

Tenía a Hugo el *head-hunter* machacándola para que quedaran; el encuentro era prerrequisito necesario para forzar la entrevista con Luisa, pero después de vérselas con Raúl se le habían quitado las ganas de sexo, la verdad.

Ángela resucitó la conversación.

—¿Cómo va todo?

—Va. En el trabajo, de fábula. ¡Ya soy candidata oficial a la dirección nacional de Alimex!

Ángela levantó la copa.

—¡Caray, chica! ¡Felicidades! Seguro que te nombran.

Carolina miró por el balcón. En la plaza, los viandantes se sentaban en las mesas de la terraza como si estuvieran en el salón de casa.

—Hay otro aspirante. Se llama Michael Geier, un alemán…, ¿cómo diría?, muy alemán. Y eso que tiene un punto, pero es muy ambicioso. ¡Más que yo! Así que no lo doy todo por hecho. Geier va de la mano del director de Marketing, Jimmy Sanz. El perro del hortelano, ya sabes: ni prospera ni deja prosperar. Mejor tenerles controlados. —Y como si hablase sola, añadió—: Tenerlo to-do-con-tro-la-do.

Ángela intuyó una alusión donde no la había.

—¿Todavía te llama?

—¿Quién?

—Aquel hombre que me dijiste que te molestaba…

—Ni me acuerdo, fíjate.

Ángela calló, sorprendida y algo molesta por su tono drástico. Carolina se dio cuenta.

—Le hemos puesto freno al acoso, al menos por ahora. Pero con estos tipos nunca se sabe…

—¿Has pensado en acudir a la Policía? —Ángela se asomó discretamente al balcón.

En el banco del fondo, Carlos, el sintecho oficial de la plaza, vaciaba concienzudo el contenido de su carrito de la compra, dispuesto a pasar la noche al raso.

191

Viendo que su invitada callaba, la hizo pasar a la mesa, donde la cena ya estaba servida. La conversación inicial fue la de siempre: los últimos recortes, crisis y más crisis... Hasta que Carolina movió el foco.

—¿Cómo vamos? ¿Ha reaparecido el autor? —preguntó mordiendo una rebanada de pan con tomate.

—Pues no. Continúa *missing*. Una faena, créeme.

—Podrías ir a la Policía, ¿no? —le propuso Carolina con retintín.

Ángela le dedicó su sonrisa más angelical.

—Ya he ido.

—¿Y...?

—Presenté denuncia. Han ido muy deprisa y el caso tiene equipo de investigación asignado —Ángela hablaba como si le hubiera tocado la lotería.

—¿Y...? —insistió Carolina.

—Pues eso, que he conseguido que abran el caso por desaparición.

—Chica, cualquiera diría que ir a la Policía es como ir al centro de estética..., ¡se te ve radiante!

Ángela continuó sonriendo embobada.

—Mérito del inspector Castillejos.

—Y ese ¿quién es? —preguntó la invitada un poco harta de la tontuna de su amiga.

Ángela se volvió lentamente hacia ella, sin dejar de sonreír, y le respondió suavemente, con voz de anuncio de bombones:

—Un tipo irresistible. Te lo digo yo.

53

*E*l lanzamiento de *Los prestamistas* había generado suficiente interés mediático como para que Bauzá diera un respiro a Ángela. La implantación en grandes cadenas había sido buena: a los responsables de compras les pareció que un libro sobre la especulación inmobiliaria daría juego en los meses de vacaciones. Había algo trágico en que los barceloneses que se quedaban en la ciudad porque apenas podían con la hipoteca invirtieran su ocio leyendo sobre la realidad oscura del sector inmobiliario, la mafia rusa y los tejemanejes que finalmente los habían llevado, al país y a ellos, a un callejón sin salida. Ángela se guardó esta opinión. Nada de manifestar dudas morales en el último comité editorial del curso, y menos cuando Bauzá parecía apaciguado.

Estaban todos en la habitual sala de reuniones, más alegres de lo normal, contando las horas que los separaban, respectivamente, de tres semanas de asueto en la Costa Brava, un viaje *low cost* a Berlín, un circuito por Brasil y, en el caso de Ángela, un receso *en ville*. Atemorizada por su incertidumbre laboral no había hecho planes; después de que el inspector Castillejos la involucrara en la investigación, pasaría las vacaciones en la ciudad por si llegaban noticias de Roberto Iglesias. Cecilia se iba con su novio a Menorca. No supo cómo frenarla sin deteriorar unas relaciones cada vez más tensas por la inminente mudanza y por la sensación perpetua de peligro que su hija no compartía. Tendría la casa para ella sola. Podría disfrutar de las fiestas de Gracia y de sus calles decoradas. Se olvidaría de todo por unos días.

Esa mañana, Patricia, la de Comunicación, combinaba un escote arrasador con una mirada triste. ¿Se habrían despedido ella y Bauzá hasta después del verano? Ángela sintió lástima por la chica —a él no se le veía alterado— pero se le pasó rápido, en cuanto la escotada pidió la palabra e informó con tono decidido que una cadena nacional de televisión quería una entrevista con la editora para que narrase la oscura desaparición de Roberto iglesias. Previamente había distribuido entre los presentes un documento que recopilaba las entrevistas en las que Ángela había hablado ya del libro. Todas se centraban más en la desaparición del autor que en la obra en sí, pero como dijo Patricia, «lo importante es que ladren».

194   —¿Te va bien este miércoles? Pueden grabar en los estudios de Barcelona...

—Caray, la verdad es que prefiero no salir en la tele. Prensa y radio, Internet, lo que quieras. Ahí ya hemos cubierto un buen trecho, ¿no? —Blandió la copia del dosier de prensa—. Pero salir en la tele es mucho más arriesgado.

—Ángela, no creo que por una entrevista de tres minutos te expongas a nada. Si lo pensara, no te lo pediría. Pero que la cubierta salga en pantalla es una publicidad que no tiene precio. ¿Qué audiencia tiene esa cadena?

Patricia le respondió embobada, como si le estuviese dando el «sí, quiero».

—El informativo matinal se lleva un veintidós por ciento.

—Eso son muchas pantallas. —El editor júnior, siempre parapetado tras su iPad, se sumó al coro.

—No las dejemos pasar. Se nos ha escapado el autor. Que no se nos escape ahora la oportunidad. Considero que la entrevista forma parte de las responsabilidades de tu cargo, Ángela.

No hizo falta que añadiera: «O entrevista o puerta». Todos lo entendieron así e incluso Patricia salió transitoriamente de su arrobo para añadir:

—Les digo entonces que quedáis el miércoles, ¿vale?

195

196

*C*uando Jotapé Castillejos la llamó, Ángela llevaba una hora tumbada en la cama peleando consigo misma. Hacía un calor húmedo aplastante y ni fuerzas tenía para desvestirse. Por un lado, la Ángela pragmática pensaba: «Vale, voy el miércoles, hago la entrevista y listos. Una semana más y vacaciones». Por otro, la Ángela moral le respondía que eso no iba así. Que si la entrevista iba mal, ella iría mal. Y si salía bien, otras televisiones pedirían entrevistas y aquello no se acabaría con el inicio de las vacaciones. El cuerpo le pedía mandar a Bauzá a la porra, a él y a su cuenta de explotación y a sus sonrisas falsas y a sus miradas furtivas al escote de Laura. Pero… ¿dónde iba ella entonces? ¿Al paro? ¿Cómo iba a recolocarse a los cincuenta en un sector en crisis en una sociedad en crisis?

La asustaba cada vez más el paso de los días, el mismo miedo que cuando Marc murió. Se veía viviendo en la clandestinidad social. ¿Hasta cuándo podría mantener las apariencias? ¿Qué podía hacer o cambiar para salir adelante? Nada. No se le ocurría nada. Había leído su dosis de libros de autoayuda. Algunos la animaron; otros, la mayoría, rozaban la metafísica, con un oloroso *bouquet* de frases hechas, milagrosas piedras de cuarzo, invocaciones a la física cuántica y a las afirmaciones positivas. Quería creer, pero todo aquello le sonaba a venta directa de crecepelo. Y ella no tragaba, al menos a nivel racional, pero después, irracionalmente, se acusaba por la falta de alternativas. Si hubiera creído, si por un momento se hubiera dignado olvidar su educación y su experiencia y hubiera hecho sus afirmaciones con más fe, igual ahora no estaría tan hundida.

Lo más devastador de todo era contemplar como su noción del bien y el mal se desvanecía. «No triunfan los mejores, sino los más listos. No seguimos a los más inteligentes, sino a los más mediáticos, por zafios que sean. No hay entonces esperanza, si al final no se premia el mérito sino la oportunidad», pensaba.

El teléfono la sacó de sus elucubraciones.

—¿Cómo está mi editora favorita?

—¡Hola, inspector! Pues aquí, pasando calor...

—Llamaba porque me dijiste que hoy tendrías el resumen de prensa del libro. Me gustaría echarles un vistazo a las menciones. Seguiremos las ediciones digitales, por si hay algún comentario...

—Claro. No tengo inconveniente en pasarte una copia. —Ángela pensó que, después de todo, aquella información era pública. Seguramente Castillejos ya la conocía. Se sentía en cualquier caso agradecida porque la hubiese llamado.

—Bueno, cuanto antes mejor, entonces. ¿Nos vemos hoy?

Ella no tuvo fuerzas para inventar excusas.

—Lo siento. No me encuentro muy fina. ¿Puedes enviar a alguien a por ellas?

—Yo mismo.

Ángela dudó un momento. A aquella casa no había subido ningún hombre interesante desde la muerte de Marc. Amigos de la pareja, hoy en paradero desconocido. Algunos colegas del sector, capeando la resaca de presentaciones pretéritas. Compañeros de Cecilia y David, el dichoso novio. ¿Castillejos era una buena opción? La Ángela pragmática respondió que sí. Le consultaría en persona sus dudas sobre la entrevista en televisión.

—De acuerdo. Si no es molestia.

197

—Nada nada…, me acerco ahora mismo en un coche patrulla.

En cuánto colgó, Ángela se desvistió y se fue directa a la ducha. El estado catatónico era lo que menos le convenía.

Solo tuvo tiempo de recoger la ropa y ponerse el vestido de estar por casa. Sonó el interfono. Abrió y en un plis plas se encontró al inspector en el rellano, precedido por una ola de perfume.

—Pasa, por favor.

—¿Cómo te encuentras?

—Un poco mejor. ¿Quieres tomar algo? ¿Agua? ¿Cerveza? Bueno, no sé si puedes beber estando de servicio…

Él siguió la flecha, directo hasta el salón.

—Yo siempre estoy de servicio, así que una cerveza, gracias.

Cuando se la trajo, le pasó también el dosier, que sacó del bolso. El inspector lo ojeó en silencio mientras bebía a grandes sorbos.

—Vaya. Parece que hay interés.

—Interés por Iglesias. Solo me preguntan por él.

—No sé si eso es bueno para tu libro, pero para mí sí. Igual salta la liebre.

Ángela se sentó frente a él.

—Quieren que vaya a la televisión el miércoles.

Castillejos la observó con detenimiento. La mujer que tenía delante le inspiraba una mezcla de ternura y excitación. Las mujeres desamparadas lo atraían: sacaban a la luz su lado más caballeresco y sentía la necesidad de protegerlas, incluso de sí mismas.

—Bueno, si sales, la conexión entre Iglesias y tú se hará muy visible.

—Lo sé. Por eso me da reparo. Es exponerse demasiado, ¿no crees?

—¿Tienes otra cerveza?

Ángela se trajo dos y abrió la suya con delicadeza, como si

se tratase de una pócima mágica que la salvaría de aquella situación. Castillejos se sentía cada vez más atraído. Aquella mujer lo necesitaba. Como sin querer, fue y se sentó a su lado.

—No te engaño. A estas alturas quien sea que se ha llevado a Iglesias, porque cada vez creo menos que se haya ido por propia voluntad, ya sabe que tú eres la editora del libro. Que además te pongan cara es secundario. Si quieren encontrarte, te encontrarán… —Se calló un momento—. ¿Qué tal si ofreces una recompensa en nombre de la editorial a quien os de una pista fiable? Y de paso dices que colaboráis con la Policía para localizar al autor desaparecido cuando antes…

Ángela pensó en Bauzá. Extasiado quedaría con esa nueva oportunidad promocional.

—¡Me estás mandando al matadero!

Él se acercó un poco más. El sofá se empequeñecía por momentos.

—¿De verdad crees que te pondría en peligro si no pudiera defenderte?

Lo que Ángela pensó fue que los hombres siempre la exponían, con total tranquilidad. Primero Bauzá y ahora el inspector. La única diferencia es que el segundo se había ofrecido a defenderla y al primero le importaba un comino el riesgo que ella corriera.

—Desde luego, muy cómoda no estoy…

—Pues ponte cómoda, mujer, ponte cómoda.

Y Castillejos le tomó la cara entre las manos y la besó de forma súbita, irrefrenable y algo animal.

199

55

¿*E*s posible tener ojeras de gato?

«Tienes ojos de gato.» Esas fueron las primeras palabras de Jotapé Castillejos cuando terminaron su particular combate físico y emocional en el sofá. Los suyos, encendidos entre la sorna y la ternura, la estudiaban mientras una sonrisa campaba por aquel rostro viril, atractivo sin ser guapo. Por la cocina sonaban los acordes de *September:* la juerga en casa de los vecinos continuaba con algún invitado cantando los coros: *Say do you remember, oeo.* Ella sonrió, con felicidad poscoital boba, y le dijo que, más que ojos, ojeras de gato era lo que tenía. ¿Por qué le habría dicho tamaña estupidez? ¿Por qué se había presentado como una mujer desvalida cuando acababa de hacer gozar a ese hombre sin ningún tipo de recato? Delante de aquel cuerpo moreno, fibroso, más velludo que el de Marc, menos acogedor pero más sólido, Ángela rememoró de repente el placer del sexo, que había enterrado cuando enterró a su marido, y fue a buscarlo con hambre atrasada, tocando, lamiendo y gimiendo sin tregua.

Ángela se enredaba con el vestido y miraba cómo Jotapé Castillejos, en cambio, se vestía de forma eficiente. Sonó un pitido (¿el móvil?, ¿una alarma?). Era la primera vez en su vida que se acostaba con un hombre sin que mediara un plan de continuidad. Porque allí nadie había hablado de nada. Ninguno había dicho nada hasta ese «Tienes ojos de gato» que él le dedicó, un último instante de apego antes de que cada uno recordara quién era y qué había ido a hacer allí.

Castillejos fue hasta la cocina y se sirvió un vaso de agua, como si estuviera en su casa. Había entrado en tantos domicilios ajenos que se movía por ellos a su antojo. Le tendió después el vaso vacío a Ángela y se dirigió a la puerta.

—Cuídate, guapa. Haz la entrevista. Y ofrece la recompensa, si tu jefe te deja. A ver si levantamos la liebre.

—¿Te llamo y te cuento?

Ángela se descubrió pensando en maneras de volver a verlo. Él carraspeó.

—Me marcho de vacaciones unos días. La subinspectora Gallardo se queda de guardia. Este es su número. —Sacó un bloc del bolsillo, garabateó, arrancó la hoja y se la tendió—. Si necesitas algo, si te enteras de algo, llámala. Yo me pondré en contacto contigo cuando regrese.

El amante de Ángela, convertido de nuevo en inspector, cerró suavemente la puerta y se marchó escaleras abajo, mientras ella corría hacia el balcón con la esperanza de que el coche patrulla estuviese aparcado en la plaza y pudiera verlo una última vez.

Oscurecía. Una docena de vecinos remataban los adornos para la fiesta mayor. En el centro, cuatro hombres fornidos levantaban una caseta de madera que haría las veces de bar. El aire olía a verbena popular. La mujer del balcón cerró los ojos y aspiró el perfume del inspector, mezclado con recuerdos de farolillos y orquestas y diablos danzando con fuego. Cuando los abrió, la plaza continuaba su actividad febril. No había rastro del coche patrulla.

201

56

Durante una semana la calle se convertiría en un cafetal, bajo un toldo efímero que reproduciría la planta del café. De él colgarían tres mil ochocientos granos. Los vecinos habían cortado en seis las hueveras de plástico acumuladas a lo largo del invierno. Luego pegaban con celo la mitad superior de cada unidad con la inferior. Cada «huevo reconstruido» representaba una semilla y se forraba con papel de colores que aludían al grado de maduración: amarillo, verde, marrón. Esa tarde bochornosa, tres mujeres recubrían los huevos de plástico con los trozos de papel que dos niños les iban pasando. Los cinco tenían los dedos pringados de cola. Al final de la línea de producción, Luisa colgaba cada grano a secar en un desequilibrado tendedero de ropa, cuidando de que no se pegase con los adyacentes.

Los vecinos trabajaban a la fresca, sentados en sillas desvencijadas. Las abuelas, tijera en ristre, cortaban hueveras, papeles e hilos mientras comentaban los últimos partes médicos. Danny y un chico joven subían y bajaban de las escaleras tendiendo los tensores que soportarían el decorado. La calle estaba cerrada al tráfico. Pasaban de las seis y les quedaban horas de trabajo por delante. Iban a contrarreloj. Para el 15 de agosto el cafetal tenía que estar montado, con sus hojas de la planta cafetera, hechas con tetrabriks aplanados, recortados y pintados de verde, y sus flores blancas, nacidas de envases de yogur recortados y rizados en forma de péta-

202

los. En la entrada superior de la calle, en la portada que daría la bienvenida a los visitantes, colocarían un burro hecho de cartón, tirando de un carro cargado de sacos. En el otro extremo levantarían una gigantesca cafetera de madera. En medio, el techo, formado por hileras e hileras de hojas, granos y sus correspondientes insectos, arropados por molinillos y paquetes de café.

Danny había ido a parar a la calle Joan Blanques porque un domingo, paseando, se dio de bruces con los vecinos cocinando una paella. A algunos los había visto después en la granja de Dio, una conversación llevó a otra y el roquero y su familia terminaron colaborando en la fiesta. Luisa y él valoraban el buen ambiente y lo bien que se lo pasaban los niños. Que sus hijos pudiesen corretear por la calle en plena Barcelona les parecía un milagro.

Los vecinos formaban una piña compactada por el tiempo. Entre ellos existían relaciones de proximidad e incluso de sangre y, por encima de todo, un sentido innegable de pertenencia al barrio. Todos encontraban en la asociación la excusa perfecta: se reunían a la menor ocasión e improvisaban una cena para treinta. Danny se llevaba bien con todos: con el presidente de la asociación, con la tesorera y, en especial, con las abuelas, quienes, superada la sorpresa nunca expresada en voz alta de tener al lado a un hombre delgado embutido en unos pantalones negros ceñidísimos, lo habían acogido sin aspavientos. Nadie le preguntó por su trabajo y a nadie tuvo que explicar que la cosa estaba mal y que ahora sobrevivía haciendo alguna que otra entrevista mal pagada y aguantando las estupideces de los promotores. Solo les comentó que Dio le había pedido que sirviera copas durante la fiesta mayor y que él, encantado: una barra era un lugar tan digno como otro de ganarse la vida.

A Luisa la oferta la estremeció pero se calló. Si con eso Danny sacaba algún dinero, bienvenido sería. Cuatro bocas

203

eran muchas bocas que alimentar, aunque momentáneamente fueran solo tres, porque Gabriel pasaba parte de las vacaciones con su padre y con la Gorda Sebosa. Luisa se martirizaba pensando en el veneno que la novia de su ex estaría inoculando en el niño, pero el convenio regulador era un tubo por el que tenía que pasar.

Sentada en la calle, pintando hojas de tetrabrik de color verde mientras Lola correteaba arriba y abajo entre las vecinas y Danny colgaba los tensores, Luisa se preguntaba cómo había llegado hasta allí. Ella era toda una funcionaria, una experta en Arte contemporáneo. Nadie le había regalado nada: becada aquí, becada después en Estados Unidos, se había ganado su puesto en el Centro de Cultura por méritos, aunque no tuviera plaza fija. Se había casado con Jaime por estabilidad. De repente, un día —o quizás fueron muchos días encadenados los que terminaron pesando más que la prudencia— lo echó todo por la borda y se fue, embarazada, con Danny. Se fue porque se dio cuenta de que el precio que pagaba por la estabilidad era alto. Jaime y ella flotaban apenas en un limbo compartido. Cuando Danny le removió las entrañas, no hubo marcha atrás. Ahora vivía en una casa más pequeña, en un barrio nuevo, con cuyas vecinas compartía tardes a la fresca haciendo trabajos manuales. Sufría mal ambiente en el trabajo y discusiones frecuentes con su ex por la custodia del hijo. Luisa miraba a Danny, en animada conversación con una abuela encorvada, y se preguntaba si, de no haber habido embarazo, se hubiese separado de Jaime. ¿Fue Danny el empuje que necesitaba para salir del letargo? ¿O fue un sarampión que le dio muy fuerte?

En aquel momento su hija se le acercó, tiznada de pintura, blandiendo una galleta.

—¡Mami, toma! ¡Marta está repartiendo la merienda y me ha dado a mí primero! Esta es para ti. —Y le metió un trozo de galleta en la boca.

Luisa masticó, le sonrió y vio que su pregunta era estéril. Sin Danny no habría habido Lola. Ni migas de galleta cayéndole por la comisura de los labios en plena tarde de agosto. Igual la felicidad era esto.

205

57

*L*as jornadas «Mujeres y liderazgo económico» tocaban a su fin. Las asistentes se removían en las sillas tapizadas de color verde. Llevaban todo el día escuchando intervenciones más o menos felices sobre la contribución femenina a la salida de la crisis. En el estrado, la representante política de turno desgranaba las infinitas medidas que su departamento promovía en fomento de la conciliación. Era una mujer joven, en la que aún no había hecho mella el cinismo propio del cargo. Las organizadoras del evento, en cambio, estaban más avezadas y se estudiaban unas a otras, midiendo fuerzas y riéndole las gracias a la política de cuyas subvenciones vivían.

Carolina ardía en deseos de irse. Había aceptado la invitación y participado en la mesa redonda dedicada al papel de las mujeres en la industria como parte de su campaña particular en pos de la dirección nacional de Alimex. Necesitaba visibilidad y aquel era el foro adecuado, o eso le pareció cuando la invitaron. Al final de la jornada, su opinión sobre la conciliación y la igualdad de género oscilaba entre el pesimismo y la rabia. «Se pelean por las migajas —pensó observando cómo las obreras del panal revoloteaban alrededor de la abeja reina, la política de fondos, mermados, pero fondos al fin y al cabo—. Mientras nos peleemos por las migajas, aquí no hay nada que hacer.»

En aquel momento la política declaraba clausuradas las jornadas. Carolina agarró la bolsa institucional y se despidió de sus anfitrionas. Su panel había estado bien. Las otras dos participantes eran ejecutivas como ella y el intercambio de opiniones fue franco, cáustico y en ocasiones incluso divertido. Nada de eso saldría a la luz pública, claro: la organización no había logrado que ningún medio cubriera el evento. Un tema invisible, recubierto a su vez por un manto de invisibilidad. Ella misma tendría que correr la voz sobre su participación, dotando a las jornadas de un empaque que nunca tuvieron. En fin.

Tomó un taxi y fue directa a Casa Paloma. Michael Geier le había recordado la invitación que le hizo el viernes. De acuerdo, la autopromoción empezaría esa misma noche, aunque estaba de mal humor. ¿Cómo podían las mujeres ser tan cortas de miras? Después de lo visto en las jornadas, sospechaba que para alcanzar la paridad no faltaban años: faltaban siglos. En el taxi sacó el móvil. Todavía sentía aprensión, como si el Presidiario fuera a llamarla en cualquier momento. Aunque Raúl había enmudecido desde la encerrona con Luisa y Tintoré, Carolina no estaba tranquila. Aquel hombre tenía demasiada rabia acumulada y no aceptaría la derrota sin más.

Al entrar en el restaurante, se obligó a pensar en Michael Geier. ¿A qué venía entonces tanta copa? ¿Buscaba el alemán acaso un pacto de no agresión?

Bajó las escaleras. Al bar Confidencial, de reminiscencias británicas, no llegaba la luz fulgurante del verano. Geier ya la esperaba. Carolina lo vio primero. Alto y atlético, lucía ese bronceado de los amantes de la vela y unos pantalones caquis que le sentaban muy bien. «En el fondo —se dijo—, prefiero mil veces competir con un tipo así que pelearme por una subvención. Quizás esta no sea la vía más corta hacia la paridad, pero por la otra no llegaremos nunca.» Sentía que remaba contracorriente y le hubiera gustado no ser la única.

Carolina sonrió y se dirigió, contoneándose sobre los tacones, hacia su competidor.

207

58

Ángela se dejó la piel. Ya no se trataba solo de encontrar a Roberto Iglesias ni de promocionar el libro. La empujaba la esperanza de que, dondequiera que el inspector Juan Pablo Castillejos estuviese de vacaciones, la viera en pantalla y se acordase de ella y de la furia con que se acercaron uno al otro, buscando una conexión íntima que los alejara de una realidad más mezquina de lo tolerable.

Se presentó en el estudio a la hora indicada, sudando nerviosa en el taxi que la llevaba al extrarradio bajo un sol de justicia. «Espero que te lo paguen: antes la cadena lo cubría, pero chica, está todo fatal», le advirtió el taxista mientras le daba un tique sustancioso con la sonrisa de quien ha resuelto los ingresos del día. Ángela había seguido a rajatabla todas las recomendaciones que Patricia, la de Comunicación, le dictó por teléfono desde una playa: «Nada de camisas rayadas ni blancas, preocúpate del top y olvídate de la parte de abajo porque te encuadrarán de medio cuerpo.»

Ángela bordó la entrevista. Resumió la trama de *Los prestamistas* mientras la presentadora mostraba a cámara cada dos por tres la cubierta del libro con la silueta del *skyline* de Barcelona. No se dejó intimidar por la verborrea de los tertulianos, dispuestos a soltar cualquier sandez si con eso aseguraban su continuidad en el programa.

Bauzá la había llamado para desearle suerte. Le dejó claro que él también apostaba por el libro, le recordó que otros editores habían muerto incluso por sus autores y que suyo era el deber de hacer un llamamiento público a favor de Roberto Iglesias. ¡Por supuesto que podía ofrecer recompensa! El grupo colaboraría con las Fuerzas del Orden. «Y que se sepa, que así lo recogen los medios y ganamos más cobertura aún.»

Castillejos también estaría orgulloso de ella. «Habla de él, habla del libro, a ver si así levantamos la liebre», le dijo la noche en que todo sucedió. ¿La vería ahora en pantalla? ¿Qué estaría haciendo? ¿Cómo sería su mujer? ¿Se acordaría de ella? Ángela cumplió su palabra, como cumplía siempre, dispuesta a salvar la vida de Robertito y su puesto de trabajo, y a contentar a su amante, aunque eso implicara riesgos. Ella misma estaba orgullosa de su actuación y dispuesta a ayudar al inspector Castillejos en el único proyecto que compartían. Le había costado mucho, pero no le tembló la voz cuando habló del escritor, defendió a la editorial como portavoz de la denuncia, ofreció una recompensa a quien llamase con información sobre el paradero de Roberto Iglesias.

—¿Usted no tiene miedo? —le preguntó la presentadora.

—Claro que tengo miedo. Pero pesa más el derecho a saber que mi miedo. Y la vida de Roberto Iglesias me importa —replicó Ángela. Se sentía como la adalid, en versión hispana y menopáusica, de todos los escritores perseguidos.

A la mañana siguiente Bauzá abandonó su retiro vacacional y convocó una reunión extraordinaria a la que asistieron los directores de los otros dos sellos de no ficción para visionar conjuntamente la entrevista de «su» autor. Las buenas noticias habían transformado a Robertito en la mascota del grupo.

—Ojalá la Policía no lo encuentre, aunque esté mal decirlo —soltó impertérrito el consejero delegado—. Cuanto más tarde en aparecer, más caso le harán al libro.

—Pero si llaman con una pista se la pasamos al inspector, ¿verdad? —intervino Ángela.

Bauzá había aceptado sufragar la recompensa siempre que

la pista se la dieran a ellos, a Ángela concretamente. Si alguien
la llamaba, la editora tenía que avisarlo a él de inmediato. «Si
nosotros pagamos, nosotros nos enteramos primero. Y luego
informamos a la Policía, claro.» Ángela lo comentó por teléfono con la subinspectora Gallardo, que no estuvo muy de acuerdo con el orden de prioridades pero, en ausencia de su jefe,
aceptó el trato.

Por una vez Ángela no se sintió como una inútil. Bauzá y
sus colegas de los sellos de autoayuda y ensayo la miraban de
forma distinta. Era un buen día. Ella los había llevado hasta
allí. Con un poco de suerte, la entrevista mantendría a *Los
prestamistas* en la lista de los más vendidos y remontaría las
ventas de su sello.

¿Todos salvados? Ángela se quedó boquiabierta cuando, al
final de la reunión, Bauzá y los dos editores formaron corrillo,
cabecijuntos, conspirando a base de risotadas testosterónicas.
Se acercó. Ella también era editora. Ella era una de ellos. Y era
valiente: había dado la cara en televisión por el libro. La igno-
raron. Aquella editorial, como casi todos los negocios, era cosa
de hombres.

59

*C*uando llegó al *penthouse*, Mía saludó amable a la doncella y la siguió hasta el salón. Pilar era una mujer castellana de pura cepa y lucía el uniforme con la dignidad de quien sabe que una cofia no te define si tú no te dejas. El pasillo, flanqueado a la izquierda por unos ventanales gigantescos que daban al paseo de Gracia, lucía un parqué impoluto, más todavía desde que Irina se quejó en su última estancia en la ciudad de que se notaban las pisadas. Ella fue quien se negó en redondo a que contratara servicio ruso cuando Mía se lo propuso, pensando que para el matrimonio sería más cómodo hablar en su idioma. No, el matrimonio no hablaba con el servicio: solo se dirigían a Mía, quien a su vez daba las órdenes a la gobernanta, a las doncellas y al chófer. De este modo los Tkachenko se blindaban al contacto directo con sus empleados.

—¿Todo bien, Pilar?

—Todo bien, señora Mía. La señora Irina está viendo la tele.

Bueno, aquello no era ninguna novedad. Irina, en un arranque de dedicación, había decidido reforzar su castellano con dos métodos distintos: contratando una doctora en Filología que le daba clases particulares de conversación y viendo la televisión. Así se familiarizaba con los giros coloquiales que su profesora jamás le enseñaría. Al entrar en el salón inmenso, Mía se sorprendió al ver a su clienta con los ojos fijos en la pantalla; guardó silencio. El presentador y los tertulianos acribillaban a preguntas a una tal Ángela Vilar, una mujer de unos cincuenta años,

211

con gafas de montura, cuyo cargo sobreimpreso rezaba «editora». La entrevista se centraba en un autor desaparecido. En aquel preciso momento la editora ofrecía una recompensa a quien diera pistas sobre su paradero.

Mía atribuyó el interés atónito de su clienta a su obsesión por la seguridad. Los Tkachenko contaban con escoltas allá donde fueran: un guardaespaldas estaba a permanente disposición de Irina, quien decidía en cada momento si salía sola o con él. Esa flexibilidad fue una concesión de Serguéi, que en principio quería que fuese siempre escoltada. «Quizás la desaparición de ese escritor avive su temor», pensó Mía.

Avanzó en silencio y se sentó en uno de los butacones de piel situados junto al sofá en el que Irina, medio recostada, seguía la emisión. Los tertulianos, ansiosos por hacerse un nombre en la audiencia, soltaban una sandez tras otra. La editora en cambio hablaba con calma y miraba la cubierta del libro, que la productora del programa había colocado en posición vertical frente a ella. ¡Menuda promoción!

En cuanto llegaron los anuncios, Irina pareció darse cuenta de que Mía había llegado y la saludó con un escueto «Hello».

—*How are you today, Irina?*

La rusa lucía unos mínimos *shorts* blancos y una camiseta ceñida de rayas. A aquella impecable marinera varada en el salón, el mar le interesaba poco. Habían quedado en verse esa tarde para planificar la cena que el matrimonio ofrecería ese fin de semana a los dos principales socios de Tkachenko en el fondo de inversión y a sus esposas. Mía sabía que a Irina no le hacía ninguna ilusión, pero sabía también que la rusa haría todo lo que fuera posible y la volvería loca para que la cena fuera *perfect*. Sacó del bolso la selección de menús propuestos por un restaurante con una estrella Michelin que, aunque no servía a domicilio, estaba dispuesto a hacer una excepción cobrando un precio extraordinario por el *catering*.

—*Shall we take a look at the menus?*

Irina le señaló la pantalla y le ordenó que por favor le hiciera llegar, *as soon as possible*, un ejemplar de *Los prestamistas*.

Mía se guardó mucho de preguntar si la señora Tkachenka leería el libro en castellano. Su responsabilidad era saber si existía una edición en inglés y traerle las dos versiones o, en su defecto, conseguirle *Los prestamistas* en papel y en todos los formatos digitales posibles. Sacó el móvil y tecleó. Encontró la obra en una librería en la que tenía cuenta y, mientras Irina se desperezaba y Pilar les traía dos tés, envió un mensaje directo al responsable de la tienda pidiéndole dos ejemplares. Encargó que mandaran uno al *penthouse* y otro a su propio despacho. Si su clienta tenía tanto interés por ese libro, Mía decidió que lo leería y averiguaría por qué.

60

Carolina y Ángela se citaron en la terraza de la plaza Rovira para celebrar su particular almuerzo de fiesta mayor. Agosto llegaba a su ecuador. Acabadas las vacaciones, los barceloneses regresaban a la ciudad y se sumaban a aquellos a quienes la crisis había dejado en tierra. Unos y otros, siguiendo la tradición, descendían para la fiesta de la Virgen sobre el barrio de Gracia para ver cómo los vecinos habían decorado las dieciocho calles a concurso. Desde barcos piratas hasta Mozart y sus partituras, pasando por un cafetal o la reproducción del *Libro de la selva,* cada calle había plasmado un tema de uno a otro extremo. La plaza Rovira aludía a la música rock, con infinidad de guitarras de cartón balanceándose al ritmo de la brisa húmeda. En siete días, dos millones de visitantes recorrerían las ciento treinta y dos hectáreas del barrio, sorprendiéndose con ese carnaval callejero, bailando al son de las múltiples orquestas y consumiendo cervezas y mojitos en los bares que las asociaciones gestionaban, costeando así una fiesta que era de todos.

Carolina lucía un escotado vestido estampado y unas sandalias de cuña. Al verla, Ángela pensó que siempre iba guapa: tenía que estar guapa para Él, fuera Él quien fuera, el amante actual o el que seguro lo iba a sustituir. Ajena a las intensas veleidades sexuales de su amiga, Ángela veía en Carolina a la versión femenina de Luis Miguel: estaba enamorada del amor. La saludó con alegría y se sentó de nuevo, con cuidado de que el vestido de lino rojo no se arrugara en exceso. En cuanto consiguieron la atención del camarero, desbordado por la muchedumbre que atiborraba la terraza, se pusieron al corriente.

—¿Qué tal con el inspector irresistible? —Carolina disparó a matar.

—Bien.

Al ver que por esa vía la conversación no prosperaba, cambió de tercio.

—Te vi en la tele. Estuviste fantástica de verdad, muy segura. Vamos, que cuando te escuché lo de la recompensa por una pista sobre tu autor me entraron ganas de llamar. Por cierto, ¿ha llamado alguien?

La editora picoteó un trozo de pan, mientras el camarero les servía un vino blanco que no parecía demasiado frío.

—Me llamaron, sí. Un tal Pedro. Al día siguiente.

El tal Pedro, con un marcado acento caribeño, «cubano, diría yo», la citó en el hotel 1898, en las Ramblas. Ella llegó antes de la hora acordada, para que no la sorprendiera y entró apresurada en el *hall*, desierto y en penumbra. Sobre el suelo de mármol y escondida bajo tres butacas, atisbó una gran estrella de David, trenzada en ocre y siena, y se preguntó si era alguna señal oculta. El artesonado se abría en una claraboya modernista, de la que colgaba una lámpara maciza. Podía ser perfectamente un club privado inglés. Se sentó en una butaca tapizada en piel. Frente a ella, una barra con cinco taburetes y ningún barman. Entró una pareja británica, camino de la recepción. Ángela esperó una hora entera bajo la claraboya.

—Ni vino ni ha dado señales de vida —concluyó el resumen de su cita frustrada.

—Qué extraño, ¿no? —comentó Carolina.

Ángela pellizcó las miguitas que había dejado sobre el mantel. Estaba nerviosa. No había recibido ninguna otra llamada. ¿Habrían hecho desaparecer también al tal Pedro?

215

—Y el inspector, ¿qué dice?

Ángela pinchó decidida un trozo de tortilla de patatas.

—El inspector está de vacaciones y su segunda de a bordo dice que bueno, que vale, qué lástima. Y mi director, que quiere estar informado al minuto, está feliz, porque no ha tenido que pagar nada y porque piensa que cuanto más tarden en localizar a Robertito Iglesias, mejor para el libro.

—Ya ves tú con los directores. Hay que darles de comer aparte.

—Y el tuyo, ¿qué tal? ¿Se sabe algo de la vacante?

Carolina sonrió como un gato mientras se limpiaba la comisura de los labios con la servilleta.

—Bueno. FruitMix va como un tiro: todas las delegaciones europeas lo han acogido muy bien. Eso me ha dado mucha visibilidad en la empresa, porque ya sabes, los que estamos en el sur de Europa siempre somos los hermanos pobres, y que les lancen una propuesta innovadora desde Barcelona, pues no se lo espera nadie.

Ni en sus mejores sueños hubiera podido Carolina prever que su merienda de frutos secos tendría una recepción tan entusiasta. De eso habló con Michael Geier largo y tendido en Casa Paloma. La copa acabó en cena y así se lo comentó a su amiga, que no dejaba de mirar a su alrededor como si en cualquier momento fuese a presentarse el autor desaparecido.

—¿Eo? ¿Me escuchas?

—Ay, perdona, chica… Es que con esto de la tele vivo pensando que todos me reconocen y que se acercarán y me darán pistas.

—¡Ojalá! Pues eso, que con Geier la cena estuvo muy bien.

El alemán se había mostrado encantador. Al parecer, era cliente asiduo de Casa Paloma y todo fueron facilidades. El camarero les sirvió una copa de cava antes de que la pidieran y les encontró mesa en una noche en que el restaurante estaba completo. Geier la felicitó por activa y por pasiva y le auguró un espléndido futuro a FruitMix. Ambos evitaron hablar de la promoción a la vacante de director y se centraron en sus respectivos planes vacacionales. Curiosamente, los dos se habían quedado en Barcelona, como si tuvieran miedo de que alejarse de la ciudad mermase sus posibilidades.

—¿Y tú crees que pasaréis a mayores? —Ángela sirvió más vino viendo que el camarero, desbordado, no las atendería.

—No lo sé, pero por ahora no. Geier es el otro candidato interno a la dirección nacional. Ni a él ni a mí nos convendría que se supiera que tenemos una historia. Menos a mí que a él. Me considerarían un trofeo de caza… Mejor todos quietos hasta que se resuelva quién se promociona.

—¡Por la promoción! —Ángela levantó la copa.

—¡Por nosotras! —brindó Carolina y añadió—: ¿De Luisa sabes algo?

Claramente, Luisa la estaba evitando. Quería confirmarle que no quedaba rastro de su participación en aquella pantomima. Quería decirle que a Hugo el *head-hunter* lo habían trasladado a las oficinas de Miami y que por eso no había habido entrevista, a falta de que su sucesora se pusiera al día a la vuelta de vacaciones y que ella estaba haciendo el seguimiento. Quería darle las gracias, explicarle que le había hecho un favor increíble y que era consciente de la deuda. Pero no había manera.

Ángela le contó que estaba muy liada decorando una de las calles a concurso, porque la había visto sentada con los vecinos, ensartando cápsulas de café.

—¿Y por qué no vamos a verla?

En cuanto les trajeron por fin el cambio y bajo un sol de justicia, las dos mujeres bregaron con la muchedumbre en dirección al cafetal. Tardaron más de media hora en recorrer los escasos metros: el gentío, una mole compacta provista de cámaras fotográficas, no las dejaba avanzar. Cuando por fin llegaron, Ángela fue directa al bar callejero y preguntó. La

217

vecina que en ese momento estaba sirviendo cervezas le dijo que Luisa se había ido a casa después de la noche en vela subiendo los decorados y que no se la esperaba hasta dentro de un par de horas.

Carolina hizo un mohín de contrariedad. Tampoco ese día iba a ser bueno para reconciliarse con la mujer que se desnudó para que ella se liberara de la amenaza de su amante.

218

61

*L*a banda interpretaba su versión de *Boig per tu* y la muchedumbre coreaba el estribillo: *Sé molt bé que des d'aquest bar / jo no puc arribar on ets tu*. Las ramas del cafetal formaban un cielo de colores bajo el que las parejas bailaban. En el bar no daban abasto. Luisa se había ofrecido voluntaria cuando las vecinas tras la barra pidieron refuerzos. Danny hubiese sido perfecto, pero estaba trabajando en la granja de Dio. Lola jugaba con dos niñas en una mesa algo apartada, bajo la supervisión de una de las abuelas. Dispuesta a echar un cable, atendió a las explicaciones de urgencia de sus compañeras y empezó a tirar cañas de cerveza, concentrándose en que no saliera espuma y esforzándose por oír las comandas, ahogadas por la música que salía a borbotones de los altavoces y de los coros de la gente.

De repente alzó la cabeza y vio que Ángela avanzaba hacia la barra. Con su altura, era imposible no verla. Además, se había puesto un vestido de lino color rojo que destacaba entre la multitud. Agitó la mano. Ángela sonrió y se esforzó por abrirse paso entre la muchedumbre que se agolpaba frente al escenario. Luisa se fijó entonces en el chico que la seguía. En su cabeza redonda y rapada, en su polo blanco barato ribeteado de azul y en el *piercing* del labio. Le llamaron la atención sus bíceps y su aire eslavo. Le pareció un *skinhead* moscovita.

—¡Guapa, qué alegría!

—Y tú, ¿qué haces detrás de la barra?

—Ayudo. —Luisa se secó el sudor de la cara con un pañuelo.

—¿Y Danny?

—Trabajando. Oye, ¿te pongo algo? Invita la casa.

—Mejor vuelvo en un rato y tomamos algo las dos. ¿A qué hora cerráis el bar?

—A las dos. Si te vienes a esa hora, te sirvo una cerveza clandestina. He quedado en recoger a Danny. Podrías acompañarnos a Lola y a mí, y así hablamos.

—Pues claro. Voy a ver el decorado de las otras calles y vuelvo en un rato.

Ángela se alejó y Luisa se quedó mirando cómo se perdía entre la multitud. Entonces se dio cuenta de que el *skinhead* eslavo continuaba siguiendo el rastro de su amiga. Extraño.

El tiempo se le pasó en un suspiro, sirviendo cerveza y mojitos. La banda cantó el último bis y los asistentes empezaron a disgregarse. Volvió Ángela, Luisa recogió a Lola, la subió a la sillita que definitivamente se había quedado pequeña, se despidió de los vecinos y enfilaron las tres calle abajo, en dirección a la granja.

—¿Te pasa algo? —Ángela se dio cuenta de que Luisa no paraba de mirar a su alrededor.

—No, nada.

Debían haber sido figuraciones suyas, porque el *skinhead* no estaba ya por ningún lado.

Bajaban por Milà i Fontanals cuando Luisa se volvió de golpe. Allí estaba el calvo del *piercing* otra vez.

—Démonos prisa, Ángela —la apremió y empujó con fuerza la sillita, de la que asomaban las piernas de Lola, mientras miraba a su amiga con cara de pánico.

Ángela ni preguntó: sus propios miedos la empujaban. Por suerte, las calles estaban aún concurridas.

La granja tenía ya la persiana a medio bajar pero Luisa hizo señas a su amiga y se metieron dentro.

—¡Qué chicas más guapas! ¿O qué? —exclamó Danny. Barría el local mientras Dio hacía caja.

Luisa jadeaba.

—Baja la persiana. Nos siguen.

Su expresión no dejaba lugar a duda. Danny aparcó la escoba y cerró del todo.

Luisa miró a Ángela.

—Mejor dicho, te siguen. Cuando has venido al bar me he fijado en que detrás de ti iba un tipo con pinta de *skinhead* que no se te despegaba. Cuando has vuelto, él ha vuelto. Y ahora lo he vuelto a ver; venía detrás de nosotras.

Ángela la escuchaba atónita. ¿Que la seguían? ¿Quién?

—¿Qué hago? —preguntó confusa—. ¿Llamo a la Policía?

Sin esperar respuesta, marcó el móvil de la subinspectora Gallardo, que debía estar durmiendo por la voz con la que respondió.

—El inspector Castillejos está ya de vuelta. ¿Quiere hablar con él? ¿Le doy el número?

—Mire, hágame el favor y llámele usted. Que me llame. —Ángela no quería precipitarse y parecer una histérica.

El teléfono sonó al instante y el corazón le dio un vuelco al oír la voz de Jotapé Castillejos.

—Me ha dicho Mònica que te siguen. ¿Dónde estás?

Ella le dio la dirección de la granja.

—Vale. Tardaré quince minutos en llegar.

—Pero están cerrando…

—Pues que no cierren. Voy *p´allá*.

Entre contenta y avergonzada, Ángela le suplicó a Dio que esperara a que llegara el inspector. A pesar de la hora y el cansancio acumulado, el propietario se hizo cargo de la situación y sirvió unas cervezas «para matar el rato». No las habían terminado cuando sonó el móvil de nuevo. Jotapé Castillejos y su compañero ya estaban frente a la granja. Danny les subió la persiana y sin decir nada les puso una cerveza delante. El ins-

221

pector lucía un bronceado acentuado por un polo blanco y unos bermudas que le daban aire de veraneante. Incluso envuelta en miedo, o quizás por eso, a Ángela le pareció un hombre irresistible. Quería inhalar su perfume a todo pulmón.

Mientras se bebían la caña de un trago, Luisa les dio una descripción pormenorizada del sospechoso. En Ángela la adrenalina y la excitación se mezclaban en un cóctel explosivo.

—Te acompañaremos a casa. Iremos a pie —le dijo Castillejos dirigiéndose a ella por primera vez—. Imposible subir en coche con las calles cortadas por las fiestas. Además, si el tipo continúa por aquí, me gustaría verle la cara. No te preocupes, que vas bien protegida.

Dio alzó la persiana y Jotapé Castillejos, el agente que lo acompañaba y Ángela salieron a la noche engalanada.

El camino de vuelta a la plaza Rovira lo hicieron en silencio. Solo en una ocasión Ángela pilló al inspector mirándola de reojo y no fue capaz de entender qué significaba esa mirada. La acompañaron hasta el portal. Castillejos no hizo amago de subir.

—Vamos a darnos otra vuelta por aquí. Descansa. Te llamaré mañana por la mañana. —El inspector sonrió por primera vez—. O sea, en un rato.

Ella se sintió asustada. Los dos cerrojos no bastaban para dejar fuera el miedo y deseó que Luisa se hubiera equivocado y que el reencuentro con Juan Pablo Castillejos hubiese sido de otro modo.

62

Ángela soñó que se encontraba en medio del mar, sola, zarandeada por una tempestad imprevista. En su sueño, había salido a dar un plácido paseo en barca cuando, de repente, el cielo se cubrió y se levantó un viento huracanado que agitaba las olas con ráfagas cada vez más fuertes. Ahí estaba ella, asida con fuerza a la borda mientras la barca se encaramaba a las olas para caer después en picado, como si fuera la atracción estrella de un parque temático. Pedía socorro, pero el rugido del viento ahogaba sus gritos angustiados.

Le pareció escuchar una voz lejana que gritaba: «¡Por favor, Jirafa, sálvame!». Llegó entonces la ola definitiva, una mole de agua oscura coronada de espuma, que la hundió hacia el fondo, donde flotaba el rostro sonriente de Roberto Iglesias.

Ángela se despertó empapada en sudor. El corazón le latía fuerte y tenía la garganta seca. Miró el reloj. Eran las seis de la mañana. Habían transcurrido menos de tres horas desde que Castillejos la acompañó a casa y no sabía las que faltaban aún para que la llamase.

La pesadilla se había levantado de la cama con ella. Ángela fue al baño y se lavó la cara. Andaba despacio, como si no creyese en la firmeza del suelo bajo sus pies. Después pasó por la cocina, abrió el cajón sin hacer ruido y agarró el rodillo de amasar. Si se presentaba el *skinhead*, estaría bien preparada. De puntillas y muerta de miedo, recorrió la casa empezando por la habitación vacía de Cecilia. El corazón se le encogió al enfrentarse una vez más a la certeza de que su hija iba a dejarla. Los vecinos del primero continuaban de fiesta en medio de grandes carcajadas. El recién nacido en el piso de al lado reclamaba su toma. Todo en orden y, sin embargo, Ángela tenía miedo de volver a la cama. Aunque su barca permanecía varada en aquel oasis urbano de farolillos y verbena, sentía que allí fuera la gran ola se acercaba. Una conjura extraña de mafiosos rusos, *skinheads* ubicuos, inspectores y consejeros delegados impertérritos sacudía su vida. Cuando aquella ola la alcanzara, en la barca solo estaría ella, oyendo los cantos ahogados de Roberto Iglesias.

63

*I*rina Tkachenka miraba sin ver un cuadro tras otro. A Mía la situación le resultaría ridícula si no fuera por el esfuerzo que había realizado por conseguir que la galería abriera sus puertas en exclusiva para su clienta ese domingo por la tarde.

La visita había sido idea de la rusa, quien, de repente, parecía tener más inquietudes culturales que nunca. O quizás solo inquietudes. Con sus zapatos de cuñas imposibles, un bolsón de piel de pitón que valía su peso en oro y un reloj con *pavé* de diamantes, estaba sencillamente espectacular. Era imposible no admirarla, con aquel aspecto gélido irresistible. Irina Tkachenka no era una belleza de este mundo. Podría haber sido una ninfa en una Atlántida bajo cero, una visión que se deslizaba de un cuadro a otro.

Tony, el galerista, le echaba discretas miradas de reojo. Había aceptado abrir la sala con la esperanza de que colocaría obra. Hoy en día, los únicos clientes solventes eran estos nuevos ricos, que compraban una acuarela como quien compra un paquete de chicle.

El galerista no los juzgaba. Su negocio consistía en sacar rédito del artista conocido que le permitiera invertir en el artista por conocer. Sin embargo, aquella política tendría que cambiar pronto. Los clientes que podían comprar arte no pertenecían ya a la burguesía barcelonesa, arruinadas sus fábricas textiles y sus negocios inmobiliarios. No, quienes compraban obra cotizada procedían en su mayoría de Asia, incluida Rusia, y buscaban cuadros que aupasen su estatus. No podían invertir en nuevos pintores puesto que ellos mismos eran invisibles y compraban la visibilidad de la firma como forma de afianzar la propia.

Tony se acercó a Irina Tkachenka.

—*Interesting perspective, don't you think?*

En inglés nativo, manicurado, luciendo un traje chaqueta impoluto y cara de tener todo el tiempo del mundo a su disposición, señaló una composición abstracta de gran formato.

La rusa sonrió apenas. Irina Tkachenka solo sonreía cuando era estrictamente necesario. Por su parte, Mía no podía manifestarse a favor o en contra de la *interesting perspective* hasta que no supiera qué opinión se había formado su clienta.

Irina retrocedió para contemplar mejor la obra y Tony aprovechó para señalar el contraste entre las texturas y la composición. Añadió, *en passant*, que otro compatriota, el señor Dimitri Yanayev, se había quedado con obra de ese mismo artista hacía apenas unos días.

La mención generó en Irina la respuesta opuesta a la que el galerista esperaba. Sin más, enfiló hacia la puerta, seguida por Mía, que se despidió al galope, «Muchas gracias, estaremos en contacto», mientras marcaba el teléfono del chófer para que acudiese a recogerlas de inmediato.

Mía se sentó detrás del conductor. Irina, a su lado, continuaba callada. Su *assistant* se dio cuenta de que algo no iba bien: retorcía el asa del bolso de pitón como si estuviese estrujando entre sus manos a la misma serpiente.

Entonces se preguntó si el Yanayev del que había hablado el galerista era el mismo mafioso que se mencionaba en el libro. La reacción de Irina apuntaba a que sí. Casi podría definirla como miedo. Desde que había leído *Los prestamistas*, Mía no albergaba ninguna duda sobre que la Irina que Roberto Iglesias mencionaba en su libro era «su» Irina. Pero no abordaría el tema a menos que su clienta lo sacara. Y estaba segura de que no lo haría.

Mía había preguntado a Pilar por el ejemplar de *Los prestamistas* que había entregado a su clienta. La doncella le dijo que el libro no aparecía por ninguna parte y ella dedujo que Irina no quería que ese volumen estuviese a la vista y diese lugar a preguntas de su marido. Irina era la mujer que empezó su ascenso haciendo tríos con promotores inmobiliarios de medio pelo y abogados flácidos. Más le valía a Mía que su jefa no supiese que ella lo sabía. ¿Debía explicárselo a Serguéi Tkachenko? Era él quien la había contratado y quien le pagaba. «Mejor espero y veo cómo lo lleva ella», pensó.

Estaba quizás más confiada de lo que sería prudente. El viernes anterior la habían llamado de BlueBarcelona, la principal empresa de servicios de *concierge* de la ciudad, proponiéndole que se incorporara a su equipo. Mía declinó con la mayor amabilidad. ¡Qué cosas tenía la vida! Hacía ocho meses, lo hubiera dado todo por esa oferta. Ahora en cambio no le interesaba. Por fin había logrado tener sus propios clientes y no había tantos con tanto dinero. Se quedaba con los rusos.

227

64

*L*uisa se sirvió otro café de sobremesa. ¡Vaya día! Se acostaron a las tantas, después de que el inspector Castillejos se fuera con Ángela. No se quitaba de la cabeza la mueca cruel y los tatuajes del chico que la seguía, y tuvo a Danny despierto mientras repasaba una y otra vez lo ocurrido, buscándole alguna explicación. Apenas unas horas después Jaime llamó a la puerta y le devolvió a Gabriel, concluido el turno de vacaciones paternas.

Miró a su hijo con una mezcla de pena y rabia. El niño le estaba reclamando de mala manera que tenía hambre.

«¿Cómo puede tener hambre si ya ha merendado dos veces?», se preguntaba Luisa mientras lo animaba a que comiese un melocotón. Pero no. Gabriel quería algo hipercalórico y azucarado. Había vuelto muy cambiado después de las vacaciones con su padre y la Gorda Sebosa. Había vuelto… gordo.

Luisa siempre se había ocupado, incluso en la confusión de la mudanza, de que los niños comieran sano. En casa no entraba la bollería industrial ni los refrescos, mal que le pesase a Danny. Lola y Gabriel crecían fuertes pero no rechonchos. Y ahora en un mes su hijo se había trasformado en una máquina tragachuches, ansioso por la próxima dosis de azúcar.

—Melocotón no, mamá. O vale, si quieres me lo como, pero también me das un trozo de chocolate…

No daba crédito. ¡Su hijo negociaba para comer más!

—¿Y cómo tienes tanta hambre?

—Bueno, en casa de papá comía siempre que quería y nadie me preguntaba nada —le explicó el niño zampándose la pastilla de chocolate que su madre le había dado, bañada en culpa, y con la boca llena añadió—: ¡No veas qué nevera, mamá! La Espe tiene de todo: Coca-Cola, kétchup, unas salchichas de Frankfurt grandísimas, yogures de esos griegos…

La letanía de productos que compraba la novia de su ex era espeluznante: todos industriales e hipercalóricos. A Jaime no le debían hacer efecto, porque era de constitución delgada, pero al niño le habían cambiado el metabolismo.

Le tendió un vaso de agua, confiando en que saciaría un poco el ansia. Aquella hija de puta se dedicaba a darle donde más le dolía. Primero quería que su ex renegociara la custodia. Y ahora se dedicaba a cebar al niño para que se pareciera a ella, Gorda Sebosa que había terminado juntándose con un cornudo infeliz como Jaime…

Luisa se detuvo ahí. No podía seguir por ese lado: el cornudo infeliz era el padre de su hijo y ella era quien le había puesto los cuernos. Y por los cuernos agarraría la situación y le pondría freno. Visto que la Gorda Sebosa interceptaba sus llamadas telefónicas, no le quedaba otra que hablar con su ex en el trabajo.

Mientras Gabriel, momentáneamente saciado, se iba en busca de su hermana, Luisa garabateó su plan en la libreta de la cocina, que le servía igual para anotar la lista de la compra que los recados a la guardería. Escribir le organizaba el pensamiento.

Se había jurado que nunca hablaría con Jaime de asuntos personales en el trabajo. No quería dar lugar a más habladurías, pero ese era ahora el único sitio en el que podía abordarlo a solas. Le plantearía que, por el bien de Gabriel, tenían que llevarse de otra manera.

¿Sería posible recuperar la complicidad que en su día tuvieron? La relación con Danny era distinta: más alegre, más sexual, pero intelectualmente menos estimulante. Sus referentes culturales no coincidían, lo que era un acicate pero a la vez privaba a Luisa de las conversaciones que mantenía con su exmarido. Quizás podrían articular un nuevo diálogo, por el bien del niño.

La calma emocional duró poco. La sola imagen de la Gorda Sebosa dándole dulces al niño la soliviantó. Tiró la libreta en la mesa y se puso a barrer, con mucha más fuerza de la necesaria, como si pudiese alejarla para siempre de su vida.

65

*A*nochecía cuando por fin Ángela aparcó frente al bar donde se habían citado. Miró por el retrovisor, como si fuera una concejala bajo amenaza terrorista. No vio nada anormal, pero de todos modos cerró de un portazo y se dirigió deprisa hacia el local.

—Chica…, ¡qué mala cara!

Si una cosa no se le podía negar a Carolina era la sinceridad, atributo indisociable de una mujer que había triunfado mimetizándose en hombre: siempre asertiva, directa a la yugular del enemigo real y del potencial. Decía riéndose que en casa llevaba ella los pantalones. A su lado, leyendo con interés la carta y en riguroso silencio, Luisa parecía una bibliotecaria incómoda.

Ángela miró a su alrededor antes de sentarse y se colocó el bolso en el regazo.

—¿Quieres ponerlo aquí? —Carolina le señaló una silla vacía.

—¡No!

—Chica, que aquí no roban.

—Da igual.

—Oye, ¿a ti qué mosca te ha picado?

Ángela se estiró la camiseta con una mano.

—Ninguna.

—Vale. Pues nada.

Carolina pidió las bebidas: té para Ángela, café con hielo para Luisa y una cerveza para ella. Y se dirigió a Luisa:

—¡Cuánto tiempo sin saber de ti! ¿Qué tal todo?

Luisa se revolvió en la silla. Estaba allí por Ángela. Reencontrarse con Carolina le resultaba muy duro. No tenía ningunas ganas de hablar con ella. Fijó la vista en los pantalones tejanos que se había puesto y que pedían a gritos la sustitución por otros nuevos.

El local se había ido llenando. Ángela no paraba de mirar a los clientes.

—Oye, ¿te pasa algo? ¿Esperas a alguien? —insistió Carolina.

Luisa se mordía la lengua. No pensaba contar nada de la persecución si la protagonista no abría fuego. Ángela no podía más. Aquel bar era probablemente el lugar más seguro para ella en toda Barcelona. Se inclinó hacia el sofá donde estaban sus amigas.

232

—Me siguen.

Automáticamente, las otras dos miraron a diestro y siniestro.

—¡Disimulad, caray!

El hilo musical había entrado definitivamente en la década de los ochenta y los Bee Gees cantaban a todo pulmón: *If I can't have you, oh oh oh*. En cuanto el camarero se retiró, las tres se arracimaron más aún y, casi oliéndoles el aliento, Ángela resumió el incidente con el matón durante las fiestas de Gracia.

Luisa ratificó su versión:

—Aquel tipo no se andaba con chiquitas. Era un profesional.

Gracias al inspector, Ángela tenía un coche patrulla circulando por su plaza a cualquier hora. Omitió, eso sí, la cuestión sentimental. Si la mencionaba, desviaría el foco.

—Me ha dicho que vaya con cuidado y que mejor que no esté sola.

Se calló que a esa recomendación Castillejos añadió: «Si

pudiera, me instalaba aquí contigo», dándole a entender que no era en absoluto posible.

—A ver, el inspector te dice que vayas con cuidado. Te siguen. No puedes continuar en este sinvivir. Vamos, que no puedes estar sola. ¿Qué dice Cecilia? —Luisa parecía dispuesta a llegar al fondo de la cuestión.

—No lo sabe.

—¿No lo sabe? —Las dos hicieron coro incrédulas.

—No. Está de vacaciones con su novio. Total, vuelve el miércoles por la noche. No quiero que se preocupe.

Ángela omitió también los desencuentros con su hija, que se iría a vivir con su novio mal que a ella le pesase. No quería que le tuvieran lástima.

—Ángela, esto va en serio, ¿verdad? —Carolina aseguró la jugada.

—¡Pues claro que va en serio! Y no me hace la más mínima gracia. Estoy segura de que me siguen. Tienen al autor o lo buscan, y ahora me quieren a mí para estar seguros de que no lo encontraremos o de que lo encontrarán ellos primero. —Ángela sacó un abanico para paliar el sofocón que le cubría la cara y el escote de sudor.

—Mira, por qué no te vienes a mi casa unos días y... —propuso Luisa.

—¿Tienes sitio en la tuya? —interrumpió Carolina sopesando su independencia y el miedo de Ángela. Prefería lo primero pero entendía que tocaba resolver lo segundo—. Ángela, esta misma noche me instalo yo en tu casa hasta el domingo. Son tres días, pero menos da una piedra. Así, como mínimo, descansas un poco.

—Y a Ceci...

—A Cecilia cuando llegue le explicaremos la verdad. Ya es mayor para saber lo que es una amenaza. Y si no lo es, que aprenda. Con las mismas se lo cuentas, igual que nos lo has contado a nosotras.

233

Ángela suspiró. No estaba en situación de negarse. Ni se acordaba de la última vez que había dormido de un tirón. Aguantaba a base de cafés y ese estimulante dejaría de hacerle efecto. Convivir con Carolina no era su idea del relax, pero al menos tendría compañía. Y solo serían un par de noches. Respiró profundamente y al menos dejó de sudar.

Hacía rato que había anochecido cuando salieron del bar. Después de las revelaciones de Ángela y del ofrecimiento de Carolina hablaron del verano que se alejaba. Luisa comentó que Gabriel había vuelto convertido en el monstruo de las galletas. Que su padre, a quien había abordado en el bar del Centro de Cultura, no veía nada malo en que el niño comiera tanto. La conversación con él había sido un estrepitoso fracaso. Jaime aventuró que esas cortapisas calóricas no eran más que celos de Luisa, cosa que a ella la sacó de quicio. Luisa se planteaba llevar la cuestión ante la juez de familia, pero Danny se lo desaconsejaba, porque de ese modo la Gorda Sebosa salía ganando en su voluntad de meter cizaña.

Carolina les contó que sus vacaciones habían sido tranquilas y que el Presidiario no daba señales de vida. Lo dijo sin mirar a Luisa, que se concentró en las fotografías en blanco y negro de la pared. «Aquí pasa algo», pensó Ángela, pero prefirió no preguntar. Por suerte, la sangre no llegó al río y, cerca ya de las once, decidieron que era hora de recogerse.

La temperatura había bajado un poco, lo suficiente como para reclamar las chaquetas. Las tres mujeres salieron del bar en animada conversación sobre las implicaciones de la subida de los impuestos. Estaba oscuro y no vieron cómo asomaba del portal adyacente una figura musculosa, dispuesta a atizar un derechazo impresionante a Luisa, que iba la primera. Ángela chilló mientras Carolina, al grito de «¡Pero qué coño es esto!», saltaba encima del atracador.

Apenas tuvo tiempo de darle una patada en los cojones antes de que el tipo la noqueara de un golpe en la mandíbula, pero a Carolina se le quedó grabada su cabeza calva, sus rasgos eslavos y su *piercing*, en una máscara inexpresiva, como si dar palizas no tuviera implicación moral alguna. Perdió el conocimiento mientras Ángela continuaba chillando. Luisa se agachó junto a Carolina.

—Llama ahora mismo al inspector —ordenó a Ángela mientras tomaba el pulso a su amiga tendida en el suelo.

A Ángela le temblaban las manos. Luisa le arrebató el móvil, buscó en la lista de contactos y le dio a la tecla.

—¿Qué pasa, guapa? —le respondió Castillejos creyendo que era la titular del móvil quien lo llamaba.

—Ha vuelto el matón. Ha agredido a Carolina. —Luisa obvió el piropo, le dio la dirección y colgó.

El agresor se había dado a la fuga en pleno barullo, perseguido por un transeúnte perroflauta que, sin pensárselo dos veces, tiró la mochila en la acera y se lanzó a por él como un rayo.

Castillejos y la ambulancia llegaron rápido y a la vez, seguidos por un segundo coche patrulla. Mientras los enfermeros colocaban a Carolina en una camilla, en medio del corrillo de curiosos, Ángela sollozaba y se agarraba a Luisa. Los cuatro policías corrieron calle abajo. Se oían gritos:

—Pero, so *desagraciao*, ¡cómo vas tú atizando al prójimo de esa manera!

A los cinco minutos volvieron. Los dos agentes llevaban esposado al matón. Detrás caminaba con una sonrisa de lado a lado el perroflauta, haciendo el signo de la victoria. Cerraban la marcha el inspector Castillejos y la subinspectora Gallardo.

Mientras esta interrogaba al chico, que había recuperado la mochila y disfrutaba de sus cinco minutos de gloria, Luisa se esforzaba por explicar lo sucedido a Castillejos y a su adjunta. El inspector la escuchaba atentamente, sin dejar de mirar a Ángela. Con su cazadora y pantalones tejanos y su perfume habría podido pasar por un operario. Gallardo tomaba notas furiosamente.

—Es culpa mía, es culpa mía —repetía Ángela—. Iba a venirse a casa para que yo no estuviera sola y fíjate...

Continuaba temblando. Castillejos se quitó la cazadora y se la puso sobre los hombros.

Luisa empezó a tomar conciencia del peligro que había corrido. Su cuerpo temblaba también de forma incontrolada, pero para ella no hubo cazadora. Intentó marcar el número de Danny. Tenía que avisarle de que se iba al hospital con Carolina. No podía dejarla sola.

—Si ella no llega a interponerse, ese tipo me destroza —concluyó Luisa su declaración.

Al expresarlo en voz alta le vino a la cabeza la imagen de la mujer menuda embistiendo sin dudarlo al matón. Fue entonces cuando se dio cuenta de que Carolina había cumplido su palabra y le había devuelto el favor.

237

67

*E*l inspector Castillejos acariciaba mecánicamente la pierna de Ángela. Tendidos en la cama revuelta, en silencio, cada uno divagaba sobre lo que acababa de suceder. Para él, había sido un revolcón extraño. Cuando acompañó a Ángela a casa después del asalto no tenía *in mente* el sexo. Fue ella quien le suplicó que se quedara con un desgarro incendiario.

Ángela se tapó con la sábana mientras miraba una pequeña grieta en el techo. Seguía conmocionada. «Debería haber ido con Carolina y Luisa en la ambulancia», pensaba. Pero en cuanto entraron en el portal se lanzó a por el inspector como si no hubiera futuro. Recordó un libro oportunista que editó cuando pasó el cometa Halley, que supuestamente anunciaba el final del mundo. El libro urgía a los lectores a entregarse a los placeres de la carne en cualquiera de sus modalidades. Ya que la humanidad iba a extinguirse, valía la pena un esfuerzo final caótico y colectivo, un gran orgasmo, un intento inútil por asegurar que la raza sobreviviría. Y algo de esa pulsión reconocía Ángela en ella cuando le bajó los vaqueros a Castillejos en pleno rellano. Si querían quitarla de en medio, esa era su única opción para no morir, ni de miedo ni *de facto*.

La mañana empezaba apenas cuando Jotapé Castillejos le mostró unas nalgas recias al ir al lavabo. Ángela se levantó, se duchó en el otro baño, se vistió, preparó un café y deseó que él se fuera cuanto antes. Ansiaba una rutina conocida y su amante era demasiado reciente para figurar en ella.

—¿Hay algo que no va bien? —En su mente de macho crecía la sospecha de que quizás no había estado a la altura.

—Nada. Llego tarde al trabajo y antes quiero hablar con Carolina y saber cómo se encuentra.

Quedaron en que él la llamaría después.

—A ver qué ha piado el pájaro ese.

Ni con la promesa de información consiguió que le sirviera un segundo café. En cuanto cerró la puerta, Ángela metió las sábanas en la lavadora, se maquilló, cogió el bolso y salió a paso ligero camino del autobús. En la parada, marcó el móvil de Carolina. Le respondió Luisa.

—¿Cómo está?

—Mucho mejor. Los médicos dicen que hoy mismo la mandan a casa.

—¿Cuál es el diagnóstico?

—Conmoción y contusiones leves. Al parecer, el desgraciado le arreó fuerte. Por un centímetro se ha salvado de que la matara. ¿Sabemos algo de la Policía?

—Pues acabo de despedir al inspector y no me ha dicho nada. —En cuanto lo dijo, Ángela se arrepintió.

—¿Ha pasado la noche contigo? Qué delicado, ¿no?

El reproche sonó alto y claro. La destinataria del ataque había sido ella, pero desde luego la víctima no.

—Bueno, tú te has pasado la noche con Carolina…

Oyó la risa de Luisa y se relajó.

—Sí, pero seguro que no me he entretenido tanto… Espera un momento, que quiere hablar contigo.

Ángela cerró la puerta con llave y empezó a bajar la escalera. Al otro lado del auricular oía una serie de ruidos y murmullos. No debía ser fácil para Carolina moverse.

—Nena… —Su voz sonaba débil y rasposa.

—Guapa, ¿cómo te encuentras?

—Ya ves. Vaya paliza me ha dado el cabrón. Cuando lo pille, me la paga —le susurró.

239

—Me siento fatal. Todo esto es culpa mía. Si no hubiera sido por mí, ese tipo no te hubiera agredido…

—¿Y qué le vamos a hacer? Tú, ¿qué tal vas? Me dice Luisa que has pasado la noche con el inspector… —El susurro de Carolina se bañó de picardía.

—Bueno, pues me acompañó a casa y…

—Ahora entra por la puerta… Ya te contaré.

¡Caray! Castillejos no perdía el tiempo. Nada como el coche patrulla para teletransportarse. En cuanto llegó a la editorial, Ángela llamó a la secretaria de Jorge Bauzá y le pidió que su jefe la recibiera inmediatamente. El adelanto que le hizo fue suficiente para que le diera cita en diez minutos.

Bauzá no se levantó de la mesa cuando ella entró. Tecleaba con auténtica furia. La camisa azul cielo, con sus iniciales, perfectamente planchada.

—¿Me dicen que te han pegado? —Le dio al intro y giró la silla.

El consejero delegado estaba incómodo. Se le veía indeciso.

—A mí no. A mi amiga. Un matón que me seguía. La han llevado al hospital.

—¡Qué horror y qué mal trago! —Bauzá suspiró como si todo fuese un mal sueño—. Siéntate, por favor. ¿Te apetece una infusión?

Ángela negó con la cabeza. Bauzá no preguntó cómo se encontraba ella. La empatía no figuraba en el currículum de ninguna escuela de negocios.

—Mira, Jorge. Esto está llegando demasiado lejos. Paremos la promo. Retiremos el libro. Al menos hasta que la Policía interrogue al matón y sepa más. Roberto Iglesias ha desaparecido y ahora van a por mí. —Ángela mostraba una vehemencia que sorprendió a ambos.

—¿Retirar el libro? Imposible. El libro está explotando. Llevamos cinco semanas en la lista de los más vendidos. De hecho, iba a darte el ok para poner en marcha la segunda edición...

Ángela no daba crédito. ¿Qué ok, si ella no se lo había pedido?

—Jorge, estoy en peligro y tú me hablas de una segunda edición.

Bauzá se levantó y apoyó las manos en los hombros de ella inclinando el cuerpo hacia adelante.

—Mira, Ángela, no me gusta nada esa manera que tienes de llevar siempre la contraria. Sabes perfectamente cómo está el negocio. No podemos permitirnos tirar un *best seller* por la borda. Mejor dicho: no te lo puedes permitir. Pero tú siempre peguntando «qué hay de lo mío».

Ángela se ruborizó. Se lo esperaba todo menos aquello. Por las comisuras de la boca de Bauzá afloraba la espuma. El consejero delegado estaba enfadado. ¿No era ella quien debería estarlo?

—Estas no son maneras. —Bauzá continuaba amonestándola como si fuese una niña pequeña y tonta—. Si no te gusta, nadie te obliga a quedarte.

—No creo haber dicho nada inconveniente. Me están amenazando y...

—Amenazados estamos todos. De cierre. Las ventas están cayendo. En lo que va de año llevamos unas pérdidas acumuladas del dieciséis por ciento y no abortaremos el libro más rentable de este trimestre. Así es el negocio. Si no te gusta, te vas.

Bauzá se sentó y miró la pantalla de su ordenador. La entrevista había terminado.

241

68

Carolina le dijo por teléfono que tenía visita, pero que pasara igualmente, así que en cuanto salió de la editorial, allá que se fue. Ángela se quedó de piedra cuando Castillejos le abrió la puerta. No parecía sorprendido: seguramente la anfitriona le había avisado. Ella lamentaba no haberse arreglado. La cara mustia con que la dejó la entrevista con Bauzá no era el mejor reclamo para un amante enardecido. Se equivocaba.

Aprovechando que estaban solos en el recibidor, Castillejos la morreó sin miramientos. Ángela no supo cómo responder: su cuerpo sí. Volvía a la espiral de deseo desesperado e incontrolable. Después de un instante que se le hizo eterno y breve a la vez, pasaron al comedor. Carolina estaba tendida en el sofá. Llevaba un batín más sexi que práctico, de seda lila, que se le abría cada dos por tres mostrando los muslos. Tenía un ojo morado y un corte en la comisura del labio.

—No me dirás que no estoy mona —gruñó.

Le habían cosido el corte y le costaba vocalizar.

Ángela se inclinó a darle un beso en la mejilla y le tendió el lote —una caja de bombones, dos libros de la editorial y una botella de cava— con el que le daba las gracias en silencio por haberle salvado el físico y la vida.

Carolina sonrió y le señaló un mueble bar a la izquierda del sofá.

—Ahí hay copas. Y pajitas. Dame una. Mete esto en la nevera. —Le devolvió la botella—. Y saca otra que hay allí, que estará más fría. ¡Brindemos, venga!

Castillejos siguió a Ángela hasta la cocina y allí le metió mano, saltándole los botones de la blusa. Ella no se resistió. Al rato, y cuando la mano enfilaba camino del pantalón, oyeron a la anfitriona:

—¿Me pierdo algo? ¿O me apunto?

Volvieron los dos con la botella fría. Castillejos hizo los honores: su musculoso brazo descorchó el cava con delicadeza.

—Pues estaba aquí para contarle a tu amiga lo que hemos averiguado del tipo ese.

Ángela se sorprendió por la amabilidad del inspector. ¿De verdad iba a casa de todas las víctimas? ¿O acaso Carolina le había tirado los tejos en el hospital? Porque era capaz... Se sorprendió también de sus propios celos.

—¡Viva la Policía! —Carolina sorbió con entusiasmo por la pajita.

Ángela se sentó en el sofá, evitando así que lo hiciera él y observara de cerca las piernas y la ropa interior que apuntaban por la abertura del batín de Carolina. Que corriera el aire, vamos.

Castillejos enfrió la escena hablándoles del matón musculado.

—Gregori Tkachenko. Lleva el mismo apellido que Irina Tkachenka, la amante de Roberto Iglesias, pero puede ser una coincidencia. Los dos están al servicio de Dimitri Yanayev, un lugarteniente de...

Ángela abrió unos ojos como platos.

—Iglesias lo menciona en el libro: fue quien le compró todos sus pisos a precio de saldo —lo interrumpió.

—A su vez el tal Yanayev y los Tkachenko pertenecen al clan Kalashov. Una auténtica mafia. Se dedican a blanquear capitales en grandes operaciones urbanísticas. Kalashov es un «ladrón en la ley». Como don Corleone, pero en ruso. Media costa catalana es suya. Ha blanqueado todo lo que ha podido y ha untado a todo quisqui. Julio Fernández, el prestamista de quien habla tu autor, fue su punta de lanza, pero ahora Kalashov juega ya por libre y en primera. Tiene contactos en todos los sectores…, ¡hasta en el fútbol!

El inspector explicó que el *skinhead* había confesado sin mucho remordimiento. Al parecer, estaba quemado con Yanayev porque este le debía dinero. Las operaciones del lugarteniente sufrían la crisis de la construcción y el hombre tenía problemas de liquidez ahora mismo.

—¿Y qué hay de Roberto Iglesias? ¿Ha dicho algo? —Ángela no podía contenerse más.

Castillejos se bebió la copa de golpe.

—Nada. De eso no ha querido hablar. Y menos cuando ha llegado su abogado —añadió dando a entender que la primera parte del interrogatorio se había hecho con métodos poco oficiales—. De momento, nos lo quedamos: tenemos testigos de la agresión y será fácil convencer al juez de que el tipo es un peligro.

—¿Y por qué iban a por Ángela? —Carolina fue directa al grano.

—De eso tampoco ha hablado. Solo repetía que cumplía órdenes. Suponemos que los dos hechos, la desaparición de Iglesias y la persecución de Ángela, están relacionados: ella lo ha ayudado a él a denunciarlos en público y no quieren que cunda el ejemplo. Pero no podemos probarlo todavía. Mañana le interrogaremos de nuevo. Pienso llevar al juez un expediente de los que tira de espaldas.

—Ya. Y yo, mientras tanto, ¿qué hago? —Ángela pasó de los celos a la desesperación.

Todos los hombres en su vida se inhibían de su situación. A Bauzá claramente le importaba un pito y Castillejos solo ansiaba una investigación que impresionara al juez.

—Hombre, por lo pronto, mantener un perfil bajo.

—Lo veo difícil. He hablado con mi jefe y le he pedido que retirase el libro. ¿Y sabes qué quiere? Quiere una nueva edición. En estos momentos debe estar tramando con la de Comunicación cómo sacarle jugo comercial a mi ataque. —Ángela se volvió hacia Carolina—. Es su amante, así que...

—En prensa no han salido nombres y la noticia es un mero breve. No nos interesa darle publicidad y por nuestra parte no la tendrá.

—Y ¿qué más puedo hacer?

Castillejos miró el reloj y se puso en pie.

—Quédate aquí un par de noches. Cuidas de Carolina y sales de tu casa. Además, me dijiste que tu hija está fuera, ¿no? Mejor aquí. Y vamos hablando.

Se acercó a Carolina, le guiñó el ojo, le llenó otra copa y le cerró con la mano el batín que volvía a abrirse.

—Bueno, te veo muy bien para la paliza que llevas. Pero deja de soplar, mujer, que con los calmantes te vas a marear.

Carolina le sonrió. Su rostro se contrajo en una mueca de dolor, por los puntos.

—Tú y yo hablaremos cuando me recupere, que me pillas en horas bajas.

245

69

*U*n viento inhóspito e insólito golpeaba intermitentemente la persiana. En el comedor en penumbra, Carolina y Ángela hablaban en voz baja, como si un mafioso ruso o una ráfaga fuesen a irrumpir en cualquier momento. En las paredes, diversos cuadros hacían las veces de centinelas. La decoración era clásica y casaba poco con la imagen atrevida de Carolina, que continuaba tendida en el sofá con su batín de seda malva. Ángela llevaba un camisón que le venía pequeño y la obligaba a mostrar las pantorrillas. Ni siquiera había pasado por casa a recoger sus cosas. Tenía demasiado miedo. Su anfitriona accidentada y accidental le prestó la ropa de dormir, un cepillo de dientes y le dijo que empleara los cosméticos que necesitase.

Desmaquillada, Ángela parecía mayor, pero también estaba más guapa. Lucía una especie de fragilidad engañosa que surcaba sus ojos. Le acercó a Carolina una taza de té y la doliente le señaló un moratón en la pierna.

—Del inspector, ¿no? —farfulló. Hizo una mueca. Los puntos le dolían. No esperó confirmación—. Vamos, Ángela… ¡Pero qué callado te lo tenías! Yo que pensaba que eras una mosquita muerta, una viuda desvalida y resulta que tienes una historia con un inspector con un punto macarra. Porque tiene un punto macarra, eso no lo negarás. —Se obligó a sorber un poco de té para que su voz sonara menos pastosa.

—¿Y qué quieres que te diga? —Ángela se puso a la defensiva, tomó una manta del respaldo del sofá y se cubrió las piernas. Solo faltaba el brasero para componer la estampa.

—Nada, mujer. Que me cuentes. Que a mí estas historias me hacen gracia.

—Ya. ¿Y qué vas a hacer? ¿Puntuarme? —La invitada accidental se sentía incómoda de verdad.

—No me hagas reír, por favor. ¿Cómo te voy a juzgar yo, que voy de macho en macho y me los tiro porque me toca? Lo que pasa es que nunca se lo puedo contar a nadie. En cambio, tú me lo puedes contar a mí.

Ángela miró alrededor. El salón olía a cerrado y a enferma: el rastro del perfume del inspector ya era inapreciable. El viento batía contra la persiana. Parecían dos náufragas en su isla desierta particular. Mejor mataban el tiempo.

—Un trato. Yo confieso si tú confiesas.

Carolina volvió a dibujar una mueca de sonrisa.

—Ok. Empiezas tú.

Ángela le contó cómo lo conoció al denunciar la desaparición de Robertito Iglesias y cómo inmediatamente él le tiró los tejos. Admitió que ella no se resistió demasiado.

—Fíjate que hasta yo me sorprendí. Pero… ¡qué quieres! A mi edad no me echan muchas flores y cuando pasas por un momento bajo como este, pues…

—No te disculpes y dime: ¿folla bien?

—Le pone un interés y una dedicación… Vamos, que se le nota que le gusta. Porque tú se lo has notado, ¿no? Me ha parecido que os tirabais los tejos… —No pudo evitar que los celos afloraran.

Carolina dejó la taza en una mesita rebosante de revistas y se puso los brazos tras el cuello, como una almohada. Miró hacia el techo.

—No te digo que no. Vamos, que si no tuvieras un lío, yo no le habría hecho ascos… Pero tú lo viste primero y no hay más que hablar. Y yo bastante tengo con lo mío.

—Pues cuéntame lo tuyo, anda. —Ángela pensó que si la

247

distraía igual sus pensamientos lúbricos hacia Castillejos desaparecerían.

Carolina le confió todo el chantaje del Presidiario. Incluido que Luisa la había ayudado y se había hecho pasar por una amiga dispuesta a un trío.

Ángela se quedó literalmente con la boca abierta. La mantita de lana le había resbalado a los pies pero no la recogió.

—¿Que Luisa vino a tu casa y se quedó en pelotas para que pudieras hacerle una foto al tipo y chantajearlo? No-me-lo-cre-o.

Carolina se incorporó.

—Pues créetelo. Fue muy valiente. Se lo agradezco mucho. Pero creo que no lo ha digerido. No me habla.

Ángela recordó la tensión palpable en el bar la noche de autos y ató cabos. ¡Madre de Dios! ¡Luisa en un trío! No sabía si reír o llorar, al darse cuenta de la distancia que mediaba entre su idea de cómo eran sus amigas y la realidad. Se lo dijo a Carolina, que se tendió de nuevo boca arriba.

—Las mujeres siempre somos más de lo que parecemos. Más valientes. Más atrevidas. Más putas. ¿Y nosotras tres? Pues lo mismo.

Ángela se acercó y la tapó con la manta.

—Y tú eres la más cansada. Le diste una buena al cabrón ese. Yo te debo una y Luisa también.

Carolina cerró los ojos.

—Bueno, Luisa y yo estamos en paz, por lo del trío… Pero mira, si me dejas una noche al inspector este, igual hacemos las paces tú y yo. —La paciente se volvió hacia la pared, dispuesta a dormir otro rato.

—Vale —le susurró Ángela—, pero antes Castillejos tiene que averiguar dónde está Roberto Iglesias. Cuando lo sepa, todos, yo, él, tú, respiraremos más tranquilos.

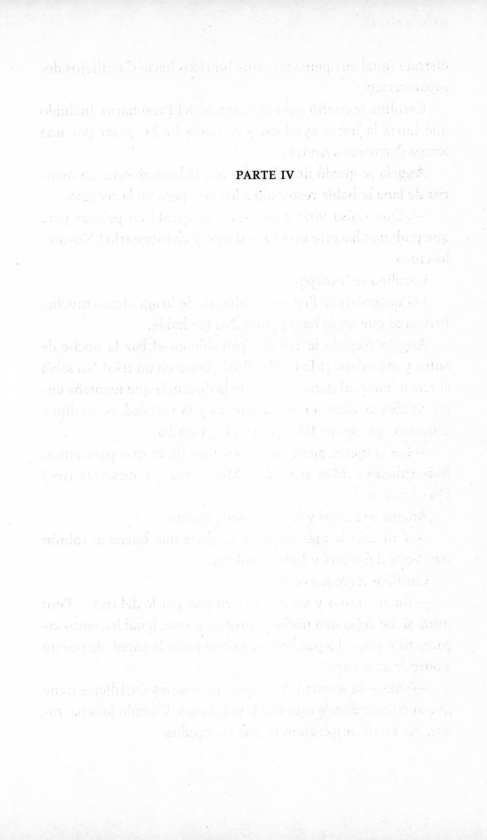

PARTE IV

70

*E*l otoño había llegado como llega siempre a Barcelona: por sorpresa, provocando una mezcla de alivio —no más sudor— y de tristeza por el verano irremediablemente perdido. Atrás quedan el éxodo masivo a la costa, la incesante marabunta de turistas, las noches en las terrazas, las fiestas de Gracia... Los días se acortan con urgencia y todo presagia otro invierno húmedo y frío, con sus gripes y su ambiente gris.

De vuelta en casa, Ángela ni tuvo tiempo de vaciar el bolso. Castillejos, con la excusa de comprobar que estaba bien, le había hecho otra de sus visitas relámpago. Arrebujada en un batín de terciopelo más amable cuanto más viejo, confirmó que su amante usaba demasiado perfume. Eso fue lo que pensó la primera vez que estuvo con él. Sin embargo, su mente convertía ese exceso olfativo en mérito. El perfume varonil que lo precedía la confortaba y le cubría las espaldas cuando él ya no estaba. Siempre se preguntaba por qué necesitaba un hombre tan recio bañarse en perfume de esa manera. Igual era un descuido, se le iba la mano. Igual buscaba un modo de significarse. Igual quería tapar el hedor de los delitos en los que hurgaba como modo de ganarse el jornal.

Esa misma tarde, antes de poner fin a su forzada convivencia, Carolina había insistido en prevenirla respecto a su relación con el inspector.

—Escúchame, que sé de lo que hablo. Ahora todo va de miedo y folláis por las escaleras. Él te quiere proteger. ¡Si se le ve! A ese tipo le encanta el rollo protector... Pero llegará un momento en que os acomodaréis, o te acomodarás, o se acomodará. Y entonces, donde ahora ve protección, verá logística. Y verá costes: cuadrar la agenda, cuadrar las mentiras, escaparse de una reunión y llegar tarde a otra... Y en cuanto piense que ocupas demasiado *mindshare,* te dejará porque la inversión ya no le resultará rentable.

Mindshare. Esa fue la palabra que empleó Carolina. Castillejos, según su amiga, tenía una «cuota de atención» limitada. Ángela se preguntó entonces si aquel era el verano de su vida. Ella, la viuda discreta, había terminado enamorada de un policía casado, perseguida por la mafia rusa y a un minuto de perder su puesto de trabajo. Y aunque los dos últimos supuestos resultaban francamente incómodos, una voz en su interior le hablaba bajito sobre esa nueva vida y esa nueva Ángela.

252   En la plaza, las hojas de los plátanos corrían entre los charcos de agua que había dejado el inesperado chubasco. La terraza estaba cerrando. No era posible continuar negando el otoño. Entró en su piso y comprobó las puertas acristaladas del balcón, por frío y por miedo. El bebé de los vecinos lloraba. Fue al equipo de música y puso, por enésima vez, *September,* la primera canción que escucharon juntos. En unos días septiembre quedaría atrás. La fiesta mayor, el verano serían apenas un recuerdo. Y el invierno, ¿qué traería?

$\mathcal{L}$uisa se presentó sin avisar con los dos niños en la granja de Dio, donde Danny ya trabajaba de camarero por horas. Estaba revolucionada. Acababa de llamarla su abogado: «la parte contraria», es decir Jaime, es decir, la Gorda Sebosa, había solicitado la revisión de la pensión compensatoria.

Dejó a los niños a cargo de Dio y arrastró a Danny a la cocina, un cuartucho con ventana a la calle en el que igual se freía un huevo que se guardaba el cajón que tanto le gustaba tocar al propietario.

—¡Será cabrona! Como no ha conseguido que el juez revise la custodia compartida, ahora va a por la pasta…

Danny miró hacia la barra suplicando un minuto para tranquilizar a su mujer. Dio le indicó con un gesto que se apurara. Acababan de entrar las gitanas, clientas habituales a la hora de la merienda, y él no podía estar haciendo de canguro.

—Nena, cálmate. —Danny se guardó de señalar que en todo caso era «cabrón», porque era Jaime quien firmaba la solicitud, no Esperanza—. ¿Por qué no te tomas un té calentito? Y los niños que se repartan un plato combinado, así no tienes que darles la cena…

—Sí, eso. Encima nos gastamos el dinero cenando fuera… Tú aquí echando horas, yo con dos recortes de sueldo y la Gorda Sebosa amenazando la pensión. Cómo vamos a vivir, ¿eh?

Danny la abrazó.

—Sal y siéntate, que Dio no puede estar con los niños. Y ahora me encargo yo de que os toméis algo. Pero mejor te pongo un whisky.

La gitana más joven, con una melena oscura azabache y dos mechas rubias enmarcándole una cara preciosa, la miró un instante. Luisa la rozó sin querer y se sentó en el banco entre sus dos hijos. Era una de las mujeres cuya conversación sobre la virginidad tanto la había impactado semanas atrás. A la chica se la veía muy contenta.

—¡Ya tienen fecha para el *pedimiento*!

Otra de las chicas se apartó un mechón y se colocó bien el top que le embutía los pechos.

—Mira, pues me alegro por la Saray... Porque *no corre res de bo...*

La joven se dirigió a una tercera contertulia, con las mismas mechas, que llevaba un anorak color rosa chicle.

—A ver, Jasmín, ¿a ti te convence? Porque mi madre dice que le dieron la niña al Chinito por *pesaos*, pero que ella no está muy convencida...

La del anorak fucsia se bebió un sorbo de Coca-Cola antes de sentenciar:

—Bueno, pero mal no le irá. ¡Cuántas mozas no suspiraban por el Chinito! —Y suspiró ella misma de forma muy elocuente—. Y ahora lo retiran...

—Y él le arreglará la boda y la vida...

Luisa tuvo que contener las ganas de volverse hacia sus vecinas y advertirles que los hombres igual te arreglan la boda, pero la vida no, porque ni Danny, que ahora aparecía con un plato de lomo con patatas fritas y un vaso largo de whisky, se la había arreglado a ella. Su vida se la tendría que arreglar ella misma.

72

*M*ichael Geier se presentó en casa de Carolina a las siete en punto. Su colega y competidor por la dirección nacional de Alimex le había escrito interesándose por su salud. La paliza y subsiguiente baja médica habían sido la comidilla de la oficina. La empresa le envió un ramo de flores; su equipo le hizo llegar un lote de *delicatessen*. Seguro que la idea había partido de la eficaz Anna, en previsión de que para recuperarse convenía que se alimentara realmente bien. El lote se emparejaba con la nota: «Mejórate, jefa, ¡nosotros —y FruitMix— te necesitamos!». Sus chicos estaban dispuestos a defender la plaza con uñas y dientes, pero sin ella no lograrían rematar la iniciativa…

Su baja se alargaba ya casi un mes. El gran jefe Seelos la había llamado desde Múnich y le había deseado una pronta recuperación. De Jimmy Sanz recibió un *e-mail* hipócrita. «Ya me lo imagino, ya, cuánto lo sientes, pedazo rata», murmuró Carolina. Michael Geier, en cambio, le había preguntado si podía visitarla.

Carolina no supo o pudo o quiso negarse. Tantos días encerrada estaban minando su energía. Harta de mirar el techo, las paredes de color crema, los cuadros que compró porque podía permitírselo y también como inversión, por si algún día las cosas se torcían. En vez de recuperada, se sentía cada vez más desvalida. Que Geier fuese a su casa en ese momento no evocaba en absoluto la fantasía sexual con que se había excitado tantas noches y en la que el alemán la poseía por todos los rincones.

Los moratones iban desapareciendo y ya le habían quitado los puntos del labio. Se obligó a bañarse, se lavó el pelo y se lo secó. Por primera vez desde el ataque abrió el armario con la intención de vestirse con una prenda que no fuera un camisón o un batín de estar por casa. Escogió incluso ropa interior provocativa —un sujetador que acrecentaba más aún el tamaño de sus pechos—, no por enseñársela al alemán sino por saber que la llevaba.

Adecentó el salón y abrió las ventanas de par en par, ansiosa porque el olor a cerrado, a yodo y a enfermo se fuera. Quería recuperar su cotidianeidad. Carolina llevaba mal los tiempos muertos que a menudo impone la vida. Por eso apretó los dientes y como pudo recogió la cocina. No había muchos platos: los distintos visitantes, encabezados por Ángela y Luisa, se habían encargado de la intendencia. Se sentó, el esfuerzo le estaba pasando factura. Después abrió la nevera, se bebió una Coca-Cola y prosiguió. A Geier quería darle todo menos lástima. Trabajosamente se encaramó al escabel y sacó del armario copas limpias —de cava, de vino, de whisky— para tenerlas a mano. No le pediría ayuda ninguna. Si competían, competían.

A la hora prevista el alemán llamó a la puerta. El tabardo impoluto hacía juego con una caja enorme de color negro. Carolina hizo ademán de cogerla pero él sonrió.

—Pesa mucho. ¿Dónde la dejo?

Ella le indicó la mesa del comedor. Esperó a que se quitara el tabardo y fue a dejarlo sobre su cama. Al volver, encontró a Geier estudiando las fotografías que tenía diseminadas por los estantes.

—Muy guapa estás aquí.

Carolina, todavía sin decir palabra, desapareció en busca de dos cafés y regresó. Geier ya se había situado en un extremo del sofá y le indicó el paquete.

—¿No lo abres?

Ella dejó las tazas en una mesa supletoria y se agachó con esfuerzo para deshacer el envoltorio. La caja era un paraíso de chocolates: en tableta, en polvo, para untar. Bombones y pralinés.

—Me dijiste en la cena de Navidad que el chocolate te gustaba mucho —argumento el alemán buscando una vía que reactivara la conversación.

—¿Ah, sí? —Carolina ni se acordaba, pero el regalo la dejó maravillada. Abrió una de las selecciones de bombones y se la ofreció.

Él ya se había levantado a servir el café.

—Imagino que estás cansada de explicar lo que sucedió.

—Salimos de un bar. Fueron a pegar a una amiga y me interpuse. Punto.

Geier esperaba más; ella le indicó la marca de los puntos.

—Me cuesta hablar.

—Eres muy valiente. —Una luz traviesa bailaba en los ojos del visitante, mientras paladeaba un bombón sin dejar de mirarla, como si estuviese paladeándola a ella.

—Salió así. ¿Qué tal va todo por la oficina?

Geier, a la defensiva, se limitó también al resumen oficial. No iba a soltar prenda. Mientras lo escuchaba, Carolina se planteaba cómo aprovechar su estatus de heroína en beneficio de su promoción. Su equipo estaba avanzando mucho y bien; técnicamente el proyecto era impecable. Ahora necesitaba mover la palanca emocional. Hacerse la víctima.

Hablaron un rato más. Geier continuaba relamiendo sus bombones de aquí para allá, en busca de más fotos personales. Encontró un álbum en la mesa supletoria, bajo un montón de revistas, y cuando ella volvió de retocarse, enrojeció. ¡Dónde tenía la cabeza! Aquel era su álbum privado, el que empleaba para calentarse en sus sesiones de sexo solitario, como la que había tenido esa misma mañana, para desfogarse antes de ver al alemán y que la encontrara relajadita. Pero se había olvidado de guardarlo. ¡Mierda de pastillas!

Geier estaba boquiabierto, mirando aquel despliegue anatómico: pechos, piernas, sexos... Carolina se lo quitó de las manos sin decir nada. Vaya fallo. Bueno, quizás no. Ahora el tipo iba caliente de verdad. Quizás podría sonsacarle alguna información más. O quizás desequilibrarlo un poco. Se le arrimó en el sofá; Geier no se inmutó.

—¿Tú sabes qué hace una araña? Hace así. —Los dedos del alemán subieron lentamente por el brazo de Carolina.

Ella le apartó la mano depositándola con suavidad sobre su bragueta.

—No, Michael. Una araña hace una tela. Y una tela te atrapa.

Geier estaba a reventar.

—Tú me atrapas.

Carolina rio. Apretó hasta sentir la erección del alemán. Retiró la mano y sin dejar de mirarlo le bajó la bragueta. Le indicó los puntos junto al labio para que entendiera sus limitaciones. Después se desabrochó la camisa, dejando a la vista el sujetador de blonda en todo su esplendor. Se colocó frente a él y se subió a horcajadas. Con una mano empezó a masturbarlo. Con la otra, empujó la cabeza del alemán entre sus pechos. Él le mordió los pezones y ella le aplastaba con tanta fuerza que él tuvo que salir a por aire.

Carolina le susurró:

—Todavía no te he atrapado del todo, Geier. Tú sabes...

Y se detuvo un momento para permitirle respirar. El alemán, enardecido, volvió a enterrar el rostro entre sus pechos.

—Tú sabes que tenemos una promoción por medio.

Geier frenó en seco.

—Tranquilo, Michael. —Carolina sonrió—. Lo que sucede en mi casa se queda en mi casa. Agradezco tu visita y tu chocolate. Por eso quiero que te corras...

Geier estaba ya demasiado encendido para dar marcha atrás. Carolina lo sentía latir en su mano, que se movía implacable.

—Córrete, Michael. ¡Córrete, cabrón!

259

73

Ángela se había tomado el día libre a cuenta de vacaciones pendientes. Después de un verano dando la cara por *Los prestamistas* en los medios, después de estar a punto de que se la partieran en la calle, se regaló unas horas de asueto. La idea había partido de Jotapé Castillejos: «¿Por qué no desayunamos juntos… en tu casa?». Y eso hicieron, devorarse con ganas y con una libertad que a ella le continuaba resultando extraña y feliz. Con Marc había disfrutado mucho: cada uno conocía al dedillo los resortes del placer del otro. Con el inspector, en cambio, disfrutaba porque no se conocían de nada. Todo era nuevo, sorprendente y a menudo feroz. Cuando la embestía con furia, la sorprendían el ímpetu de su amante y sus propias ganas locas de que no parase. Y se lo gritaba. Él tenía que taparle la boca para que no armara escándalo.

El revolcón mañanero terminó con ducha y café. A las doce, la agenda y la casa habían quedado vacías, despejadas como el cielo después de la tormenta. Y en aquel limbo temporal, mientras recogía con lentitud gatuna la cocina y olía aquel rastro perfumado por todas partes, Ángela recordó las conversaciones de pijama con Carolina. Pensó en lo que hablaron sobre la mujer del inspector, una tal Victoria Tostar, según averiguó la accidentada. La mente de Ángela enhebró apenas las predicciones, bienintencionadas pero que en ese momento se le antojaron impropias, de su amiga: «Cuando ocupes demasiado *mindshare*, te dejará».

¿Por quién iba a dejarla Castillejos? ¿Qué tenía la esposa que ella no tuviera? Sin más dilación, encendió el ordenador, buscó «Victoria Tostar» y ¡bingo! Esa tarde a las cuatro la legítima de Castillejos participaba en una mesa redonda sobre innovación empresarial. Al lado, su foto en tamaño carné.

Allí que se fue Ángela. En cuanto entró en el local, la vio a lo lejos, justo al lado del escenario, en primera fila, agitándose entre varios mandamases para asegurarse un buen lugar en el que las cámaras captasen su presencia. A Ángela le quedó claro que aquella pelirroja de bote era una veterana dispuesta a dar los codazos que fueran necesarios. Quizás le faltaba aplomo. «Sonríe demasiado», se dijo para animarse. Se había imaginado a su rival como una persona débil, una sombra del marido... No era el caso. Se centró entonces en el físico. Victoria Tostar llevaba un traje pantalón de corte moderno. Aunque no la favorecía —la chaqueta era demasiado corta para esconder unas caderas prominentes y unas piernas gruesas—, debía considerarlo idóneo para su imagen de empresaria solvente. Lo adornaba con un collar precioso, enigmático, de plata y piedras, y un bolso de última generación, apto para todo tipo de *gadgets*.

A Ángela el corazón se le encogió como un globo que se deshincha de golpe. Aquella mujer era la que había modernizado el estilo de Castillejos, la que le compraba camisas modernas de estampados llamativos. La que se casó con él. Le miró la melena, domada a cepillo. ¿Habría ido a la peluquería mientras su marido y ella follaban con urgencia, casi con desesperación, esa misma mañana? Se preguntó si sería capaz de acercarse y presentarse. En parte se sentía reconfortada: daba igual que Tostar se hubiera casado con el inspector. Él la deseaba a ella y hacía lo imposible por verla. «Sí, guapa, mueve la melena, abrázate al alcalde, lo que tú quieras, que yo me acabo de tirar a tu marido.»

¿Imaginaba Castillejos que algún día las dos mujeres iban a coincidir? ¿Le enviaba un mensaje y se lo contaba? ¿Para qué?

261

¿Para que temiera una indiscreción? ¿Para que se regocijara pensando en lo buen semental que era?

El acto se hizo eterno. Ángela estiraba el cuello para clavar los ojos en la nuca de la mujer pelirroja de la primera fila, contando las intervenciones que faltaban y pensando en la ruta que seguiría. No, no se presentaría. No era correcto. Pero quería ver a su rival de cerca, ver qué veía el inspector en ella, calibrar ese déficit personal. Tras escuchar su intervención en la mesa sobre «Diseño e industria», le tocó sacarse el sombrero. Tostar estuvo impecable: clara, asertiva y con un mensaje rotundo.

Cuando el acto terminó, las autoridades que habían prometido a los asistentes todo tipo de apoyos salieron escopeteadas en dirección a su nuevo *meeting*-promesa y Ángela apenas tuvo tiempo de ver cómo Victoria Tostar, siempre sonriente, se abría paso a codazos para no dejar escapar al presidente de la asociación. La pasó rozando.

Se descubrió más tranquila de lo que pensaba, quizás porque era todo tan reciente que las endorfinas todavía estaban altas. Lo suficiente para creer que, a pesar de que formalmente era la perdedora, «la otra», en ese mismo momento a la empresaria le faltaba algo. Y ni siquiera lo sabía. No sabía que en su trabajada carrera de mujer en ascenso, con un marido leal, se había abierto una brecha, ni que su brillante discurso sobre la lealtad al propio criterio y al propio equipo hacía aguas en su propia cama.

74

*I*rina estaba especialmente bella en esa mañana de octubre. Incluso para una mujer heterosexual como Mía, la belleza de la rusa era un imán. No solía llevar vestido, pero aquel drapeado en tonos grises la elevaba a la categoría de semidiosa. Con sus sandalias de tacón de aguja, el pelo recogido en una coleta estudiadamente informal y las dormilonas de diamantes, Irina estaba a medio camino entre una colegiala y la mujer de un aviador británico en la Segunda Guerra Mundial esperando a que el héroe regresara del frente.

Mía nunca dudó del buen gusto de Serguéi Tkachenko para escoger todo aquello que formaba su mundo, empezando por su esposa. A diferencia de otros magnates exsoviéticos, el gusto de su jefe era muy refinado y... muy caro. A Serguéi Tkachenko solo le preocupaban dos cosas: la belleza y la inmortalidad. Irina le proporcionaba las dos: era guapa a rabiar y veinte años más joven. Vivir con ella retrotraía a Tkachenko a otra época, cuando era joven, guapo y pobre. Ahora solo le importaba ganar dinero y disfrutarlo. ¿Qué más le pedía a la vida? Que durase. Que la fiesta no se acabase nunca. Le podía pedir también más dinero y más sexo. Amor, no. El amor cotizaba a la baja y era un lastre. En su mundo no había amor porque no hacía falta querer cuando podías comprar. Pedía más ingresos, más réditos, mejores resultados. Y más mujeres.

Irina supo desde el principio que no sería la única pero que, con suerte y esfuerzo, sería la primera. Y amarró a Tkachenko haciéndose la huidiza. Ya unidos en matrimonio, ambos tenían venia para aliviarse si les apetecía. Total, ¿qué riesgo había de enamorarse? Ninguno. Irina hacía uso de ese derecho de alivio y se acostaba regularmente con Iván, su masajista cubano. De ese modo lucía sus cuidados corporales; su cuerpo elástico y perfecto era disfrutado por una persona de su edad, aunque nadie diría que Tkachenko le llevaba veinte años. Por su parte Serguéi probablemente se acostaba con una o varias amigas cada vez que firmaba un contrato para un nuevo gaseoducto en alguna exrepública soviética.

La beldad del vestido drapeado le dijo apenas la vio entrar:

—*I'd like you to run an errand for me.*

Le pedía que le hiciera un encargo sin añadir *please*. Mía entendía que su clienta no tenía que ser cortés. Bastaba con que fuera clara y directa.

Mía respondió con un «Cuéntame» poco comprometedor. ¿Por qué Irina la había citado en casa cuando tenía una línea de teléfono dedicada a ella las veinticuatro horas del día? Si merecía que se vieran, aquel encargo debía ser bien especial.

—Mañana por la mañana irás al museo Marés. En la cripta te encontrarás con esta mujer. —Le tendió una foto impresa.

Mía escudriñó en su cerebro. ¿Dónde había visto antes ese rostro? Mientras recordaba, Irina continuó:

—Le dirás de mi parte que deje de buscar. *That's the message. Full stop.*

La imagen encendió la bombilla. Por eso la mujer de la foto le resultaba familiar. Era la que había hablado de *Los prestamistas* en la televisión. ¿Por qué necesitaba Irina citar a una editora en la cripta de un museo y pasarle un mensaje tan tajante?

—A las diez y media.

Mía miró el reloj. Tenía menos de veinticuatro horas para tomar una decisión. Ese tipo de recados no estaban incluidos en las funciones de su puesto de trabajo. No sonaban muy legales. ¿Qué hacía? ¿Iba? ¿No iba? ¿Estaba Serguéi al corriente?

Por lo pronto, decidió preguntárselo a su clienta:

—*Is Sergei aware of this meeting?*

Intentó no sonar agresiva ni capciosa. Una pregunta técnica. La respuesta no se hizo esperar.

—Serguéi no lo sabe ni lo sabrá.

Los ojos azules de Irina desprendían llamaradas de hielo. Mía se dio cuenta de que la historia no iba de un mero amante despechado, conclusión que había podido sacar leyendo el libro. Roberto Iglesias lo era.

—Por supuesto —respondió.

Y decidió que lo meditaría un poco más, porque aquella orden no era trigo limpio. Y quizás Irina tampoco lo fuera. Y al pensarlo supo, con claridad perfecta, que esa sospecha la había acompañado desde el principio.

265

75

*L*a diminuta plaza de Sant Iu estaba desierta esa mañana de jueves. Bajo un cielo azul límpido, el sol otoñal resbalaba perezoso por una de las torres de la catedral. La plaza continuaba en penumbra cuando Ángela se sentó en el banco de piedra. Faltaban todavía diez minutos para que el museo Marés abriera. Dentro, en la sala dedicada a la escultura, se encontraría con su interlocutor en menos de una hora. En el otro extremo del banco, tres músicos callejeros empezaban a afinar sus instrumentos. Alzó la mirada hacia el frontispicio. Las gárgolas de la portada representaban ángeles tañendo un laúd. «Músicos en la tierra y en el cielo», pensó ciñéndose el cuello del abrigo. Las botas apenas preservaban sus pies de la humedad.

Pedro, el mismo hombre que la había citado en el hotel 1898 y que no se presentó, había llamado otra vez y ofrecía un nuevo encuentro. Ella se asustó al oír aquella voz, de clara resonancia caribeña, que le advertía: «Si de verdad quiere saber de Roberto Iglesias, venga sola». No atinó a preguntar por qué la dejó plantada la primera vez ni a sacarle más información.

«No se puede ser todo: eres buena editora, pero como policía lo harías fatal.» La amonestación de Castillejos la había soliviantado. Lo avisó en cuanto colgó, anteponiendo el miedo a la estrategia y pasando por alto a Bauzá. ¿Se estaba exponiendo a otra paliza? Castillejos la calmó: «Tranquila, que yo te protejo».

Ángela no se calló las dudas: ¿quién la protegió cuando fueron al bar? Carolina, no el cuerpo de Policía. Castillejos reaccionó y le prometió que la subinspectora Gallardo también visitaría el museo a la hora convenida.

«A mí me tienen muy visto, pero Mònica no está quemada. No la reconocerán.»

«¿Y qué le digo a mi director?» Ángela era consciente de que Bauzá exigía derecho informativo de pernada.

«Nada. El tal Pedro te ha avisado de que no quiere testigos y ese director tuyo es capaz de mandar un equipo de televisión.»

«Ya, pero si se entera…»

«Se enterará cuando se tenga que enterar. Tú deja que la subinspectora se ocupe de ti. Ni la saludes ni hables con ella. Es una visitante más del museo. Si tiene que decirte algo, ella te hablará. Si no, ignórala. Ahora escúchame con atención. Necesito que te fijes bien en el Pedro este. Cómo viste, si tiene alguna marca, algún rasgo, algún tic, algo que nos sirva para un retrato robot. Intenta tomar nota mental de todo lo que te diga.»

Ángela se repitió mentalmente las instrucciones.

«Si te pide algo, lo que sea, no le digas que no. Gana tiempo. Dile que tienes que consultarlo con el director, invéntate lo que quieras, pero mantén abierta la comunicación.»

La humedad empezaba a hacer mella en sus huesos cuando finalmente las puertas metálicas del museo se abrieron, a las diez en punto. Faltaba media hora. Ángela compró la entrada y emprendió una visita rápida antes de bajar a la planta -1 a esperar, como doncella medieval, la llegada del caballero Pedro. Las salas eran muchas: se decidió por el estudio del escultor que daba nombre al museo. En una de sus paredes colgaba enmarcado un poema que Rafael Alberti le dedicó. La cuarta estrofa empezaba con el verso: *La soledad hablaba en su mutismo.* Ángela se planteó por un instante qué le decía exactamente su propia soledad. ¿Había aceptado la relación con Cas-

267

tillejos por miedo? ¿Porque quería compañía en un momento tan peligroso? ¿Por qué necesitaba un hombre para completarse?

Con estas preguntas bulléndole en la cabeza, salió del estudio y se dirigió hacia el punto de encuentro. Se cruzó solo con los vigilantes de sala, relajados en aquel día de poco trabajo. Bajó directa a la planta -1, en la que destacaba un pórtico románico en su integridad. Se dio cuenta de que uno de los empleados la seguía, con el busca en la mano. ¿Sería Pedro? Se quedó quieta. El chico, vestido de negro, le sonrió y se alejó. Solo estaba haciendo su trabajo.

Llegó a la sala y bajó unos peldaños. El espacio rebosaba de capiteles. Ángela deambuló entre columnas y tumbas de piedra, fingiendo leer las placas explicativas. La subinspectora Gallardo todavía no había aparecido y faltaban apenas tres minutos para la hora convenida. Tenía las manos heladas, como las del caballero Juan de Vargas, cuyo sepulcro se exponía al fondo.

Miró el reloj. Las diez y media en punto. Fue a la cripta. Una mujer joven, vestida con un traje pantalón de buen corte, estaba ya allí. ¿Por dónde habría entrado?

La mujer paseó hasta colocarse a su lado. En voz baja y decidida, susurró sin mirarla:

—Me envía la señora Irina Tkachenka. Por favor, deje de buscar. No busque más.

Ángela se quedó petrificada. ¿Aquella mujer era Pedro? En su confusión no vio bajar por la rampa a la subinspectora, aparentemente enfrascada en los mandos de una audioguía. Detrás, el vigilante joven se acercó solícito a ayudarla. Mientras el chico trasteaba con los botones, Mònica Gallardo miraba de un lado a otro, como extasiada, aunque sus ojos no dejaban de barrer la cripta.

—¿Y usted quién es? —Algo recuperada, Ángela intentó seguir las instrucciones de Castillejos de mantener abierto el contacto y retener la imagen de la mujer.

Morena y bien proporcionada, la joven iba vestida con un traje pantalón. No llevaba joyas y cargaba con un bolso grande.

—Eso no importa.

—Claro que importa. ¿Cómo sé yo que su mensaje está dirigido a mí?

Agarrada a su bolso con las dos manos, Ángela intentaba aparentar firmeza. Ahora sí que tenía las piernas heladas.

—Porque usted es la editora del libro *Los prestamistas*. Y por lo tanto, usted sabe quién es la señora Tkachenka. Él se refiere a ella en el libro como Irina.

«Irina —pensó Ángela—. La amante rusa por la cual Iglesias dejó a Carmen. La que lo aficionó al sexo de lujo y a la cocaína.»

—¿Usted es Irina? —le susurró contra toda esperanza.

Aquella mujer no encajaba con el prototipo eslavo. Por el rabillo del ojo vio a la subinspectora. ¿Debía avisarle de que su interlocutora era el tal Pedro? Lo descartó. No veía cómo hacerlo y pudo más la curiosidad.

La mujer negó con la cabeza.

—Por favor, dígame: ¿sabe algo de Roberto? ¿Está bien? Les habrá explicado que firmamos un contrato y que él... —Ángela se puso en su papel de editora esperando obtener alguna pista, pero la mujer no cedió.

—Deje de buscar, por favor —le repitió. Su rostro impávido continuaba alzado, mirando los frescos de la cripta.

—Pero ¿está bien? Porque además de su editora, soy su amiga y...

La mujer la miró a los ojos por primera vez y Ángela sintió que en aquella mirada había compasión y un punto de extrañeza.

—Buenos días.

Y se fue a grandes y estilizadas zancadas hacia la rampa de salida, donde chocó con la subinspectora, que continuaba tras-

269

teando la audioguía y que, al verla salir, arqueó levemente una ceja para que su protegida entendiera que se había quedado con la copla. Ángela permaneció inmóvil, sin saber muy bien qué hacer. Detrás de los hombres que en aquel momento le importaban —Robertito, Castillejos, el misterioso Pedro— aparecía siempre una mujer, una mujer que no era ella.

A Luisa la casa de su amiga Bel, tan espaciosa, minimalista y ordenada, le recordó el piso que compartió con Jaime. Los dos eran tan disciplinados, de todo en su sitio, de listas y pósits… Y Gabriel era todavía Biel, un bebé, no el chicarrón en que se había convertido ahora. Entre él y la pequeña Lola, la casa de la calle Gato Pérez era un caos desde la entrada hasta el baño. Todo estaba lleno de objetos dispares: juguetes, ropa, libros…

Danny no parecía afectado por aquel caos. A él le daba igual que la casa estuviese en orden. Y Luisa creía que se había inmunizado frente a aquella epidemia de objetos incontrolados. Sin embargo, al entrar en casa de Bel sintió una punzada de añoranza. Ojalá pudiera vivir en un espacio tan sereno, tan bello… Claro que Bel y Ricardo habían decidido no tener hijos, lo que facilitaba que su amiga estuviera estupenda y la casa, también. Toda su energía se concentraba en eso. Así cualquiera.

La anfitriona, con su cabello lacio y sus piernas larguísimas, la hizo pasar al comedor, donde ya esperaba Marta, la otra invitada. En aquel momento se estaba sacando el billetero del bolso.

—Chicas, perdonad… Ya veis que lo de llegar tarde no lo termino de solucionar. Y eso que Danny ha vuelto a casa pronto y me ha dado margen.

—¡Luisa, guapa! ¿Cómo estás? Mira, ven, mira qué grande está Blanca Yang.

Marta, inseparable de sus cadenitas de osos, les mostró a su hija adoptiva china con el cabello recogido en dos coletas divertidas y una sonrisa deliciosa.

Las tres empezaron a hablar casi a la vez, obviando la cena fría que la anfitriona había dispuesto sobre la mesa. Así supieron que, tras ser despedido de Abril, Ricardo estaba valorando un nuevo proyecto con otros dos socios.

—Quiere montar una editorial con librería propia —explicó Bel, y añadió que ella continuaba trabajando de consultora en la empresa de siempre, con más cargo, más viajes y el mismo sueldo—. Y contenta, con la que está cayendo.

Marta les explicó que desde que habían ido a Guangzhou a buscar a Blanca Yang, su marido estaba cambiadísimo.

—Totalmente entregado a la niña, oye. ¡Quién lo iba a decir! Vamos, que me ha planteado adoptar otro niño para que nuestra hijita tenga un hermano, pero yo he terminado hasta arriba del papeleo de la adopción y me lo estoy pensando, aunque claro que si a Blanca Yang le hace ilusión un hermanito o una hermanita, pues ¡qué le vamos a hacer! Habrá que ir a por él...

—Y tú, ¿qué tal? —preguntó Bel mientras les pasaba las bandejas.

Luisa, que se había zampado una ración de empanada, muerta de hambre, masticó a toda prisa.

—Fatal. Nos han recortado las subvenciones y eso significa recortes de presupuesto. Y si no podemos hacer tantas exposiciones como antes, ¿para qué queremos a tanta gente? Pues nada, que van a hacer un ERE...

—¿Y qué vais a hacer? Porque Danny no trabaja, ¿no?

La retranca de Marta no pasó desapercibida. Como antigua novia de Danny, continuaba sintiéndose un tanto propietaria.

—Danny trabaja. ¡Ya lo creo que trabaja! Sirve copas en un bar cerca de casa... —Luisa intentó decirlo con convencimiento, que no se notara que le daba vergüenza. Miró a Bel—.

Al irse Ricardo, en la editorial le cortaron los encargos. Pero Danny…, ya lo conocéis. Tiene más vidas que un gato. Empezó sirviendo cafés en una granja. Ahora sirve copas de noche, que por horario nos va mejor… Lo que de verdad quiere es abrir su propio bar, pero en Gracia no dan más licencias…

—Oye, ¡qué alegría! Qué valiente, ¿no? A su edad…

Realmente Marta no le iba a pasar ni una. Bel también se dio cuenta y cambió de tema:

—¿Y los niños?

—Lola esta fantástica. Habla por los codos y con todo el mundo. Muy divertida. Y Gabriel…, bueno, se parece cada vez más a su padre… —Luisa dejó la servilleta sobre la mesa de golpe—. Y la Gorda Sebosa me lo está cebando y cada dos por tres convence a Jaime para que vaya a la jueza a pedir la custodia o a que me deje sin pensión compensatoria.

—Pero ¡qué dices!

Marta habría sido novia de Danny, pero hoy era por encima de todo madre de Blanca Yang. Su preocupación por el hijo de Luisa, que en su día fue el primer bebé del grupo de amigos, anulaba cualquier ataque de celos que pudiera sentir por aquellas noches locas con el roquero melenudo que ya no volverían.

Luisa les contó que su ex le ponía pegas a todo: a la decisión de mudarse de piso, de ir a una escuela nueva… Y que ella veía detrás de este rechazo la mano negra de la Gorda Sebosa.

—Y cada dos por tres nos cita la jueza. Y nos insta a llevarnos mejor por el bien del niño. «¡Nos insta!» Como si llevarse bien fuera una obligación. Que lo es, pero hacen falta dos.

Bel les pasó otra bandeja y unas servilletas.

—Pues como a la chica esa se le meta entre ceja y ceja lo de la custodia, no parará. Esto pinta mal, querida.

*H*acía frío en los ojos de Irina esa tarde lacónica de otoño. Más frío que las calles azotadas por una lluvia inclemente, desoladas, sin clientes, recogidos todos en las casas, plantándoles cara al mal tiempo y a la crisis.

La rusa no le dio tiempo a saludarla. Con un pantalón de cuero negro ceñidísimo, unos zapatos acharolados con tacón de aguja y un jersey que se le adhería como chocolate derretido, Irina era la versión original de una *domina* eslava.

—*Why did you tell Sergei?*

La rusa estaba furiosa. Cuando la citó de nuevo en el *penthouse*, Mía intuyó enseguida el motivo. A Irina no le habría hecho ninguna gracia que ella hubiese explicado a su marido la cita con la editora en el museo Marés. Lo sabía y preveía un enfado, pero no de aquellas proporciones. Su clienta estaba indignada, de acuerdo, pero ¿de verdad confiaba en que ella le guardaría el secreto? Su empleador era Serguéi Tkachenko. La lealtad se la debía a él. Y aquella historia olía lo suficientemente mal para que Mía tuviera que recurrir a la línea directa, a ese número que solo conocían un puñado de personas en todo el planeta, para comentar con el magnate de forma sucinta los planes de su adorada esposa.

Mía actuó por prudencia. No podía dejar de pensar en la editora, en la cara de espanto de aquella mujer, en su preocupación genuina por Roberto Iglesias. ¿Dónde estaba Iglesias? ¿Qué hacía Irina mezclada en todo eso? Supuso que la rusa no

274

se andaría con chiquitas. Después de haber leído el libro, no albergaba duda ninguna duda de que la mujer de su cliente era capaz de lo que fuera para preservar su estatus. Por eso decidió finalmente ir al museo… y se alegró de haber avisado antes a Serguéi. Esa era su única garantía si las cosas se torcían más de lo previsto. Y era una garantía limitada, porque por supuesto Serguéi antepondría sus propios intereses. Mía lo avisó para que él supiera que ella sabía. Ese lazo debía ser lo suficientemente resistente para sacarla de un apuro, suponiendo que aquella historia tomase derroteros más oscuros aún.

Desde que fue al museo y por primera vez en su vida, Mía padecía insomnio. Ella, que conocía todas las marcas de somníferos gracias a las demandas incesantes de sus clientes y se vanagloriaba de no necesitarlos, había terminado tomándose la pastillita. Algo en aquella escena la reconcomía. No se hacía ilusiones sobre su estatus. Ella no era rica. Ella *había sido* rica. Hoy trabajaba para los muy ricos. Y ese trabajo le permitía conocer lugares exclusivos y a personas especiales, a menudo interesantes, con quienes habría tratado de igual a igual si su padre no se hubiese arruinado. Ella era una sombra y estaba orgullosa de su eficacia, aunque sus clientes no siempre apreciaran el esfuerzo que conlleva fletar un avión privado desde el Pirineo a las tres de la mañana. Pero Mía tenía claro que operaba dentro de unos límites morales, que no todo valía, por mucho que el cliente fuera el que mandaba. Al ceder a la presión de Irina y acudir al museo como mensajera suya, había entrado en un terreno pantanoso del que tenía que salir cuanto antes.

Esperó a distancia hasta que la rusa dejó de recorrer el salón de un lado a otro y se le puso delante, en jarras. Esperaba una explicación.

—*I am sorry you feel this way…*

Irina le arreó un soberano bofetón, ruidoso, inesperado y barriobajero. Mía se llevó la mano a la mejilla. La miró y vio

275

con nitidez a la chica de pueblo que había escapado de la miseria gracias a un sexo elástico y a unos ojos felinos. Una Juani rusa dispuesta a todo por sobrevivir en la jungla.

Se mantuvo en silencio. Aquello era demasiado vergonzoso, demasiado chabacano. Así no esperaba que se comportasen sus clientes. Así, no.

—*You. Are. Fired. Leave. Now.*

La rusa le escupió el despido sin quitarle los ojos de encima. Mía recogió su cartera y el móvil y se dio media vuelta. Tras la puerta la esperaba Pilar. La doncella habría estado ahí todo el tiempo, seguro.

Pilar le tendió un paño embebido de una sustancia fresca, para que se aplicara sobre la mejilla enrojecida por el bofetón.

—Gracias, Pilar. Por todo. Y buena suerte.

Pilar le apretó la mano al recoger el pañuelo. Le entregó la gabardina.

—Gracias, señora Mía. Y hasta pronto.

Las dos se miraron sin saber si volverían a verse ni cuándo. En el salón, Irina Tkachenka escuchaba rock duro a todo volumen.

*B*arcelona se dibujaba como un gran centro comercial en el que parpadeaban ya las luces navideñas. Con la crisis, la Navidad cada vez llegaba antes.

Mía caminaba a buen paso por el paseo de Gracia cerrándose con la mano el cuello de la gabardina. Después del calor que desprendía la chimenea neorrústica de los Tkachenko, en la calle la humedad se notaba más. Iba meditando su reacción. No le convenía precipitarse. Necesitaba a los Tkachenko porque eran sus únicos clientes, pero no toleraría los bofetones de una arpía rusa. No tuvo mucho tiempo para meditaciones, porque a las tres horas escasas del incidente, Zoë, la PA de Tkachenko en Londres, la llamaba para pedirle que se reuniera con Serguéi al día siguiente a las cuatro de la tarde.

Zoë dio por sentado que iría y Mía fue. Le explicaría la situación y negociaría la rescisión del contrato. La sola idea de sentarse a negociar frente a Tkachenko la ponía nerviosísima, pero si era necesario revisarían el texto cláusula a cláusula. No quería malentendidos que pudieran perjudicar su reputación.

Serguéi la recibió en el mismo salón en el que Irina le soltó el bofetón. Sentado junto a la chimenea, vestido todavía con traje ejecutivo, Tkachenko parecía tenso. Las finas patas de gallo, que se trataba con regularidad para mantener la firmeza facial, dibujaban una red alrededor de unos ojos que iban de un objeto a otro. Le ofreció un té que Pilar, la doncella, le sirvió imperturbable. Ver, oír y callar. Aun así, Mía percibió que la mujer quería advertirla de algo, pero no supo descifrar su gesto. Esperó, atenta y en tensión.

Tkachenko no se anduvo por las ramas. Le dijo sin más que el contrato que mantenían continuaba vigente. No desautorizó a Irina ni se refirió siquiera al hecho de que la hubiera despedido. Como si allí no pasase nada. Y, en efecto, no pasaba nada, porque era él y no su mujer quien tenía la capacidad de hacer y deshacer.

Mía asintió suavemente con la cabeza. No estaba muy segura de que fuese prudente continuar al servicio de los Tkachenko, pero se alegraba de no tener que decidir precipitadamente. Al ver que su cliente apuraba su té, ella misma se ofreció a servirle otra taza. A su jefe le encantaba el té.

Serguéi le dio las gracias.

—Y, ahora, por favor, cuénteme exactamente qué sucedió en el museo.

Mía calló. Esperaba que en cualquier momento entrase Irina y montase una escena desagradable. Tkachenko añadió, como por casualidad:

—Por favor, tome recado de enviar una caja de mermeladas a la casa de Moscú. Irina pasa allí unos días, con su madre. Ya sabe que mi suegra adora la mermelada.

Bien. Irina no estaba. Irina se había retirado discretamente a un segundo plano. Aquello olía cada vez peor.

Mía intentó relajar su garganta, pero aun así su voz sonaba demasiado aguda. Empezó con la petición de Irina, seguida de la llegada al museo, el encuentro con la editora de Roberto Iglesias.

—¿Había alguna otra persona con vosotros?

Mía hizo memoria. Era muy buena recordando rostros y nombres, capacidad esencial en su trabajo.

—Una visitante más, que estaba con el vigilante. No nos oyeron, seguro.

Tkachenko la miró con fiereza.

—De acuerdo. Mía, cuento con su colaboración. Me han dicho que ha habido una desaparición. —Tkachenko no citó a Roberto Iglesias.

Mía asintió con la cabeza: no se comprometía a nada.

Eso no era nuevo: había salido en la tele. Así fue como el desaparecido había entrado en su vida. En la de Irina, al parecer, había estado hacía ya mucho tiempo.

—Hable con este señor. —Tkachenko le tendió una nota manuscrita—. Raimon Salvat. De mi parte y solo con él, y solo llame a este número.

Mía dudó un momento, como si la nota quemara.

—Dígale que esta casa no está vinculada a la investigación. De ninguna manera.

Mía lo entendió. Al hablar de «casa», la incluía a ella. Porque si la Policía o quien fuera que estuviese investigando llegaba hasta ella, estaban a un paso de Irina. Y entonces estaban a un paso de él. Y Tkachenko había decidido que su nombre no se mezclaría en aquel asunto. Por eso la había contactado y había anulado la orden de su esposa. Para que ella misma limpiase el desaguisado, conteniendo así la marea negra que podía afectar negativamente al comportamiento de sus inversiones.

No, Serguéi Tkachenko no jugaba a perder.

279

79

Ángela llevaba cuatro días con la mosca detrás de la oreja. Tantos como días habían transcurrido desde que Jotapé Castillejos se despidiera con un «Tranquila, mujer, un poco de fe». Esa letanía tan poco fervorosa clausuró su último encuentro.

El sexo en sí fue mecánico. Castillejos estaba allí por cumplir. Ángela ponía en duda su propia capacidad de seducción, convencida de que su amante se tiraría —y probablemente se tiraba— a cuanta mujer se le cruzara en el camino, ya fuese jueza, víctima o colaboradora. Y estaba convencida porque por fin había entendido la razón. El inspector se relajaba en la cama. Un relax exprés, que no quería ampliar con prolegómenos, ni mucho menos con mimos poscoitales. No, él follaba, se corría, sonreía con esa cara de «¡Qué a gustito me he quedado!» y a otra cosa.

Ese sexo que antes le había parecido intenso ahora se le antojaba escueto. La satisfacía cada vez menos, pero aun así Ángela se agarraba a esos encuentros esporádicos como si fuesen un plan de vida. Lo eran. Las citas con él eran su principal motivación. Lo único que le alegraba la semana: Cecilia se había marchado con su novio «de prueba hasta Navidad» y en el trabajo la tensión era innegable, con la sigla ERE en boca de todos.

Sí, el inspector le había pedido fe, con el mismo tono con que le dices «Tranquilo, que ya mismo llegamos» a un niño quejoso sentado en el asiento de atrás. Cuatro días después, nada. Jotapé Castillejos no había dado señal alguna de vida.

La última vez que se vieron, él estaba enfadado. Mucho. Según le contó, entre un trago apresurado de cerveza y el siguiente, en uno de los casos que más tiempo llevaba investigando, relacionado con unos burdeles, la jueza titular había pedido una excedencia. Ahora todo se detenía porque el nuevo juez necesitaba tiempo para ponerse al día con el sumario. El inspector había decidido aprovechar el compás de espera para «darle caña» al caso Iglesias. Se había puesto a tirar del hilo del museo Marés con ayuda de la subinspectora Gallardo. Ella estuvo allí y vio el encuentro. Pues bien, ese hilo había resultado ser muy corto.

—Me llama el jefe y me dice que con calma, que no hace falta correr tanto, que el país tiene problemas más graves que la desaparición de un promotor inmobiliario. Y yo le pregunto: «¿Me estás diciendo que lo deje estar?». Y él me dice que no me está diciendo nada, pero que hay que ir priorizando…

Ángela lo había mirado sin dar crédito. La escena que le expuso le resultó familiar. Era la típica contraorden que te daba tu superior porque alguien le había tocado la cresta. Y así se lo hizo saber. Castillejos no la escuchaba, de pura rabia.

—Es que no se entiende nada, la verdad. Primero lo tengo encima, día sí y día también, que si tenemos noticias, que qué hay del tal Iglesias, que qué pasa con los rusos… Y ahora, de sopetón, me dice que frene y prácticamente me ordena que cierre el caso en falso…

—¿Y lo vas a cerrar? —preguntó entre incrédula y decepcionada. Ángela se removió en el sofá.

De la plaza subían gritos de niños, inmersos en un partido de fútbol sin fin.

Su pregunta sonó a súplica en toda regla. Si Castillejos dejaba el caso, la dejaba a ella. La historia se acabaría como empezó, en un instante. ¿Qué excusas tendría para llamarlo? Bueno, eso suponiendo que efectivamente cesase la persecución contra ella… No, no podía dejarlo. No podía dejarla.

Ahí fue cuando él se acercó, le desabrochó con prisas el sujetador y le dijo lo de «Tranquila…», y ella se quedó menos tranquila y más insatisfecha que nunca, porque empezó a adivinar que era cuestión de tiempo que la aventura terminase, la suya y la de Iglesias. Hizo un esfuerzo final.

—Jotapé, estoy convencida de que Robertito está muerto. De que lo han matado y que ahora no quieren que se investigue quién está detrás. La mafia rusa, barcelonesa o la que sea es la que está frenando la investigación.

Esa parte de la conversación fue ya poscoital. Mal momento: el interés del inspector por ella había sido saciado.

—Guapa, yo soy un mandado. Soy el primer interesado en resolver este caso. Qué cojones, yo también quiero saber qué ha pasado. Llevamos meses invertidos en esto y justo cuando empezamos a avanzar nos frenan. Eso quiere decir que por fin vamos bien. —Al ver que a Ángela se le iluminaba la cara, se apresuró a levantar la mano en señal de alto—. Pero soy un mandado, rubia. Y me juego la promoción. Y si me dicen que frene la velocidad, algo tendré que frenar. Casos no me faltan, créeme, y más desde que empezaron los recortes. No tenemos ni para fotocopias…, pero abandonar, eso sí que no —añadió confundiendo el compromiso con el convencimiento.

Que Jorge Bauzá la llamase a su despacho a primera hora no era habitual, pero tampoco impensable. Lo que puso a Ángela sobre aviso de la que se avecinaba fue la cara de su secretaria. A su modo, esa mujer siempre la había ayudado. Compartían complicidad de viejas glorias. Gracias a su expresión intuyó que el encuentro con el jefe no tendría final feliz. Cataclismo inminente.

No tuvo que esperar mucho para conocer la magnitud de la tragedia. En cuanto se hubo sentado, Bauzá le informó de que, analizado el rendimiento de su sello, habían decidido dejar de publicarlo. Por lo tanto, su puesto no era necesario. Rescindían su contrato.

—¿Qué me estás diciendo? ¿Y *Los prestamistas*? ¡Si continúa en la lista de los más vendidos desde este verano! Estamos sacando ya la cuarta edición y…

Bauzá le concedió el punto, pero no el partido. Sí, *Los prestamistas* había funcionado bien, pero no lo suficiente para enjuagar el marasmo de pérdidas de sus colecciones. En un contexto de crisis tan brutal, la dirección no tenía alternativa. Aplicarían el *lean management* (se lo soltó así, tal cual), publicarían menos (se abstuvo de decir «mejor») y adelgazarían plantillas. La contribución de Ángela a la buena marcha de la casa había sido importante y las condiciones del despido lo reflejarían. Él lamentaba tener que «verla marchar».

—¿Me pides que dé la cara y casi me la rompen y ahora me echas?

El consejero delegado se levantó y le tendió la mano. Ángela dudó un instante, pero no permitió que la rabia pudiera más que sus modales y se la estrechó, mientras su ya exjefe le comentaba que recibiría enseguida la llamada de un consultor para que entrase en el proceso de *outplacement* que la empresa le ofrecía para ayudarla a «encontrar nuevas responsabilidades».

Ángela se dio cuenta de que Bauzá estaba tan incómodo como ella. Que seguramente su guion preveía que expusiese la oferta del programa de *outplacement* antes del apretón de manos. Casi sintió pena por él, pero recordó su mansión en la costa, sus lujos. Recordó que él era un gestor y ella una editora. Que aquel despido obedecía a un enfrentamiento entre dos maneras de ver la edición. La suya, apostando porque el mejor texto llegase al lector para quien se había escrito, y la de Bauzá, obsesionado por la cuenta de resultados y a quien le daba igual vender novelas que vinos. Por el bien de todos, la lírica y la cuenta de explotación deberían haber convergido, pero no pudo ser.

Salió del despacho sin mirar a la secretaria, demasiado avergonzada para una última confidencia de emergencia. Ángela se obligó a pensar con sangre fría. Regresó a su cubículo dispuesta a preparar bien su salida de la empresa. Lo haría de modo ordenado, informando a sus autores, al equipo, a los comerciales, a los libreros. Redactaría un *mail* sentido, dejando la puerta abierta a posibles colaboraciones. En quince días tenía tiempo para ordenar los proyectos y dejarlo todo bien cerrado.

Cuando Ángela llegó a su mesa, el ordenador ya no estaba allí.

81

*N*o quedaban otros pasajeros en el 39. El conductor del autobús miró a Ángela con disimulo, como diciéndole: «Fin de trayecto». No hacía falta. Ella se levantó y bajó por la puerta trasera, al ritmo de un «gracias» que el conductor no oyó. La mañana de noviembre era espectacular: el sol calentaba un cielo diáfano, apenas teñido por la niebla de la contaminación que envolvía la ciudad a poco que no lloviera.

Como si supiera adónde iba, Ángela se dirigió al hotel Vela, bordeando la hilera de taxis que se alineaban junto a las cuerdas con que el departamento de Parques y Jardines protegía el césped recién regado. Había que cuidar la postal de Barcelona que se llevarían los turistas en la retina. Tras el autobús, un taxi que había venido tras ellos dio media vuelta. La cola debió echarle atrás.

Pasaban apenas cinco minutos de las nueve y la Barceloneta se desperezaba. Ángela titubeó un momento. Si subía la escalinata a la derecha del hotel llegaba a la playa pero… ¿entraba en propiedad privada? Justo entonces avistó a dos mujeres de su edad paseando a un perro y las siguió: si el perro no subía la escalinata, ella tampoco. Los cuatro bordearon la entrada del Vela y, tras apenas unos metros, Ángela se dio de bruces con el paseo marítimo. Se detuvo un momento. Absorbió toda aquella extensión azul y se felicitó por vivir en una ciudad tan espectacular. Se mantuvo a la izquierda, en el lateral interior, siempre detrás del perro, para evitar a una cuadrilla de peones vestidos con los chalecos verde fosforescente de seguridad y sentados junto a un árbol, comiendo un bocadillo. No le preocupaban los piropos —ni uno le echaban, seguro— sino las miradas. Sorteó, diez metros más adelante, a una segunda cuadrilla. Debe existir un pacto, escrito o no, por el que de nueve a nueve y media los peones paran para desayunar. Después, sin más moros en la costa, caminó junto a la arena.

Al paso le salió una pareja joven, con pinta estadounidense, corriendo uno junto al otro con los auriculares puestos. Podrían haber corrido solos, pero parecían sintonizados en otra dimensión. Tras ellos, un gay barbudo pedaleaba sobre una bicicleta del servicio municipal, con aires de Priscilla, reina del desierto. Los próximos en cruzarse en su camino fueron una pareja de abuelos. Él iba delante, garboso, aunque no dejaba de mirar hacia atrás. Ella lo seguía a ritmo desmadejado. La mujer sufría alguna enfermedad nerviosa, porque se agitaba al ritmo de su propio tic.

La mole del Club Natación Barcelona dominaba la zona. Primero, la sede histórica, que desde el autobús le pareció abandonada. Ángela se preguntó si era posible que aquel edificio fantasmagórico de oficinas en primera línea de playa estuviera desocupado. Sería un despropósito inmobiliario de primer nivel. En la explanada delantera se alineaban pequeñas embarcaciones, varadas allí durante el invierno. Detrás, las instalaciones en uso. En la piscina, Ángela distinguió perfectamente a los abuelos que no perdonaban su baño diario, ya fuera diciembre o agosto. Uno, arropado en un albornoz color burdeos, apresuraba el paso en dirección al agua. Otros, cumplido el ritual, tomaban el sol en bañador en las tumbonas de plástico.

Le llamaron la atención las pistas de ta-ka-tá, escrito así, «ta-ka-tá», una cancha de vóley pequeña donde competían dos parejas. Los jugadores a los que vio primero formaban un extraño tándem: uno era bajo y rechoncho; su compañero, alto, lucía una especie de gafas de soldador transparentes de color güisqui. Los dos tenían pinta de empleados de banco prejubilados. Sus contrincantes les acababan de marcar un tanto y el bajito les increpaba a voz en grito: «¡Me cago en la puta!».

Ángela todavía sonreía cuando alcanzó la explanada donde el paseo confluye con la avenida Joan de Borbó. La encrucijada estaba dominada por unas casas que en su momento debieron ser de barrio pobre y que hoy, gracias a la recuperación del frente marítimo, tenían vistas privilegiadas sobre la playa. Enfrente, tres palmeras, las suficientes para que los turistas notaran el regusto mediterráneo, y una terraza de una franquicia especializada en comida saludable preempaquetada. Entró a tomarse un café. Dos holandesas que la superaban en altura se agenciaron sendos trozos de focaccia de espinacas. Daba igual que aún no fueran las diez de la mañana y que en Barcelona no se coma focaccia y menos para desayunar: ¡bienvenidas al *Mediterranean way of life*!

287

Armada con su bandeja, Ángela salió a la terraza, a tiempo para oír cómo dos ciclistas sesentones, vestidos con unos maillots que habían conocido días mejores, se preguntaban si en noviembre todavía verían, tendidas en la arena, turistas en pelotas. Seguramente eran vecinos del bloque y seguramente las turistas en pelotas también, inquilinas por unos días de alguno de los pisos para estancias cortas que proliferaban en la zona.

Cuando terminó el café, Ángela se dio cuenta de que se le había hecho tarde. Esa misma mañana tenía que presentarse en las oficinas de la consultora de *outplacement* contratada por la editorial. Se apresuró a buscar taxi: allí mismo había uno disponible.

Se sentó y dio la dirección al taxista, un tipo alto, con una gorra peculiar. A Ángela le recordó las de los militares serbios. Tenía unas manos inmensas y la piel translúcida del paciente en tratamiento de quimioterapia. Conducía pegado al volante, cuando perfectamente podría ajustar el asiento del conductor.

Llevaba el retrovisor desviado, de modo que los pasajeros no pudieran mirarlo directamente. A Ángela le resultaba familiar... Claro, era el mismo taxi que había seguido al autobús. Se habría quedado por la zona. ¿Qué casualidad, no? ¿O no?

Empezó a ponerse nerviosa. Se colocó las gafas de sol y sacó el móvil: «En taxi. Conductor extraño. ¿Qué hago?». Esperó la respuesta inmediata del inspector, alguna orden del tipo: «Si no lo ves claro, salta en marcha».

Miraba alternativamente la pantalla y la calzada. Ninguno le dio un sobresalto. El taxista, sin mediar palabra, la dejó frente al edificio de oficinas de la consultora. Castillejos no respondió a su mensaje.

¿Iba a ser siempre así? ¿Iba a vivir siempre en vilo, pendiente de los taxistas serbios, dudando de todo el mundo? Y si estaba en peligro, ¿quién la defendería?

288 Mal que bien, superó la primera sesión del programa de recolocación profesional, contenta por la distracción que le ofrecía. Cuando terminó, comprobó que Castillejos continuaba sin haber atendido su mensaje.

82

*D*e la plaza subían los gritos de unos niños jugando al pillapilla. El cielo en ese mediodía de sábado estaba encapotado.

Ángela continuaba tumbada en el sofá, tapada con una manta y con la vista fija en el techo. Intentaba digerir las palabras, amables y rotundas a la vez, con las que Jotapé Castillejos se había despedido hacía solo unos minutos. Intentaba digerir la Gran Explicación.

289

Ella, le había dicho Castillejos, merecía lo mejor. Y él no podía dárselo. Entendía su necesidad de compañía y de seguridad, y por supuesto estaba dispuesto a defenderla. Pero estaba casado y su relación con su mujer no iba a romperse. Dijo textualmente «romperse», como si las relaciones se rompieran solas. Ella, Ángela, era una mujer extraordinaria. Guapa, interesante y valiente. «Sí, aunque tú no lo creas. Conozco a pocos que hubieran salido en la tele a dar la cara por un autor desconocido, amenazado y desaparecido.» En resumen, ella era una mujer de primera división. Pero él no podía plantearse una vida distinta a la que llevaba. Y no la quería engañar ni la quería herir. Nada más lejos de su intención. En absoluto quería que se sintiera desprotegida. Él se aseguraría de que no corriese peligro. Pero…

—Vamos por caminos distintos y antes de que nos compliquemos más, mejor lo dejamos aquí.

—¿Y el caso? —le preguntó ella casi suplicante.

—Parado, justo ahora que empezábamos a recoger frutos. Parado y bien parado —repitió el inspector sin esconder su enfado.

Y porque a veces es más fácil hablar del prójimo que de uno, le detalló los últimos avances. La investigación había establecido que Gregori Tkachenko, el *skinhead,* e Irina eran primos. Que la rusa le había mandado venir con el encargo de que acallase a Ángela.

—No te lo comenté para que no te preocuparas. Estate tranquila, al *skinhead* lo extraditan seguro, de la cárcel se va al aeropuerto directo. Sus compadres se encargarán de facilitarle las cosas, en casa estará mejor.

—¿Y ella?

—Desaparecida. En Barcelona no está y con esta gente nunca sabes en qué país puede haberse escondido. Si me dieran más medios…

290

—¡Pues pídelos! —Ángela se sorprendió por su propia rabia—. ¿Van a dejarlo correr todo sin más?

—Ya lo he hecho. Me han ordenado que deje el caso en punto muerto. Vamos, que lo entierre.

Ángela se arrebujó en la manta y encendió la luz de pie, que dibujó en el techo un cerco blanco. Fuera, la oscuridad avanzaba a pasos de gigante. Intentó diseccionar con pericia editorial las palabras de adiós de su examante. Solo repetirse «examante» le dolía. ¿Por qué? ¿Por qué tenía que acabar así? ¿No sentía él ningún vínculo? ¿No pesaban nada el sexo, ni las risas ni las confidencias? ¿No pesaba nada el peligro? Cuando Carolina la previno del riesgo de colapsar el *mindshare* del inspector, Ángela siempre creyó que, en el fondo, prevalecería su sentido del deber. Que Juan Pablo Castillejos no la abandonaría mientras Robertito Iglesias no apareciera o hasta que encontraran a quien lo hizo desaparecer. Sin embargo, ni el sentido del deber había podido con el miedo ancestral de ese hombre a cambiar de vida.

«Claro, debe de haber pensado que para mí tener una historia es fácil. Total, soy viuda. No tengo a nadie. No voy a herir a nadie, porque dará por sentado que Cecilia en esto no pinta nada. Que yo pague un coste emocional no cuenta. Aquí solo cuenta que a él le muevan la silla.»

Ángela tenía ganas de llorar pero, para su sorpresa, no lo conseguía. Era como si las lágrimas también estuvieran racionadas por la crisis. Total, ¿de qué iban a servirle? De nada. ¿Qué podía esperar? Nada. Se dijo que, como una señorita bien del siglo dieciocho, permanecería en silencio haciéndose la digna. No lo llamaría ni haría nada por ponerse en contacto con él. Se abstendría solo por prolongar un poco más la incomodidad de Castillejos, por hacerle sentir mal. Intuía, no obstante, que para su examante lo peor ya había pasado. Lo peor había sido decírselo y ahora, libre de toda atadura, debía estar patrullando la ciudad en dirección al bar junto a la comisaría central donde se juntaría con la subinspectora Gallardo a tomarse un pincho de tortilla y a revisar cualquier nuevo delito que tuvieran entre manos.

291

83

Mía se puso el traje chaqueta planchado de tintorería, la blusa blanca de marca y los pendientes de perlas. Su instinto le decía que a la reunión con Serguéi Tkachenko debía presentarse más formal que nunca. Para empezar, no la había citado en el *penthouse* del paseo de Gracia, sino en un despacho anónimo situado en un palacete en el barrio de Pedralbes, una antigua casa con jardín, totalmente remodelada, en cuya puerta no figuraba placa ninguna.

Mía desconocía la existencia de este despacho de Tkachenko en Barcelona y esa simple ignorancia la puso sobre aviso. Mal iba si sus clientes le ocultaban información como esa. La otra opción era que la oficina fuera un préstamo transitorio, un lugar de encuentro que Tkachenko había pedido a un amigo para no despertar suspicacias.

Antes de salir de casa, Mía llamó a su hermana mayor. Se querían mucho, pero hablaban poco, lo esencial. Ese día el intercambio de opiniones fue especialmente breve.

—Si esta noche a las diez no te he llamado, avisa a la Policía. Di que tienes un mensaje sobre Roberto Iglesias, el autor desaparecido. Insiste en que te pasen con el inspector responsable del caso.

Mía lo tenía claro. Las extrañas maniobras de Tkachenko estaban vinculadas al encuentro en el museo Marés con la editora de Roberto Iglesias, a la salida del mapa de Irina y a la orden de que no vincularan su casa a la desaparición.

—Diles que mi última reunión ha sido con Serguéi Tka-chenko. Apunta la dirección. —Y se la dictó a su hermana—. En casa, en la caja fuerte, encuentras una agenda con todos los contactos de mis clientes. Dásela a la Policía.

Su hermana no se asustó demasiado. No era la primera vez que Mía la dejaba de guardia, como seguro de vida, antes de emprender algún encargo peculiar.

La puerta del palacete la atendía un portero joven y fornido, que seguramente hacía también las veces de guardaespaldas. La llevó hasta una sala acristalada, con vistas al impresionante jardín interior. Junto a la ventana, Tkachenko hablaba por telé-fono en ruso. Mía intuyó que se trataba de una llamada profe-sional.

En cuanto colgó, el ruso se dirigió hacia ella y le dio un apretón de manos. Después la invitó a sentarse en un sofá de cuero. Él se colocó enfrente, en una butaca que le permitía es-tar a más altura. Tkachenko no perdía de vista cuál era la mejor posición ni a la hora de sentarse.

293

—Bueno. Me dicen que el asunto del museo se ha cerrado, sin salpicar a esta casa. Gracias por su gestión.

Mía inclinó levemente la cabeza, atenta a la rigidez en el trato. «La desaparición de Iglesias ya no es cosa suya. Ok. Prueba superada. ¿Qué querrá ahora?» El suspense duró poco.

—La agencia BlueBarcelona vuelve a proponerle que tra-baje para ellos. Le ofrecen que se integre como socia. Han me-jorado su oferta económica. Le conviene aceptarla. Es bueno para su carrera.

Mía se quedó helada pero fingió no sentir sorpresa alguna. ¿Cómo había sabido Tkachenko de la oferta laboral que en su momento rechazó? ¡Claro! Probablemente la primera oferta había sido un globo sonda lanzado en su momento por el pro-pio ruso para probar su lealtad.

—Su siguiente tarea es buscar a su sustituta, Mía. Un en-cargo perfecto para empezar su carrera en BlueBarcelona. Pre-

sénteme tres candidatas. Las valoraremos usted y yo. A continuación, usted formará a la candidata seleccionada.

Le tendió unos papeles. BlueBarcelona había presupuestado
ya el encargo. Daban por hecho que Mía dejaba a los Tkachenko.

La jugada era perfecta: Serguéi Tkachenko se quitaba a Mía
de encima dándole una patada hacia arriba. De ese modo evitaba cualquier vinculación posible con Iglesias o su editora. Con
Irina todavía en Moscú —por esa razón le había dicho que la
valoración la harían ellos dos, porque su mujer no estaría—, la
pista rusa del caso Iglesias, al menos por esa vía, se desvanecía.

Mía tenía dos opciones. Aceptar ese giro laboral con la mejor
disposición o irse de patitas a la calle sin nada. No se lo pensó.
BlueBarcelona le ofrecía unos ingresos sustanciosos y sobre
todo la posibilidad de compartir los riesgos del negocio —las
subidas de adrenalina, la alegría, la rabia— con otros profesionales. «Si algún día me vuelven a dar un bofetón no estaré sola.»

—Una idea excelente, señor Tkachenko. —Mía dejó automáticamente de llamarlo Serguéi: la familiaridad se acababa
allí, en aquel despacho anónimo del palacete custodiado por el
guardaespaldas.

84

*L*uisa cruzaba cabizbaja la plaza Sant Jaume. Le salían al paso una oleada tras otra de turistas que se dirigían enfervorecidos a Las Ramblas. Donde hay turistas, hay ladrones. Agarró con fuerza el bolso y continuó apresurada hacia la parada del metro.

No se lo esperaba. No se esperaba que se la negasen por segunda vez. El director había sido escueto y firme. Luisa se mantenía en su puesto. No habría promoción. Cuando ella preguntó por qué, le respondió que «no se contemplaban cambios en el organigrama». Tal cual. Luisa hizo su lectura particular. Era víctima de una tormenta perfecta. Por un lado, la crisis estaba obligando al Centro a hacer milagros presupuestarios y a centrar toda su atención en continuar funcionando mientras las aportaciones institucionales se reducían o directamente desaparecían. Por otro, desde que dejó a Jaime, su reputación en la casa estaba por los suelos.

Aquel demérito le dolía porque nunca nadie antes había cuestionado su valía profesional. Mientras subía a un vagón atestado, Luisa iba lamiéndose las heridas y sacando cuentas. Porque además de la no promoción, el director le había anunciado recortes salariales, en forma de pagas extras y complementos que no percibiría. Iba haciendo números y se dio cuenta de que, además de números, tendría que hacer sacrificios. Con aquel sueldo mermado y los ingresos erráticos y casi simbólicos de Danny, no podían mantener su ritmo de vida actual.

Llegó a casa y la recibió la algarabía de cada día, los niños corriendo arriba y abajo mientras Danny preparaba hamburguesas para todos. Ese era su plato estrella y lo bordaba. Luisa le dio un beso y anunció a sus hijos que era la hora del baño.

Después, recogidos los platos y leídos los cuentos y dormidos los niños, Luisa y Danny se sentaron en el sofá de piel. Ella le colocó los pies en el regazo y Danny empezó un suave masaje. Habían adoptado esa costumbre durante el embarazo de Lola y era ya parte de la rutina de pareja.

—Cariño, dos malas noticias, dos. No me promocionan y nos recortan el sueldo. No sé cómo vamos a llegar a fin de mes. De verdad que no. No quiero sonar melodramática, pero algo tendremos que hacer.

Danny continuó el masaje.

Luisa se contuvo las ganas de llorar. ¿Cómo había podido pasarle esto a ella? Hace nada era la profesional cultural, esposa brillante y madre estupenda de Gabriel, y ahora tenía que contar con los dedos lo que se gastarían en comida. ¿Qué había pasado?

Danny la abrazó.

—Nena, no es culpa tuya. —Esperó un momento y añadió—: Ni mía. Estamos en una crisis brutal y estamos pringando todos. Tú y yo. Y Ricardo. Incluso Marta me ha dicho que está pensando si acogerse a un ERE de su compañía y dejar de volar.

—¿Has hablado con ella? —Luisa se irguió. No podía evitar los celos sobre su antigua novia.

—Tranquila, nena, que soy hombre de una sola mujer. —Danny le dio un morreo—. Marta llamó preguntando por ti, porque quiere organizar una cena del grupo. Dice que hace siglos que no coincidimos y le he dicho que el sábado podríamos. La hija mayor de Dio se queda con los niños. ¿O qué?

—¿Cómo la vamos a pagar? —saltó Luisa.

—Con copas. Ya lo tengo hablado con Dio. Me paso definitivamente a la granja y vamos a abrir todas las noches.

Luisa le miró sorprendida.

—Ya sé que no te gusta que haga la noche, pero de noche no hay crisis. No soy tonto, Luisa. Yo también sé contar. Y no quiero vivir contando miserias, pendiente de que te promocionen o te dejen de promocionar, de si podemos o no podemos pagarnos una canguro. Así que he hablado con Dio y su gestor ya está moviendo papeles. Empezaremos sirviendo cenas en la granja. Si vemos que la cosa da de sí, abrimos otro local rapidito. ¡El barrio es nuestro! Así que cuando vayas por la calle, ten los ojos bien abiertos. Hay poco local disponible y tenemos que estar preparados. De esta salimos copa a copa, ¿o qué?

Carolina no lo vio venir. Caminaba hacia el control de salida con Anna. Repasaba con su asistente los flecos para la reunión de evaluación de FruitMix. Se les había hecho tardísimo, pero habían logrado tener a punto todo el material. Era una reunión decisiva para el avance del proyecto y el equipo había hecho un gran trabajo.

Justo al pasar el torniquete Carolina se dio de bruces con Raúl. El Presidiario la agarró por el cuello del tabardo sin ningún miramiento. Anna se quedó helada a su lado. El agresor hizo el gesto de besarla en la boca.

—Qué, zorra, ¿no te acuerdas de mí?

Carolina forcejeaba e intentaba gritar. Anna no reaccionaba. Seguía en estado de *shock*.

En aquel momento se abrió la puerta del ascensor y salió Michael Geier. Al ver la escena, entendió que algo no iba bien y se apresuró hacia Carolina y su asaltante.

—¿Sucede algo?

—No te metas donde no te llaman —le advirtió Raúl tapando con la mano la boca de Carolina.

Sin pensárselo, Geier le atizó un guantazo.

Raúl soltó a su presa y se dirigió hacia él.

—¿Qué? ¿Quieres pelea?

Antes de que el alemán pudiese responder, le dio en toda la boca. Geier empezó a sangrar pero no se inmutó y le devolvió el golpe. La pelea estaba en su apogeo cuando llegó corriendo el empleado de seguridad, alertado por Carolina. Anna se había desmayado.

El vigilante puso las esposas al Presidiario.

Carolina se le plantó delante, en jarras.

—Este señor es amigo mío —le dijo refiriéndose al vigilante—. Y no te va llevar a la Policía. Te llevará a su cuartito y te dará una lección. Juancho, enséñale que a las señoras no se les pega. Pero que no se te vaya mucho la mano y, sobre todo, que no queden marcas.

Juancho se llevó a Raúl, quien de repente parecía asustado.

Carolina corrió junto a Geier, que intentaba reanimar a Anna. La llevaron al baño y le echaron agua por la cara. Volvió en sí.

—¿Qué me ha pasado? El... ese tipo...

—No ha sido nada, Anna. ¿Cómo te encuentras?

Entre los dos la subieron a un taxi y la mandaron a casa.

Entonces Carolina se percató de que Geier sangraba por las comisuras de los labios, como un vampiro moderno.

—Vamos arriba. En el botiquín del *office* hay de todo. Te curaré eso.

Subieron al despacho de Carolina y ella se fue a por desinfectante y gasas. Con más aplomo que maña, hizo la cura, dejando a Geier con una mandíbula casi vendada por completo, como un exótico prisionero.

Sin querer, porque no era su intención, su mano rozó la bragueta del alemán. La esperaba una erección de primer nivel.

—Michael, ¡tú no aflojas ni a hostias! Ven aquí, cariño, que eso también te lo voy a curar. En tu despacho.

Y sin que el alemán pudiese decir nada, lo arrastró hasta su propia oficina. Apartó los montones de papeles pulcramente ordenados, se tumbó y lo agarró, para que se tumbase encima de ella.

Primero, el sexo. Después, lo que viniera.

86

Despedir al masajista cubano fue el último encargo que Mía realizó para Irina Tkachenka. Fue posponiendo la llamada, porque no era urgente —había muchos otros temas que traspasar—, pero sí importante. No le cabía duda de que Iván había ayudado a Irina a organizar la cita en el museo: era la persona en la que la rusa más confiaba. Si ahora le pedían que lo despachara era porque Iván la vinculaba de algún modo con el desaparecido, aunque lo más probable es que él mismo no lo supiera. Mía confiaba en que un sobre bien abultado sirviese para agradecer los servicios prestados.

Lo citó en el *penthouse*, como siempre. Y como siempre, el cubano llegó impoluto. Mía lo encontraba guapo pero no atractivo. Iván debía estar en la cuarentena, aunque conservaba un físico excepcional. Un mulato claro, de ojos oscuros, rodeados por arrugas delatoras, cabello cortísimo y una sonrisa que tendía naturalmente a lo pícaro. Le parecía demasiado racial, demasiado «mi amol», con demasiado gracejo. Irina, en cambio, lo quiso para ella desde el primer momento en que lo vio. Antes de cada cita, le pedía a Mía que «preparase un sobre» y una sesión en el spa para ella. Así llegaba luciendo un cuerpo perfecto, dispuesta a gozarlo y a preocuparse por su propio placer, sin tener que estar pendiente de si el oligarca de su marido había llegado al orgasmo ni de nuevas formas sexuales para excitarlo.

El cubano y la rusa se compenetraban a la perfección. Una

300

vez la escandalera fue tal que Pilar, la doncella, tuvo que excusarse ante los vecinos. Mía intuía que, más allá de la afinidad sexual, Irina sentía por el mulato una cierta lealtad, la del descastado que reconoce en otro descastado la misma hambre. Sabía que esa lealtad era efímera porque se supeditaba a la supervivencia. Iván no exigiría mucho a cambio del despido, ya imaginaría que no había mucho que pudiese exigir.

Mía le ofreció un café antes de sentarse y comentarle que Irina se quedaba en Rusia una larga temporada. En las semanas anteriores y para explicar las diversas citas anuladas, ya le había contado que había ido a Moscú a visitar a su madre. Ahora se trataba de que entendiera que la rusa no regresaría y que, por tanto, la tarifa que le pagaba regularmente y que obligaba a Iván a estar a disposición permanente de la rusa dejaba de estar en vigor.

Iván no preguntó, como no preguntan quienes saben que es mejor no indagar y toman las cosas como vienen. En la cama debía de ser un grande, pero en aquella habitación Mía solo vio en él un amante profesional muy hecho a los altibajos de su oficio. En cualquier caso, decidió incluir en ese trato final un cierto chantaje emocional que blindase en lo posible a su todavía clienta.

—Irina confía en que usted se acordará de ella. Me ha pedido que le entregue esto. —Y le dio un sobre abultado que el cubano tomó con total frialdad—. Y esto. —Y le tendió, envuelto en papel de seda, un conjunto lencero de la rusa, todo blonda.

Irina no sabía nada de ese segundo regalo, claro. Lo más probable es que ni siquiera recordase el conjunto. Con ese empeño, Mía apelaba a la vanidad de macho del cubano. Al parecer lo consiguió.

—¿Qué podría darle yo a ella? Me gustaría que también tuviese un recuerdo mío…

Mía lo miró brevemente. No, los calzoncillos no eran bue-

301

na idea. Observó que Iván llevaba una pulserita de cuero, una baratija de mercadillo, y se la señaló como sin querer.

—A Irina le encantaría una pulsera así, un detalle personal tuyo.

Iván se la quitó y se la entregó. Mía la recibió solemnemente. En cuanto el cubano se hubiese ido, la envolvería y le diría a la rusa que su amante le había dejado un recuerdo. Los dos tan contentos. Los dos callados.

Y ella, libre ya de aquel *imbroglio*. Su futuro empezaba otra vez, nuevo y brillante, en BlueBarcelona.

302

87

Ángela entró en la iglesia sin convencimiento. Buscaba seguridad. Confiaba en que la mafia rusa respetaría el territorio sacro. La nave, que terminaba en un altar de vistosos murales, estaba casi desierta. Dos ancianas feligresas le hablaban a Dios sentadas en los primeros bancos. Nadie más.

«Mira por dónde, yo rezando en la iglesia del barrio. ¡Y tú que te reías de mí y me llamabas "la progre atea"! Ya ves, Marc, cuánto han cambiado las cosas desde que te fuiste.» En vez de hablarle a Dios, Ángela hablaba con su marido muerto.

Las velas votivas iluminaban temblorosas algunas capillas laterales.

Ángela se había sentado en un banco de las últimas filas. Pensó en arrodillarse pero desistió: no quería mancharse los pantalones.

«Dios Padre —empezó. Por algún motivo irracional, su interlocutor ya no era Marc; había decidido dirigirse a instancias mayores—. Ya sé que he pecado, que a ver qué cara presentarme aquí ahora a rezar sin pasar por el confesionario. Pero ¡caray! Vamos mal —suspiró—. La cosa está así. No sé qué hacer. Me han despedido. Sí, me he quedado sin trabajo. Mi hija no me necesita. Mi marido murió hace dos años. Mi amante no va a dejar a su mujer. Tengo un autor desaparecido, es más, creo que muerto. Y la próxima podría ser yo. Y ¿sabes, Dios?, estoy tan cansada, tan harta de todo, de tanta impotencia, de tanto esforzarme y ¿para qué? Ver cómo la vida pasa de largo y al final no ganan los buenos, pues eso, que casi no me importaría que viniesen a por mí.»

Notó cómo le resbalaba una lágrima y se sorprendió. Se dio cuenta de cuánto le pesaban los hombros.

«Bueno, sí me importaría. No quiero morir. No, pero tampoco quiero la muerte en vida. No seré una paria sin trabajo, haciendo cola en la oficina de empleo. No le mendigaré a mi hija, ni cariño ni dinero. No quiero esta vida. Dios. He trabajado, he cumplido mi parte del trato. Soy una buena editora y una buena madre. ¿Qué he hecho mal?»

Las lágrimas brotaban fuera de control. Buscó un pañuelo de papel en el bolso, se sonó la nariz y continuó, con la cabeza baja, aquel monólogo.

«No sé qué hacer. No tengo ni idea. Ayúdame. Mándame una señal. Dime qué camino emprendo ahora. Ayúdame a saber qué tengo que hacer o mándame a alguien que me ayude. Porque lo que es yo, Señor, yo estoy muy perdida y de esta no salgo.»

Ángela se quedó inmóvil un minuto más. Sentía una ligereza interior, como si se hubiese quitado un peso muy grande al haber podido expresar aquellos miedos. Dios igual no los había oído, pero ella sí, y notaba que, al sacárselos de dentro, el corazón le pesaba menos.

Salió de la iglesia justo cuando el grupo de swing del barrio, como cada último domingo de mes, se preparaba para la sesión de baile al aire libre en la plaza.

$\mathcal{M}$erche les abrió la puerta de su centro de estética. Luisa y Carolina habían llegado a la vez a su cita. Después de múltiples correos, por fin se habían puesto de acuerdo. Se darían un masaje y se pondrían al día.

En cuanto estuvieron tumbadas, el primer pensamiento común fue para Ángela.

—¿Tenemos noticias? —Carolina volvió el rostro hacia la otra camilla. Sus ojos negros parecían rebosar de las cuencas.

—¡Bueno bueno bueno! Ángela está estupenda. Sensacional —le contó Luisa—. Conste que cuando dijo que se iba seis meses a Nueva York, no las tuve todas conmigo. La veía muy mal…

—¡Estaba muy mal! —ratificó Carolina—. Y no es para menos: que te echen del trabajo, que tengas a la mafia detrás, que la Policía te ignore y encima tu hija se vaya con el novio… ¡Es que ni una le iba bien!

Luisa se desperezó sobre su camilla.

—Pues ahora le van bien todas. Ayer hablé con ella por videoconferencia. No veas qué lío, con Lola por medio, que quería la pantalla para ella sola. Me dijo, por cierto, que muchos recuerdos, que a ver si le escribes más, que… —Al ver que Carolina iba a justificarse, levantó la mano para frenarla. —Se hace cargo de que vas a tope, mujer. Pues nada, está fantástica. Tiene un apartamento de miedo en Chelsea, me lo enseña cada vez que la llamo. Coge el iPad y va de una habitación a otra. Monísimo. El curso de perfeccionamiento que está haciendo le encanta. Y sus compañeros de clase, pues bien.

—¿Algún novio a la vista?

—¡Eso sí que no! Ya sabes cómo es Ángela. —Luisa suspiró, como si descifrar a su amiga fuera una tarea ímproba—. Ella continúa hablándome del inspector. Y de su marido, Marc, pero cada vez lo nombra menos. ¡Qué quieres! Son los hombres que ha conocido y que la han hecho feliz.

—Bueno, también estaba el autor ese, el desaparecido... El que organizó todo el lío, vamos. El responsable de que me dieran la paliza.

—De ese no me habló. No debe saber nada. —Luisa decidió cambiar de tema—. Y tú, ¿qué tal, directoraza?

Carolina sonrió y sus ojos oscuros volvieron a desbordarse.

—Muy muy satisfecha. Pero mucho. Estoy de trabajo hasta las cejas pero contenta, porque que te den una responsabilidad así no es moco de pavo...

Carolina rememoró el momento en que Jürgen Seelos la llamó a su despacho para anunciarle en primicia la buena nueva y felicitarla como directora *in pectore* de AliMex. Su solvencia, plasmada en FruitMix, había convencido al comité de dirección. Empezarían a trabajar codo con codo para preparar un traspaso de poderes lo más ordenado posible. En tres meses la dirección ejecutiva nacional sería suya.

Ella se alegró, pero a la vez se quedó preocupada. ¿Cómo afectaría la noticia a su relación con Michael Geier? Desde que se partió el labio por ella contra el Presidiario, sus encuentros con el alemán eran cada vez más frecuentes y cada vez más intensos. Geier la había sorprendido. Era un muy buen amante, imaginativo y fogoso. Y un buen compañero de cena. Le encajaba bastante... Y sin embargo, igual se acababa allí la historia. Carolina no quería escoger ni quería renunciar al puesto que tanto le había costado.

No fue necesario.

—Total, que con Michael va todo sobre ruedas. Él no tiene inconveniente en que yo sea su jefa. Al contrario, me apoya muchísimo.

—¿Así, tal cual, sin problema?

—Sin problema ninguno. Debe ser cultural, chica. Yo le digo que parecerá el marido de Angela Merkel y él dice que encantado. Y mejor, porque al que tiene ese problema me lo quito del medio.

En cuanto la ratificaron en el puesto, ofreció una suculenta vacante a Jimmy Sanz en Bélgica. Le pagaban más, pero influía menos. Un exilio dorado a precio de oro, y a cambio despejaba el terreno.

—Y tú, ¿qué tal? —La flamante directora pasó la pelota a su compañera de masaje.

—Mejor de lo que pensaba. En el trabajo no, claro. En el trabajo, fatal. —Luisa desgranó los recortes cotidianos que la asfixiaban cada vez más—. En casa, muy bien. Danny ya ha encontrado local.

—¿Qué monta, un bar?

—¡Monta una librería-café! —Luisa sonreía mientas le explicaba la iniciativa—. Ricardo, el antiguo propietario de la editorial donde trabajaba Ángela, se hará cargo de los libros y Danny del bar. En principio, lo compaginará con la granja. De día estará en la librería y de noche servirá cenas en el Vila de Gràcia. Vamos a ver cómo va todo y si puede aguantar el ritmo.

Luisa hablaba con alivio. De repente, vio en Danny a un hombre muy responsable, más allá de su apariencia roquera, y eso le había permitido relajar su autoexigencia.

Merche entró a preguntarles qué tal todo.

—¡De miedo! Pena me da que no podré repetir… —Suspiró Luisa.

—¿Y eso?

—Pues que como estamos de emprendedores en casa, y con la que está cayendo, tenemos que recortar gastos y he decidido

307

recortar lo superfluo… —Luisa quiso tragarse el adjetivo en el momento mismo de pronunciarlo.

Merche la miró muy seria.

—Haz lo que quieras y vuelve cuando quieras, pero permíteme una pregunta: ¿Desde cuándo cuidar de ti es superfluo?

A su lado, Carolina asentía.

—Eso mismo digo yo. Chica, cuidarse una misma es una necesidad, no un extra.

Luisa se encogió de hombros con resignación. Fue la primera en irse.

A Carolina se le ocurrió una idea y fue a buscar a Merche.

—Mira, cárgame a la cuenta un año entero de tratamientos de Luisa. Ya le dirás tú quién los ha pagado. Dile que el bono no es retornable. Dile… —Sonrió—. Dile que la quiero en plena forma, porque no sé cuándo la voy a volver a necesitar.

89

Carolina empezó el día satisfecha, despidiéndose de Michael Geier, su amante, en la puerta de casa, para encontrarse con Michael Geier, responsable de I+D, en la reunión del comité de dirección.

La vida le sonreía. Eso pensaba mientras revisaba las noticias en su tableta, en el taxi con que se obsequió esa mañana para poder salir más tarde de casa.

El titular captó su atención:

«Hallan el cadáver del escritor desaparecido».

La crónica de sucesos relataba que habían encontrado el cuerpo varado en la playa de Pals, con signos de descomposición avanzada. La Policía había identificado al individuo como Roberto Iglesias. El periodista recordaba que se trataba del autor cuya editora había salido en televisión pidiendo pistas sobre su paradero.

En cuanto llegó al despacho, Carolina envió el enlace a Ángela. A pesar de la diferencia horaria, le llegaría en tiempo útil. Mejor que lo supiera por ella y cuanto antes. Pensó en llamarla, pero Anna, su asistenta, la miraba desde el umbral con un montón de recados en la mano. No había tiempo.

Cuando se conectó, ya de regreso al apartamento, Ángela vio enseguida el mensaje de Carolina, cuyo titular, extraído de la misma noticia, no dejaba lugar a dudas. Roberto Iglesias estaba muerto.

Se sentó y sin siquiera sacarse el abrigo buscó más información en Internet. Los diarios publicaban la rueda de prensa que había ofrecido el inspector Juan Pablo Castillejos, responsable del caso que ahora reabrían. Según sus declaraciones, el forense había determinado que el hombre murió ahogado. La autopsia había revelado que previamente el cuerpo había estado expuesto al agua dulce. Esta pista podría confirmar —añadía Castillejos— la hipótesis que la Policía manejó durante meses: que el fallecido hubiese sido asesinado en la localidad pirenaica de Camprodón, donde lo habrían mantenido secuestrado en un chalé. La muerte por asfixia se habría producido en el río Ter y el cadáver habría sido arrastrado hasta la playa.

Ángela se sentó en el sofá cama de su breve apartamento neoyorquino. Estaba conmocionada pero no sorprendida. Siempre sospechó que la historia de Iglesias no terminaría bien. De hecho, después del encuentro con la *personal assistant* de Irina Tkachenka en el museo, intentó que el inspector entendiera que a Iglesias lo iban a matar o lo habían matado, pero él se dio por vencido. ¡Qué triste tener razón! Ahora se daba cuenta de que Jotapé Castillejos sabía mucho más de lo que le contaba, de que había rastreado a Iglesias hasta el Pirineo. ¿Perdió allí la

310

pista? ¿Le ordenaron dejarlo? ¿Lo sabía cuándo estaban juntos o continuó investigando por su cuenta después?

Pensó en Camprodón, un pueblo al que iba mucho con Marc. A su marido le encantaba la montaña. A Ángela, no tanto, pero no le importaba un cambio de aires de vez en cuando. Recordó el horno donde compraban torteles amasados según recetas centenarias y tocinillos de cielo del tamaño de un flan. Las carnicerías que vendían longanizas de la altura de un niño. Las galletas locales, en sus curiosas cajas de cartón. El restaurante donde servían civet de jabalí. Le vino la imagen del puente romano sobre el río. Ángela deseó que el puente hubiese sido la última estampa que Robertito viera en vida, una edificación antigua y sencilla y elegante como había sido él antes de que la codicia, su padre o ambos lo impulsaran por el camino que lo había llevado hasta allí. Ángela estaba llorando, porque no había imágenes bonitas cuando uno sabe que va a morir. Quizás en eso Marc había tenido suerte cuando cayó de repente fulminado.

Miró por la ventana. La calle empezaba a llenarse de neoyorquinos con perro dando el último paseo del día. Ángela no los veía. Veía el rostro de Roberto Iglesias. «¡Jirafa!» No, no veía al hombre abatido y rabioso. Veía al estudiante prometedor con el que se bañó en una noche lejana, después de la cena de final de curso. «¡Jirafa!»

Ni siquiera la distancia empañaba la nitidez del recuerdo. Cuando la despidieron, tanto Bauzá como Castillejos, Ángela decidió poner tierra por medio y mudarse a Nueva York unos meses. Se matricularía en un curso de reciclaje y estudiaría sus opciones profesionales. Marc y ella tenían ahorrado un dinero para ese viaje mítico. Se fue sola.

Esta estancia le había venido bien. Se había serenado, había aprendido mucho. Había reflexionado. Había escuchado las propuestas de Ricardo, su antiguo jefe, el hijo del fundador de Ediciones de Abril. Iba a abrir con el marido de Luisa, el roque-

311

ro, una librería café, un «modelo de negocio híbrido» como lo llamaban. En Gracia, su barrio. Contaban con ella. Le habían ofrecido incluso que entrara en la sociedad. Podía ser una alternativa, pero pospuso la decisión hasta la vuelta. Tenía claro que no regresaría a Barcelona hasta sentirse segura.

Al leer la noticia de la muerte de Ricardo, sintió por primera vez que podía volver tranquila. La mafia no la molestaría más. ¿Para qué? Lo que ella sabía era lo que ya publicó en el libro. Bauzá debía estar festejándolo y encargando una nueva edición a toda prisa. A quien sí podía hablar lo habían callado para siempre. *Los prestamistas* acababa del mismo modo que empezó: en la penumbra, donde vivían los ricos cada vez más ricos, los oligarcas de patrimonio inabarcable y mujeres imposiblemente bellas, derrochando a espuertas mientras la ciudadanía no llegaba a final de mes. Los ricos, más ricos, y los pobres, más pobres. Ese era en definitiva el titular.

312

Hubiera estado bien que el inspector Juan Pablo Castillejos la hubiese informado personalmente, pensó Ángela alejándose de la ventana. Hubiera estado bien saber el desenlace de la investigación por él. Nada emocionalmente comprometedor. Hubieran bastado los datos básicos: «Hemos encontrado a Roberto Iglesias».

$\mathscr{A}$la mañana siguiente la despertó por sorpresa en la bandeja de entrada un correo del inspector. Ángela sonrió. Aquel correo sin título significaba, más allá de la información que contuviera, que su antiguo amante había pensado en ella, aunque solo fuera en el momento de enviárselo.

Lo vio por última vez cuando fue a su casa a despedirse para siempre porque no iba a dejar a su mujer. ¿Qué querría ahora de ella? ¿Qué más podía pedirle? Le pidió que fuera a la tele y fue. Le pidió que fuera al encuentro con el tal Pedro en el hotel 1898 y fue, que fuera al museo Marés, y también fue. La siguieron durante días, la asaltaron en plena calle y le dieron una paliza a su amiga Carolina por defenderla. Por hacerle caso perdió el trabajo, aunque —se reconvino— quizás el trabajo ya estaba perdido de antemano.

Y por si esto fuera poco, porque era poco en comparación, el inspector Castillejos había sido su amante. Por él había dejado atrás el recuerdo, ennoblecido por el tiempo, de Marc. Había apostado por una vida nueva que tampoco sería, porque Jotapé Castillejos estaba casado y nunca habló de dejar a su mujer, la empresaria de éxito. Y un día él dejó de llamarla y continuó con su vida y sus investigaciones. Y en el limbo los dejó, a ella y a Robertito Iglesias, sin saber entonces si estaba vivo o muerto, como ella ahora en Nueva York. Vivía sola y podría estar muerta en su apartamento sin que los vecinos se dieran cuenta. Solo se enterarían por el hedor a putrefacción, una de esas «muertes típicamente neoyorquinas» como las bautizó la escritora Nora Ephron. Pero ya no estaba sola, porque en su bandeja de entrada campaba un correo.

Ángela se preparó un café para alargar la espera hasta el momento de leerlo. Cuando por fin se decidió y lo abrió, solo encontró un archivo adjunto. Era una fotografía de Chez Coco enviada desde el teléfono. Sonrió de nuevo. Esa fotografía equivalía a un recuerdo, al del restaurante en el que quedaron y en el que él se sentó a su lado y donde comieron pollitos *a l'ast* a precio de caviar. Esa fotografía significaba, o al menos ella decidió entenderlo así, que Jotapé Castillejos no había olvidado su asunto, aunque lo hubiera dejado atrás. Y que había vuelto al restaurante —¿con quién? ¿Con su mujer? ¿Propuso él el sitio? ¿Lo invitaron?— y recordó su cena con ella y quiso, enviándole la foto, que ella también recordara.

Ángela encendió entonces, en ese altar particular e íntimo en el que adoramos a quienes queremos, una vela al inspector. Se sintió reconfortada porque ese recuerdo sin palabras, una imagen fugaz y mal pixelada, redimía una historia que creyó estéril, cuando en realidad había sido una historia floreciente, deliberadamente abortada después. Ese correo la reconcilió con la Ángela que fue, en Barcelona y con él, y se dijo que había hecho bien, que las personas estamos aquí para cruzarnos y descruzarnos, y que al final lo que nos queda son esas coincidencias, esos momentos preciosos de comunión con otro, con quien supo ver quiénes somos, aunque fuera un momento solo.

Agradecimientos

*R*ecibir el Premio Marta de Mont Marçal es un honor. Agradezco al jurado que haya apostado por una novela protagonizada por mujeres en transición y vidas cotidianas que dejan de serlo.

Gracias a Lourdes Carbó, por acercarme al mundo de las *personal assistants*, a Manel Castellví y a Mònica Godia Viñes, por atender mis consultas sobre pesquisas policiales, y a Lola Gulias y Julieta Lionetti, por su ánimo.

Algunos de los lugares descritos en la novela existen, pero lo que en ellos sucede es imaginado y cualquier parecido con la realidad es coincidencia. Otros existieron y los echamos de menos. Otros, en fin, han sido creados para la ocasión. Todos se mezclan en *Caída libre* para fijar en el recuerdo una Barcelona que se desdibuja poco a poco.

ESTE LIBRO UTILIZA EL TIPO ALDUS, QUE TOMA SU NOMBRE
DEL VANGUARDISTA IMPRESOR DEL RENACIMIENTO
ITALIANO, ALDUS MANUTIUS. HERMANN ZAPF
DISEÑÓ EL TIPO ALDUS PARA LA IMPRENTA
STEMPEL EN 1954, COMO UNA RÉPLICA
MÁS LIGERA Y ELEGANTE DEL
POPULAR TIPO
PALATINO

CAÍDA LIBRE
SE ACABÓ DE IMPRIMIR
UN DÍA DE VERANO DE 2018,
EN LOS TALLERES GRÁFICOS DE LIBERDÚPLEX, S.L.U.
CTRA. BV-2249, KM 7,4, POL. IND. TORRENTFONDO
SANT LLORENÇ D'HORTONS (BARCELONA)